小学館文庫

あなたが殺したのは誰

まさきとしか

小学館

目次

一部

彼を殺したのは誰

一章

ふっと視線を上げると、薄青の空に浮かぶ雲に目がとまった。幼い子供が描いたようにふわふわとやわらかそうで真っ白に輝いている。その奇跡のような完璧な雲を認めたとき、胸の奥からぽっと浮かび上がるものがあり、なにかを思い出しそうになった。それは一秒にも満たないあいだの出来事だった。

警視庁戸塚警察署の田所岳斗《たどころがくと》は空から視線を戻し、急いで捜査車両に乗り込んだ。そのときにはもう雲のこともなにかを思い出しそうになったことも完全に忘れていた。

中野区東中野のマンションの一室で、血を流した女性が倒れていると一一〇番通報があったのは数分前、三月五日の午前九時五十八分のことだ。通報者はこの部屋を訪ねた宅配便の配達員。女性はこの部屋の住人と見られ、すでに救急車で病院へ搬送されたらしい。その直後、救急隊員からも同様の通報が入った。

現場のマンションはエレベータのない四階建てで、十一世帯が入居している。女性の部屋は一階の一〇一号室だ。岳斗が先輩刑事の池《いけ》とともに臨場したとき、交番勤務の警察官二人が通報者である配達員から事情を聞いているところだった。

配達員の名前は山崎《やまざき》。三十代半ばだろう。彼がこの部屋を訪ねたのは九時四十五分頃だったという。時間指定をした再配達依頼があったにもかかわらず、インターホンを鳴らしても応答がなかったためドアノブに手をかけたところ鍵はかかっておらず、ドアを開けてなかをのぞくとキッチンで若い女性が血を流して倒れていた。

配達員は女性に声をかけたが、反応はなかったらしい。しかし、呼吸と体温が感じられたため携帯で救急車を呼び、数分後にやってきた救急隊員に事件の可能性があるため一一〇番通報するように言われて通報に至ったと説明した。

女性が倒れていたのは、玄関を入ってすぐの三畳ほどのキッチンスペースだ。ビニール床に広がった血だまりが、配達員の証言が正しいことを物語っていた。血だまりはすでに乾いており、床にはゴミの入ったレジ袋やチラシが散らばっている。

「ひでえな」

池がつぶやいた。床の血だまりではなく、玄関を入って右側にある流し台に目を向けている。

シンクには弁当のプラスチック容器やパンの袋、ヨーグルトやアイスクリームのカップ、なにかの瓶やパウチ、プラスチックスプーンなどが捨てられ、カップ麺の容器には汁を吸った煙草《たばこ》の吸い殻が浮かんでいる。コンロは二口あるがどちらも使っていないようで、スナック菓子やチョコレート菓子が入ったカゴがのせられている。調理台にはチューハイの空き缶や清涼飲料水のペットボトルが散乱し、三月の初旬なのに早くもコバエが飛び交っていた。

「血の乾き具合からいって数時間はたってるだろうな」

血だまりの傍らにしゃがみ込んで池が言い、「ま、鑑識を待つか」とひとりで結論を出して立ち上がった。

岳斗も血だまりを確認しようとしゃがみ込んだ。

「鑑識が来るまで余計なことするんじゃねえぞ」

頭上から池の声が飛んできた。

「わかってますよ」

ひとまわり上の池はいつまでたっても岳斗を素人《しろうと》扱いする。刑事になってからもうすぐ二年、三十歳になった。それなのに、まだ基本中の基本のことを言われるほど自分は危なっかしくて頼りないのかと情けなくなる。

至近距離から血だまりを見つめる岳斗に池の声がかかる。

「なんかわかったか？」

「……いえ」

岳斗は立ち上がった。

現段階では事件か事故か判断できない。転んだ拍子に頭をぶつけたとも考えられる。

「お。これか」

池は靴箱の上に置かれた電気ケトルに顔を近づけている。電気ケトルは底の部分が破損し、血痕らしきものが付着していた。

「これで何度も殴りつけたってところか」

凶器が見つかったとなると、事件と考えていいだろう。病院に搬送された女性の容体はまだ確認できておらず、発見時も搬送時も意識がなかったためすぐに話を聞くことはむずかしそうだ。

岳斗の目が、菓子が入ったカゴと壁の隙間に落ちている白い紙にとまった。チラシかなにかだろうと思いながらのぞき込むと白い便箋だった。心臓が嫌な跳ね方をする。

「池さん！」

岳斗は奥の部屋に入りかけた池を呼んだ。

「なんだ」と池が振り返る。

「これ見てください」

岳斗は便箋を指さした。

　私は人殺しです。

　　　　　五十嵐善男

　白い便箋には、黒い文字でそう書かれていた。

「なんだこりゃ」

　便箋は縦の罫線が入った飾りのないもので、四つ折りにした跡がついている。ボールペンで書かれた文字には震えがあり、高齢者の筆跡に見えた。

　この便箋がはじめからカゴと壁の隙間に差し込んであったのか、それともカゴの上に置いてあったものが空気の対流かなにかで落ちたのかは判断できなかった。

「五十嵐善男《いがらしよしお》、って」

　池が鋭い目をしてつぶやく。

　口のなかが一気に渇き、「はい」と答えた岳斗の声はわずかにうわずった。心臓がせり上がり、血液の流れが速くなる。

「とりあえずそのままにしとけ。先に部屋を確認するぞ」

「はい」

　そう答えながらも便箋から目を離すことができずにいた岳斗に、

「おいっ」

先に部屋に入った池が怒鳴った。緊迫感のある声に、岳斗の背中に緊張が走る。

「子供はどうした？」

「え？」

なにを聞かれたのかわからず、岳斗は血だまりをまたいで部屋へ向かった。

部屋は八畳ほどのリビングと、その奥に三畳ほどのベッドルームがあった。一階でも陽《ひ》あたりは悪くなく、物であふれたリビングを春の陽射《ひざ》しがやわらかく照らしている。

そこは岳斗がイメージする、片づけられないひとり暮らしの女の部屋そのものだった。ローテーブルにはスタンドミラーや化粧品、ジュースの紙パックや菓子の袋、携帯の充電器などがあり、収納ボックスの上にはクレーンゲームの景品にありそうなぬいぐるみがいくつも置かれている。小さなソファには洗濯したのかどうかわからない衣類やタオルが山積みになっている。

「あっ」

岳斗から声が漏れた。

ソファの上の衣類のなかに小さな服が交じっている。白とピンクのボーダーのスウェット、生成《きな》り色のオーバーオール、赤いカーディガン。かなり小さい。一歳になるかならないかのサイズ感ではないだろうか。

「おいっ。子供はどこだ？」

池が険しい表情で振り返った。

岳斗の目がベッドの横にあるベビーベッドを捉えた。その横に四角いパッケージのものが置いてある。トイレットペーパーのパックかと思ったがちがう。赤ちゃんの笑顔がプリントされている。紙おむつのパックだ。

「子供を捜せ！」

岳斗は弾《はじ》かれたように部屋を出てユニットバスのドアを開けた。キッチンの下の棚を開け、小さな冷蔵庫を開け、洗濯機を開け、電子レンジまで開けた。子供はどこにもいなかった。

その日の午後一時、新宿区の戸塚警察署で急遽《きゅうきょ》、一回目の捜査会議が開かれた。

救急搬送された女性は、部屋の住人である永澤《ながさわ》美衣紗《みいさ》、二十三歳。頭部外傷による急性硬膜外血腫のため開頭手術を行ったが、意識は回復していないとのことだった。

彼女は三ヵ月ほど前に離婚し、この部屋で娘とふたりで暮らしていることが、母親とマンションの管理会社への聞き取りから明りかになった。

子供の名前は永澤しずく、生後十ヵ月になったばかりだ。

永澤美衣紗を殴打した犯人がしずくを連れ去ったと見て、目撃者探しや不審人物の洗い出し、防犯カメラの解析などを進めている。しかし、一一〇番通報から三時間が経過したいまも容疑者は浮上せず、しずくの行方もわかっていない。

永澤美衣紗が頭部外傷を負ったのは前日の三月四日、二十時から二十四時のあいだと見られること、傷は現場にあった電気ケトルで複数回殴打されたものによること、凶器の電気ケトルとドアノブには指紋を拭き取った形跡があること。以上が鑑識課員から報告されたとき、会議室のドアがゆっくり開いた。

ドアの隙間から影のように音もなく入ってきた男を見たとき、あ、と岳斗の喉の奥が鳴った。なぜか一一〇番指令を受けて捜査車両に乗り込む直前のことが頭のなかでぱっと再生された。薄青の空に浮かぶ真っ白な雲が完璧な形をしていたこと。それを見てなにかを思い出しそうになったこと。そして、すぐに忘れてしまったこと。

もこもことした前髪をした彼は、五十人以上の捜査員がそろった会議室にまるで自分ひとりしか存在しないように飄々《ひょうひょう》とした態度で後ろの席へと歩いていった。ゆるりと流れる風のようだった。

前のテーブルにいる本庁から来た管理官と鑑識課課長、戸塚警察署署長の三人がちらっと視線を向けたが、会議に遅れてきた彼に声をかけようとする者はいない。

一瞬、彼の姿は自分にしか見えていないのではないかと錯覚しそうになった。そう思わせる佇《たたず》まいを彼はしていた。か弱そうなひょろりとした体型と無駄に長い手足。くせのある前髪が切れ長の目にかかり、薄いくちびるの口角がわずかに上がっている。微笑しているようにも悲嘆しているようにも見える曖昧な表情と、どこに焦点が合っているのかわかりにくい瞳。スーツのボタンを外してネクタイを緩めている彼は緊張感に満ちたこの場には不似合いで、圧倒的な存在感を放っているのに、その反面、ふわふわと浮遊しているようで存在感が希薄にも見えた。

独特の雰囲気をまとった彼は、警視庁捜査一課殺人犯捜査第5係の三ツ矢《みつや》秀平《しゅうへい》。切れ者としても変わり者としても知られ、陰では「パスカル」「ミッチー」などと呼ばれている。

彼が後ろにいると思うだけで自分の至らなさを見透かされている気がして、しっかりしなければ、早く一人前にならなければ、と岳斗は緊張した。

二章

1993年4月　北海道鐘尻島《かねしりとう》

良い神様も悪い神様も海の向こうからやってくる——。

小寺陽介《こでらようすけ》は物心のつく頃からこの言葉をよく耳にしていた。だから、それが誰もが知っていることわざではなく、小寺家限定のものだと知ったときは驚いたものだ。

すべての神様が渡ってくる海は今日も冷たい色だ。

見ようと思わなくても、海はいつも視界に入ってくる。まるで意識しなくても自然と呼吸しているように。

陽介は前傾姿勢になって自転車を漕《こ》いでいる。

島を一周する海沿いの道は、真正面から真横からと風がジグザグと方向を変えながら吹きつける。風の粒子はまだ尖《とが》っているが、それでも春の訪れを告げるやわらかさと暖かさを孕《はら》んでいた。風の音と波の音が耳のなかで混じり合う。吐く息が後ろへと流れていく。ときおり潮のにおいが鼻腔《びこう》に強く流れ込む。

学生服にダウンジャケットを着込んできたが、厚着しすぎたと後悔している。登校時はよかったが、正午に近いいまは背中が汗ばんでいる。

高校二年生の初日。始業式を終えて帰るところだ。学年が変わっても、一学年一クラスしかないため先生も含めて顔ぶれは同じだ。新鮮さは皆無で、心機一転という気分にはならない。

島で唯一の高校から家までは自転車で二十分、海沿いの道を走るだけだ。左手にはコンクリートの防波堤を挟んで海が広がり、右手には雪が残ったこんもりとした山がある。その麓《ふもと》に低い建物がぱらぱらと散らばっている。港を中心に飲食店や土産屋、旅館やホテルが並んでいるが、まだ肌寒い島に観光客は少なく、曇り空のせいもあってどことなくうらぶれた空気が漂っている。

季節と天候のせいだけだろうか。

陽介の胸を暗い影がかすめ、無意識のうちにブレーキをかけていた。サドルに尻をつけたまま山側へと顔を向ける。

食堂、炉端焼きの店、丼専門店、カフェ、クレープ屋。昼時なのに飲食店の半分はシャッターを下ろしている。

反対側に顔を向けると、漁港に五艘《そう》の漁船が停泊し、陽に焼けたふたりの男が煙草を吸いながら談笑していた。防波堤には数羽のカモメが退屈そうにとまっている。

漁港の並びにはフェリーと高速船の乗り場がある。小さな待合所と飲み物の自動販売機。十一時四十五分の高速船が出たばかりで人の姿はない。

「陽介ー！」

背後から名前を呼ばれ、首をひねった。と同時に、右横に自転車がキュッと音をたてて止まった。

「おまえ、なんで先に帰ったんだよ」

辰馬《たつま》が息を弾ませながら言う。細い目が垂れているから、文句を言うときでもどこか愉快そうに見える。実際、辰馬とは小学校から一緒だが、彼が本気で怒ったことがあったかどうか記憶になかった。

「先に帰るって言ったべや」

陽介は言い返した。

「聞いてねえよ」

「言ったって。今日は店の手伝いあるから先帰るぞ、って。おまえ、ヤマたちとファミコンの話で盛り上がってただろ」

「スーパーマリオカートか」

「知らねえよ」

「スーパーマリオカートだよ」

「だから知らねえって」

ふたり並んでゆらゆらと蛇行しながら自転車を漕ぎ出した。

「なあ」

辰馬の声が改まった。

「ん？」

「リンリン村、どうなるんだろうな」

陽介の喉がぐっと詰まり、胸に暗い影が広がっていく。

このうらぶれた空気は、季節と天候のせいだけだろうか。

さっき考えたことを、ゆっくりとなぞるように思い起こした。

「ま、大丈夫だよな。予定より遅れてるけど、来年には完成するよな。ハウステンボスだって去年オープンしたしさ。マイケル・ジャクソンがお忍びで行ったらしいからすげえよな。リンリン村にも来たりしてな」

フーッ。辰馬はマイケル・ジャクソンのものまねらしきものをすると、じゃあな、と片手をあげてガソリンスタンドの角を曲がっていった。

リンリン村がどうなるのか――。

それは島中の人間が知りたいことだった。いまではその疑問が挨拶代わりとなり、リンリン村という言葉を聞かない日はないほどだ。

陽介は自転車のスピードを上げて港をまわり込み、島の西側に出た。

山の頂から麓まで一直線に並ぶ鉄塔と、鉄塔間に張られた鉛色のケーブルが見える。その向こうには、Aの形をした巨大な三角形の鉄塔と、ブルーシートで覆われた建物。

あの一帯がリンリン村——正式名称は北海道鐘尻リンリン村だ。

一直線に並ぶ鉄塔とケーブルはスキー場のリフト、巨大な三角形の鉄塔は観覧車、ブルーシートで覆われた建物はホテルだが、どれも完成しておらず、昨年の秋から放置されたままだ。

この島にスキー場と遊園地からなるリゾート村が建設されることが決まったのは、陽介が中学生になった年だからいまから四年前だ。最初は、まさかこんな島に、と思った。

鐘尻島は小樽《おたる》から高速船で一時間、フェリーだと二時間、人口三千人の小さな島だ。

ハートを逆さまにした形で、南側のくぼんだ部分に港がある。基幹産業は漁業だが、赤潮の影響で近年は漁獲量が激減していた。そのため、島は観光業に力を入れることにした。その矢先に雪質の良さが評価され、リゾート村の建設が決定したらしい。島は第二のニセコをめざし、国内外から観光客を呼び込む国際リゾート地へ向けて舵《かじ》を切った。

鐘尻島のリゾート村開発はテレビや新聞でも報じられ、多くのマスコミが取材にやってきた。同時に新しい店がどんどんできて、ホテルやマンションも建った。雨後の筍《たけのこ》みてえだな。昔気質《むかしかたぎ》の祖父はよくそう吐き捨てた。リゾート村の開発工事が本格的にはじまると、海の向こうから男たちが押し寄せ、島の人口が何倍にもなったようだった。機械音や車のエンジン音が潮騒《しおさい》をかき消し、知らない男たちが我が物顔で歩くようになった。

浮かれたのは陽介だけじゃない。大人も子供も、まるですでにリゾート地で遊んでいるかのようにはしゃいでいた。しかめ面をしていたのは、祖父をはじめとする年寄りの一部だけだった。

しかし、祭りじみた熱狂は二年ほどしか続かなかった。しだいに人が減り、工事が遅れ、島に静けさが戻り、今年は雪解けとともに再開するはずの工事も止まったままだ。

最初の予定ではリンリン村のオープンは今年の春だった。それが昨年、一年延びることが発表された。

このまま中止になったらどうしよう。

そう考えると、陽介の心臓は重たくなり、呼吸が苦しくなった。

「ただいま」

家のドアを開けて声を張り上げた。

返事はない。みんな店のほうにいるのだろう。この島では、島外に出かけるとき を除いて玄関に鍵をかけることはほとんどない。

家は二世帯住宅で、一階には祖父母が、二階には陽介と両親が暮らしている。玄関は共同だ。

陽介はTシャツとジャージに着替えて玄関を出た。敷地の裏手にまわり、隣に建つ料亭の厨房《ちゆうぼう》のドアを開けた。だしとしょうゆの香りが鼻をくすぐる。生まれたときから嗅いでいるのに、いつでも胸いっぱいに吸い込みたくなる香りだ。

「おはようございまーす」

少し投げやりな声音《こわね》になるのは、家族に向かって敬語を使うのが気恥ずかしいからだ。

「おかえり。早いな」

作業台に並んだ小鉢に煮物を盛りつけながら父が声を返し、天ぷらを揚げている祖父は「おう」と短く答えた。

壁にかかったエプロンを手早く身につけて陽介は洗い場に立った。空のビールジョッキやグラスが置かれ、シンクの水には皿や小鉢が沈んでいる。

厨房に立つのは修業を終えてから、と子供の頃から言われている。陽介が手伝うのは洗い場とホール限定で、それも人手が足りないときだけだ。今日は珍しく昼から宴会が二件入っているのと、祖母が白内障の手術で島外の病院に入院しているため声がかかった。

小寺家が営む〈帰楽亭《きらくてい》〉は、鐘尻島でもっとも歴史ある料亭だ。明治二十七年の創業というから、来年でちょうど百年になる。記録が残っていないため真偽のほどは定かではないが、陽介は信じることにしている。料亭と名乗ってはいるが、ランチタイムには定食はもちろん、客の要望に応えてラーメンや丼ものを出したりもする。六人が座れる座敷が八部屋あるだけで、カウンターやテーブル席はない。小さな港町にありがちな敷居の低い家族経営の店だが、祖父も父も歴史ある料亭という誇りを持っている。

「あ、陽介。よかった。先にお座敷のほう手伝ってよ」

母が空いた皿やグラスをのせたお盆を持ってやってきた。ふっくらとした頬が上気し、丸い鼻の頭が汗ばんでいる。

「忙しくって目がまわりそう」

そう言いながらも笑っている。

「こっちはもうとっくに目がまわってるよ」

言い返した父も笑っている。

「ほら。もうすぐ天ぷら揚がるよ」

祖父がきびきびと言う。

三人とも忙しいことが嬉《うれ》しそうだった。

昼に宴会が二件も入ったのはひさしぶりなのかもしれない。そう想像したら、胸が押しつぶされるようにぎゅっとなった。

昨年の秋まではちがった。リンリン村の開発がはじまってからの二年ほどは昼も夜もほぼ満席の状態で、アルバイトを雇っていたくらいだ。

座敷のほうから男たちの低く弾ける笑い声がして「おーい。ビール」と野太い声がかかった。

「はーい」

母が声を張り上げ、ぱたぱたと小走りで駆けていく。

痩せて見えると母が信じている紺色のエプロンは、今日も背中の結び目が縦になっている。その左右非対称の縦結びが、なぜか自分たち家族のあたりまえの暮らしを象徴しているように見えた。それが片方の紐《ひも》を引っ張るだけですぐにほどけてしまうことに思い至り、陽介はなにか不吉なことに気づいてしまった心地になった。

「陽介。天ぷら、三番さんにすぐ持ってって」

祖父から声がかかるまで、母の後ろ姿から目が離せなかった。

　宴会の片づけを終えて店を出たのは三時半すぎだった。

陽介は海沿いの道を港とは反対方向、リンリン村のほうへと自転車を走らせた。

帰楽亭の隣は、〈うみねこ荘〉という二階建ての民宿だ。以前からある民宿で、陽介たちと同じように家族で経営している。〈うみねこ荘〉の隣から商店、レンタサイクルショップ、ペンションが二軒続き、〈来夢来人〉と書いてライムライトと読ませる喫茶店で商業施設はいったん途切れる。この一帯に建つのはどこも陽介が生まれる前か、子供の頃から開業しているご近所さんだ。

　さらに進むと、空き地のあいだに民家がぽつぽつと建つ地区になる。やがて民家も途切れ、海と山に挟まれた舗装道路が延びるだけになる。海沿いの道は緩やかなカーブを描いているから、スピードを上げると海へ突っ込んでいく感覚になる。鐘尻山に建つリンリン村の鉄塔とホテルのブルーシートが現れたり隠れたりしながら近づいてくる。

　鉄塔もブルーシートも、海と同じように見ようとしなくても視界に入ってくる。海とちがうのは、あたりまえにそこにあるものとは感じられないことだ。

　自転車で十分ほど走った頃、海側に魚の加工場が現れる。数年前までこの先には民家も店もなかった。それが、リンリン村の開発が決定した途端、あっというまに飲食店や宿泊施設が建ち並んだ。

カフェ、レストラン、旅館、食事処、レンタサイクルショップ、土産屋、海産物屋……。看板が出ているのは、ミントグリーンの建物の〈アトリエカフェかもめ〉とトリコロールカラーのサンシェードが場違いにあざやかな〈ビストロときわ〉だけだ。

陽介は、ビストロときわがオープンしたときのことを思い返した。

リンリン村の開発工事がはじまってまもない頃で、まだこのへんに店が建ち並ぶ前だった。

島にはじめて本格的な洋食屋ができるとあって、シェフは東京の一流ホテルの出身だとか水にもお金がかかるだとか、オープン前からなにかと話題になっていた。入口に続く石畳の短い小道、トリコロールカラーのサンシェードとガラス囲いのテラス席。その洒落《しやれ》た佇まいは札幌や東京を飛び越えてヨーロッパの街並みを連想させた。

オープンからしばらくは満席で、陽介が家族と一緒に来店したのは一ヵ月以上たってからだった。その頃にはシェフが東京出身というのも水にもお金がかかるというのもデマであることを知っていたが、とろとろの半熟卵がのったオムライスや、そのオムライスにかけるソースが五種類から選べること、ボールのようにまんまるなハンバーグや、チーズが溶けたコンソメスープなど、なにもかもが別世界のもののようだった。陽介には、ビストロときわが島の将来を象徴する存在に感じられた。これから鐘尻島はこの店のようなおしゃれなリゾート地になっていくのだろう、となんの疑いもなく思ったことを覚えている。

あの頃はよかった、と思ってしまう。あの頃に戻りたい、とも思ってしまう。ビストロときわとアトリエカフェかもめ以外の店は、寝静まっているように見えた。まるで建物は新しいのに、すでに役目を終えて用無しになってしまったもののように。

〈帰楽亭別邸〉もそのひとつだ。

リンリン村のオープンを見据え、父が祖父の大反対を押し切って宿泊施設を備えた料亭を建てたのだ。

切妻造りの木造の建物は明るい茶色で、白亜の塀に囲まれている。門の横にくぐり戸があり、父は「和風モダンだ」と自慢げに言ったが、陽介には日本好きな外国人がイメージでつくった武家屋敷のように見えた。実際、そう茶化したことがある。父は「おまえみたいな子供に建築美がわかるわけねえだろ」と笑い飛ばした。しかし、もう茶化すことはできない。

詳しい話は聞かされていないが、別邸を建てるのに父が数千万単位の借金をしたことは知っている。父は酔っ払うと、老舗《しにせ》料亭として世界に恥ずかしくない佇まいを、というようなことを繰り返し熱弁していた。

建物が完成したのは昨年の夏だが、あれから八ヵ月もたつのに内装はほとんど手つかずのままだ。

リンリン村はどうなるのだろう。

挨拶代わりに気軽に言えるのは、リンリン村がどうなろうとさほど影響を受けない野次馬のような人たちだ。陽介の両親も祖父母も、まるで口にすると災いがやってくるかのようにその話題を避けている。声にできない言葉は胸に降り積もり、みぞおちを重たくさせる。

陽介は自転車にまたがったまま鐘尻山を見上げた。

西側の山肌は削られ、残雪のなかに赤茶色の土を見せている。

リフトの鉄塔とケーブル、観覧車の鉄塔、ブルーシートに覆われたホテル。大きなものはその三つだが、広大な敷地にはプレハブの建物やプレハブトイレ、トラックや重機が放置されている。目をこらしても人の姿は見つけられない。

リフトのケーブルにチェアはないし、観覧車はゴンドラがないどころか鉄塔がつくりかけだし、ホテルはどこまで建っているのかわからない。

これから輝かしいオープンが待っているはずなのに、陽介の目には打ち捨てられたものたちに見えた。

リンリン村につながる道路の入口は高いゲートで塞がれている。

あのゲートが再び開く日は来るのだろうか。

ざざざ、ざざざ、と波の音が大きく響き、坊主頭にべたついた潮風が吹きつける。

ここに来ると、夜の海に膝まで入ったときのような不安に襲われる。それでも、今日こそ工事がはじまっているのではないかとらっぽけな願いを握りしめて来てしまう。

背後で短くクラクションが鳴った。

「陽介。なにやってんだ?」

白い軽トラックから降りてきたのは辰馬の父親だった。

「あ。こんにちは」

「リンリン村の偵察か?」

からかうように言う。

垂れた細い目は辰馬と同じで、陽に焼けた肌は赤黒くてかてかしている。

「いや、別に。そんなんじゃないっす」

胸にはびこる不安を悟られたくなくてしどろもどろに答えた。

辰馬の父親は煙草を吸いながら陽介の隣に立ち、リンリン村へと視線を上げた。

陽介の鼻先を煙草の煙が流れていく。

「そりゃ帰楽亭の跡継ぎとしては気になるよな」

「や、ちがいます」

辰馬の父親は勘違いをしたらしい。「なに。陽介、店継がないつもりか？　なんでよ。だめだわ、それは。ひとり息子なんだからよ。それにあんな立派な」

そこで言葉を切ると、辰馬の父親は首を後ろにひねった。帰楽亭別邸の建つ方向をさしたつもりだろう。案の定、「新しい店建てたんだから、おまえが継がないでどうすんのよ。風呂なんて特別に最高級の檜《ひのき》使ったんだから、早くオープンしないともったいないべや。いいから、高校卒業したらすぐ店継げって」と続けた。

辰馬の父親は、島でいちばん大きな建築会社を経営している。帰楽亭別邸の建築を請け負ったのも彼の会社だ。

「いや、俺は高校卒業したら東京か札幌に行くんで」

「大学行くのか？」

「いや、まずは専門学校に行くかよその店で修業してこい、ってじいちゃんが」

祖父は父を島外で修業させなかったことを後悔していたし、父もまたはっきりと口にはしないが、自分に修業経験がないことにコンプレックスを持っているようだった。陽介が小学生の頃から、帰楽亭で働く前に東京にある祖父の知り合いの割烹《かっぽう》料理店で修業することが決まっていた。高校を卒業するまでは変な癖がつかないように包丁を持つことは禁じられている。

「あー、そっかそっか。そうだな。いまの時代、一度は島を出たほうがいいよなあ」

自分に言い聞かせるような口調だった。目はリンリン村のほうに向いているが、辰馬の父親が見ているのはもっと遠くにあるなにかのように映った。そのなにかが自分には見えないものに思え、陽介は喉の渇きにも似た焦りを感じた。

辰馬は東京の大学に行くんですよね。そう言おうとしたが、喉が開かなかった。

「もうだめだべな」

辰馬の父親はそう言って、煙草を捨てると作業靴のつま先で踏みつけた。

「だめ?」

「リンリン村さ。もうだめだべ」

「だめ、ってどういうことですか?」

「このまま中止になるってことさ」

「中止になるって決まったんですか?」

「まだ正式に決まってないけどよ、どう考えてもだめだべさ」

「でも、辰馬はさっき、ハウステンボスもオープンしたから大丈夫だろう、って。

マイケル・ジャクソンも来るかもしれない、って」

辰馬の父親は、ははっ、と乾いた笑い声をあげた。

「それは去年の話だべや。去年と今年は全然ちがうって。だいたい半年も工事が止まってんだから来年の春のオープンなんて無理に決まってるべや。陽介、おまえ新聞読んでないべ」

これから不吉なことを聞かされる予感を覚えながら、陽介は小さくうなずいた。

「ノーザン観光がかなりヤバいんだよ」

「ノーザン観光、って？」

「おまえ、そんなことも知らねえのか。リンリン村を開発してる会社だよ。成金の社長がバブルで調子こいて、いま負債がすごいことになってんだよ。今年中に潰れるかもな。したら、こんな島のリゾート村なんて引き継いでくれる会社あるわけないべや。いやあ、役場も大変だよ。町長なんか胃潰瘍になったらしいからな」

「どうなるんですか？」

無意識のうちに聞いていた。辰馬の父親に向けたものではなく、未来を見通せる大きな存在への問いかけだった。

「中止になったらか？　そりゃ、大変なことになるだろうな。ま、夢を見させてもらったと思って受け入れるしかねえだろ」

「おじさんのところは大丈夫なんですか？」

辰馬の父親の会社は、リンリン村の開発工事の下請けをしていると聞いていた。

「うちだって計算が狂ったさ。でも、まあ、去年のうちに金は全部払ってもらったからラッキーだと思うしかねえわな。払ってもらってないやつもいるからな」

「島が引き継ぐことはできないんですか？」

「リンリン村をか？　無理無理。この島のどこにそんな金があんのよ」

辰馬の父親は即答し、またリンリン村へと視線を延ばした。

「あの撤去工事、どこが引き受けるんだべ。うちにやらせてくれねえべか」

すでに中止が決まっているような口調だった。

リフトの鉄塔とケーブル、観覧車の鉄塔、ブルーシートに覆われたホテル。陽介は想像の風景からそれらを消した。プレハブの建物や重機を撤去し、山肌の形を整えて緑の木々を植えた。それでも、鐘尻山は元通りにはならなかった。それは、陽介が以前の鐘尻山を正確に思い描けないせいだった。

「このままじゃ生殺しみたいなもんだべや」

辰馬の父親が吐き捨てた。

「とっとと中止だって発表すればいいのにな」

な、と同意を求められたが、陽介はうなずけなかった。

三章

「一刻も早く子供を発見保護するように」

捜査本部長である管理官の言葉に「はいっ」と野太い声が重なり、捜査会議は終了した。捜査員たちが足早に会議室を出ていく。現在も、地域課や生活安全課の警察官、機動隊員たちが永澤しずくの捜索を続けている。

「三ツ矢さん。おひさしぶりです。よろしくお願いします」

岳斗は三ツ矢に頭を下げた。

三ツ矢とペアになるのは三度目だ。彼と組まされる理由は自分なりに理解しているつもりだった。

三ツ矢が誰からも一目置かれていることはまちがいない。しかし、彼は平気で単独行動をするし、ときには捜査方針に従わず、そのことを気にもかけない。さらに厄介なのが、三ツ矢の単独行動が問題になったとき、叱責されるのは三ツ矢本人ではなく、なぜか彼とペアを組んでいる相手だということだ。ただ、それよりも三ツ矢が敬遠されるいちばんの理由は、彼の抜きん出た捜査能力だと岳斗は思っている。彼に見えているものが、ほかの人間には見えない。彼が輪郭を描き、色を塗ってはじめてほかの人間にも見えてくる。そして彼は、自分に見えているものが他人に見えていないことに気づいていない。だから、三ッ矢のそばにいると自分の凡庸さを思い知らされるのだ。新米刑事の岳斗でさえ本気でへこみ、自分をへこませた三ッ矢に本気で腹が立ったこともあるのだから、場数を踏んでいる刑事であればなおさらだろう。

三ッ矢は、頭を下げた岳斗をまじまじと見つめ、「こちらこそよろしくお願いします」と丁寧に頭を下げ返してから、「急ぎましょう」と早足で会議室を出た。

最後に会ってから一年以上たっているが、三ッ矢はまったく変わっていなかった。背の高さはもちろん、体重は一キロの増減さえないように見えたし、くせのある前髪の長さもウェーブのかかり具合も、ネクタイの緩め方も、スーツのへたり加減も、黒いスニーカーも、岳斗の記憶のなかの三ッ矢と完全に一致した。一年前と変わらない三ッ矢が目の前にいることが奇跡のように感じられたとき、岳斗はまた捜査車両に乗り込む直前に見た完璧な雲を思い出した。あのときの胸の奥からなにかがぽっと浮かび上がり、なにかを思い出しそうになった感覚。そのなにかは三ッ矢だったのかもしれないと思い至った。

「三ッ矢さん」

なにを言うか決まっていないまま思わず声にしていた。気を抜くと、この一年なにをしていたのか、変わったことはなかったのか、元気にしていたのか、嬉しかったことや悲しかったことはなかったのかなど、母親もしくは妻か彼女のような質問を連発してしまいそうだった。

一歩前を行く三ツ矢が、岳斗のほうへと首をひねった。

「田川《たがわ》さん」

「え？」

三ツ矢がなにか言いかけたが、岳斗はかぶせるように声にしていた。感動に似た気持ちの昂《たか》ぶりが一瞬で消失した。

田川さん？　と胸のなかで復唱する。俺、田所ですけど。

聞きまちがいではないのか？　聞きまちがいであってほしい。そう願いながら、

「田川さん、ですか？」

おそるおそる問いかけた。

「ですよね」

一応、疑問形になっているが、三ツ矢の表情も口調も断言するものだった。

嘘《うそ》だろ？　嘘だろ？　嘘だろー！　頭のなかで自分の声が響く。

三ツ矢は瞬間記憶能力を持っていると噂《うわさ》されている。瞬間記憶は写真記憶やカメラアイとも呼ばれ、見たものを映像や画像のようにして完璧に記憶することだ。本

人はその能力が発動するのは年に数回だと言っているが、それを差し引いても驚異的な記憶力の持ち主であることは疑いようがない。

その三ッ矢に名前をまちがえられるということは、彼の眼中にない人間だということになるのではないか。そう考えると、小さな自分がひゅーんと音を立てて真っ逆さまに落下していく映像が頭のなかを流れた。

岳斗は頭を振ってその映像を消し去った。生後十ヵ月の女の子が行方不明なのだ。こんなことでショックを受けている場合ではない。

「田所です！」

冷静に訂正しようと思ったのに声が尖った。岳斗はひと呼吸してから、

「僕は田川じゃなくて田所です。田所岳斗です」

落ち着いた声を意識して続けた。

「はい」三ッ矢は悪びれたふうもなく答えた。「田所さんが田所岳斗さんなのはもちろん知っていますよ」

「は？　いま田川って言ったじゃないすか。誤魔化すんすか」

落ち着こうと思ったばかりなのにくちびるが尖った。

「田川さんですよ」

階段を駆け下りながら三ッ矢が言う。

「は？」

「だから、田川さんです。田川好恵《よしえ》さん。五十嵐善男さんの長女です」

「え？」

「田所さんは、八王子市片倉町男性強盗殺人事件の資料を読んでいないのですか？被害者のご遺族の名前を覚えていないのですか？」

三ッ矢は不思議そうな顔で聞いてきた。

ほら、これだよ、これ。岳斗は胸のなかで悪態をついた。

三ッ矢に悪気はないし、嫌味を言っているわけでもない。なぜ読んでいないのか、なぜ覚えていないのか、と疑問に感じたことをそのまま口にしただけだ。それは、邪気のない表情を見ればわかる。しかし、言われたほうは責められているようにも、見下されているようにも感じてしまう。それならまだわかりやすい嫌味や叱責のほうが精神的ダメージは少ない。

岳斗は捜査会議までのあいだ、永澤美衣紗が住むマンションや近所の住人、しずくが通う保育園などへの聞き込みに駆けずりまわっていた。当然、そのあいだは資料を目にする機会はないし、五十嵐善男の事件について調べる余裕もなかった。八王子市片倉町男性強盗殺人事件の資料は捜査会議で配布されたが、すべてを頭に叩《たた》き込むことなどできない。

しかし、三ッ矢はちがうのだろう。そう考えると、己の無能さを指摘されている気になった。

「紛らわしい言い方しないで最初からそう言ってくださいよ」

「言おうとしたら田所さんが遮《さえぎ》っていきなり自己紹介をはじめたのですよ」

三ッ矢は切れ長の目に不思議そうな色を残したままだ。

「はいはい。俺ですよね、全部俺が悪いんですよね。どうもすみません」

くちびるの先でぶつぶつと転がした言葉は三ッ矢には聞こえなかったらしい。

三ッ矢と岳斗は、永澤美衣紗と五十嵐善男の関係を調べる敷鑑捜査に振り当てられた。しかし、三ッ矢のことだから自分がなんの担当なのかは頭のなかにはないのだろう。永澤しずくを一刻も早く発見保護する。永澤美衣紗に怪我《けが》を負わせた犯人を見つける。それだけを考えているはずだ。

「三ッ矢さんは、あの手紙についてどう思いますか?」

捜査車両の運転席に乗り込み、三ッ矢が告げた住所をカーナビに設定してから聞いた。

岳斗のなかには、〈私は人殺しです。五十嵐善男〉と書かれた便箋を見つけたときの驚きと衝撃の余韻があぶくのように残っていた。

「どういうことだろうと思っています」

つかみどころがなく、ふざけているのかと思わせる返答だが、三ッ矢にとってはこの言葉こそが嘘偽りのないものなのだろう。最初のうちはバカにされているのかと思い、岳斗はよく苛立《いらだ》ったものだ。

助手席の三ッ矢は腕を組み、どこに焦点が合っているのかわからない目を前に向けている。その佇まいもまた岳斗の記憶どおりの三ッ矢だった。

午前中は晴れていたが、いつのまにか薄灰色の雲が空を覆っていた。これから向かう西の空には濃灰色の雲がグラデーションになっている。八王子に着く頃には雨が降っているかもしれない。

「三ッ矢さんは、やっぱり五十嵐善男の事件が関係していると」

そこまで言って岳斗ははっと口をつぐんだ。

「さん、です。五十嵐善男さんです。すみません」

慌てて言い直した。

三ッ矢は呼び捨てを嫌う。被害者や関係者はもちろん、被疑者にも「さん」をつけて呼ぶ。岳斗がうっかり呼び捨てにするといちいち指摘してくる。そういうこだわりもまたまわりから面倒なやつだと敬遠される理由だろう。

「三ッ矢さんは、五十嵐善男さんの事件の捜査に加わったんですか？」

「いえ。僕は加わっていません」

「捜査に進展はないみたいですよね」

実のところ捜査状況はほとんど知らなかったが、イチかバチかでそう言ってみた。

「そのようですね」と返ってきてほっとする。

それきり沈黙が続いた。

岳斗は、〈私は人殺しです。〉と書かれた便箋について三ツ矢の意見を聞きたかった。あの文章はなにを意味するのか、なぜあの便箋が現場にあったのか。しかし、聞いてもいまの時点ではさっきのように、わからないという答えしか返ってこないと想像できた。

それに、三ツ矢からは深い思考のなかに潜っている気配が感じられ、邪魔をしてはいけないと自制した。

便箋に書かれていた〈五十嵐善男〉という名前は、八王子で起きた強盗殺人事件の被害者と同姓同名だ。

強盗殺人事件の被害者である五十嵐善男は七十歳。八王子市片倉町の一軒家でひとり暮らしをしていた。

事件が起きたのは、二ヵ月ほど前の一月十三日。何者かが住居に侵入し、この家の住人である五十嵐善男を刺殺、財布や通帳を奪って逃走した。事件が発覚したのは四日後の一月十七日で、父親と連絡がつかないため様子を見に訪れた長女の田川好恵が一一〇番通報をしている。強盗殺人事件として南大沢警察署に捜査本部が立ったが、いまだ解決には至っていない。

五十嵐善男は強盗殺人事件の被害者だ。にもかかわらず、人殺しとはどういうことだろう。

便箋には二種類の指紋が付着していた。ひとつは強盗殺人事件の被害者である五十嵐善男のもの、もうひとつは指紋照合したがヒットするものはなかった。

筆跡鑑定の結果はまだ出ていないが、五十嵐善男の指紋が採取された以上、ふたつの事件はなんらかの形で関係していると考えられるだろう。

三ツ矢のスマートフォンが鳴った。

永澤しずくが保護されたという報《しら》せかもしれない。岳斗はそう願いながらハンドルを握る手に力を入れ、三ツ矢の声に意識を集中した。

「はい……そうですか……了解しました」

いつもどおりの淡々とした声。

彼が歓《よろこ》びを爆発させるところは想像できないが、それでもその声のトーンから永澤しずくが保護されたわけではないと察した。

「しずくちゃんが公開捜査になるそうです」

三ツ矢は淡々とした声のまま告げた。

「そうですか」と答えた岳斗の胸が重くなる。

「美衣紗さんのご両親が、しずくちゃんの公開捜査を強く望んだそうです」

営利誘拐の可能性も考えられるため、しずくが行方不明であることはこれまで伏せられていたが、事件発生から十六時間前後、事件発覚からは四時間がたったいまも、犯人から連絡はない。犯人の狙いが美衣紗の殺害なのか、しずくの連れ去りなのか、それとも怨恨《えんこん》ではなく金銭目的なのかは絞り切れていない。また、永澤美衣紗のスマートフォンが見つかっておらず、犯人が持ち去ったと見られている。

永澤美衣紗の実家は福島県郡山《こおりやま》市にある。彼女は一年半前に結婚し、横浜市に転居。しかし、結婚生活は長く続かず、三ヵ月前に離婚し、しずくを連れて東京都中野区の事件現場となったマンションで暮らしはじめた。

連れ去られたしずくがどうなったのか——。真っ先に思い浮かぶことを岳斗は考えたくなかった。

さっきも南大沢署から警察が来たんですけど、と玄関口で言った田川好恵に、三ツ矢は深々と頭を下げた。

「お父様の命を奪った犯人をまだ逮捕できずに申し訳ありません」

田川好恵はぎょっとした顔になり、いえいえ、そういう意味じゃなくて……、などと慌てたように言葉を重ねた。外見には頓着しない性質らしく、銀縁の眼鏡《めがね》には脂汚れがあり、首まわりが伸びたグレーのトレーナーは毛羽立ちが目立った。化粧をしておらず、後ろでひとつに結んだ髪に白いものが混じっているせいか、四十三歳という実年齢よりも上に見えた。

ＪＲ八王子駅の北口から徒歩十五分ほどの場所に建つこぢんまりとした一軒家。田川好恵はこの家に夫とふたりの子供と暮らしている。二ヵ月前までコールセンターでパートをしていたが、父親の事件を機に辞めたとのことだった。

「でも、ほんとになにがどうなってるんですか？　さっき来た警察の人も詳しいことは教えてくれなくて。変な手紙を見せられたんですけど、あれ、うちの父が書いたんじゃありませんよ。父が人殺しなんてあるわけないじゃないですか。それに、永澤しずくちゃん、でしたっけ？　そんな女の子は知らないし、永澤なんて知り合いもいないですよ」

田川好恵は、困惑が混じった顔でまくしたてた。

「何度も申し訳ありません」

三ッ矢が再び頭を下げ、岳斗も条件反射でならう。

「父の事件とその女の子はなにか関係してるんですか？」

田川好恵は不安そうに眉を寄せて聞いてきた。

「まだわかりません。ですから、こうしてうかがいました」

「はあ」

「お父様のご自宅を見せていただけますか？」

「さっき南大沢署の人も見ていきましたけど、また？」

「はい。またです」

「別にいいですけど……。ちょっと待っててください、鍵を持ってきますから」

「申し訳ありませんが、ちょっとお邪魔させていただきます」

「は？」

田川好恵が振り返ったときには、三ッ矢はもう黒いスニーカーの片方を脱いでいた。

「ちょっと！」田川好恵が両手を突き出して三ッ矢を止めた。「なんですか、いきなり。ここで待っててください」

「田川さんのお宅も確認させてください」

三ッ矢はすでに上がり框《がまち》に両足をのせている。

「はあ？」

田川好恵の声が裏返った。

「永澤しずくちゃんを捜しています」

三ツ矢の声は大きくはないのに、目の前でぱんっと手を叩かれたときのような響きを帯びていた。その声の余韻が玄関ホールに広がっていく。

「そ、それがうちとどう関係が……」

「関係があるかどうかはまだわかりません。ですが、永澤しずくちゃんは何者かに連れ去られたと見られています」

「え？」

眼鏡の奥の目が見開かれた。

「南大沢署の者がうかがったときはまだ公にできない状況でした。ですから、田川さんを戸惑わせてしまったと思います。ですが、先ほど公開捜査になりましたので、ご協力をお願いします」

「ご協力、って……」

「永澤しずくちゃんがここにいないか確認させてください」

「はあっ？　どういうことですか？　いるわけないじゃないですか。まさか私を疑ってるんですか？」

「はい」

三ツ矢は平然と言い切った。

田川好恵はとっさになにか言おうと息を吸い込んだ。しかし、驚きと怒りが喉をふさいで半開きの口を震わせるばかりだ。

「僕は自分自身のことも含めてすべてを疑っています」

三ッ矢は二、三秒の沈黙を挟み、「いえ」と一度視線を落としてから田川好恵を見つめ直した。

「疑うという言い方は乱暴だったかもしれません。どんなことも無条件に信じてはいないということです」

そのとき岳斗の脳裏に真っ青な空が浮かんだ。

一瞬、今日の午前中に見た空かと思ったが、ちがう。薄青にきらめく、雲ひとつない空。

あのときだ、と思い出した。以前、別の事件で三ッ矢とペアを組んだとき、千葉郊外の霊園に行ったことがある。あれは昨年の一月で、頭上には冬晴れの空が広がっていた。岳斗がなにげなく空がきれいだと言ったとき、三ッ矢は同意せずに、そうですか？　と問いかけてきた。

――僕は騙《だま》されないぞ、と思います。ほんとうはきれいな空ではないのではないか、自分は虚構を見せられているのではないか、真実は隠されているのではないか。そんなことを考えてしまいます。

そんなことを言った三ッ矢に岳斗はうんざりして、だから変わり者は苦手なのだと思ったのだ。

「でも、それって結局、私を疑ってるってことですよね？　だから、家を確認したいってことですよね？」

田川好恵が三ツ矢の言葉の真意を理解できないのはあたりまえだ。岳斗でさえいまだに理解しているとは言いがたいのだから。

「確認されると困ることでもあるのですか？」

態度も口調も丁寧だが、三ツ矢は不思議な威圧感をまとっている。

「そうじゃないですけど、散らかってるし」

「かまいませんよ」

「私がかまうんですっ」

半ギレで声を荒らげた彼女に、そうなる気持ちはわかる、と岳斗はこっそりと共感した。

「田川さん」

三ツ矢の声が鋭さを帯びた。

「一歳にもならない女の子が行方不明なのです。少しでも可能性があると思われるところを片っ端から捜しています。田川さんのお宅を確認させていただければ、次の場所を調べることができます。こうしているあいだにも、しずくちゃんに命の危険が迫っているかもしれません。ご協力をお願いします」

「でも、ほんとに散らかってて」

そう言いながら田川好恵は一歩後ずさりした。その分、三ツ矢が足を踏み出す。彼女はあきらめたようにため息をつくと、渋々といった様子でスリッパをすすめた。

リビングに入ったとき、彼女が刑事を家に上げるのを嫌がった理由がわかった気がした。センターテーブルには、食べかけのピザやフライドチキン、フライドポテトなどのジャンクフードが並んでいた。

「今日は気晴らしに韓流ドラマを一気観《いっきみ》してたところで……。父があんなことになってから全然観る気にならなかったので」

田川好恵は言い訳するように言ったが、三ツ矢の耳には彼女の声が引っかからなかったらしい。返事をせずに早足でリビングを出ていった。

「あ、韓流ドラマ、人気ですよね」

岳斗はフォローしてみたが、彼女からは、そうですね、とそっけない声が返ってきただけで会話は続かなかった。

リビング以外は彼女が言うほど散らかってはいなかった。一階にはリビングとダイニングのほかに和室があり、二階には子供部屋がふた部屋と夫婦の寝室があった。三ツ矢と岳斗はクローゼットや押し入れ、ベッドの下はもちろん、冷蔵庫や洗濯機など生後十ヵ月の子供が入りそうな空間をすべて確認した。なにも見つからなかった。

五十嵐善男の家の鍵を受け取り、辞去しようとしたとき、

「お父様はどのような方でしたか？」

三ツ矢は唐突に質問をした。

「え？　父ですか？」

「はい。娘さんから見てお父様はどのような方でしたか？」

「うーん。そうですね」田川好恵は指をあごに添え、ひと呼吸分の沈黙を挟んでから「よくわからない人でした」と真顔で答えた。

「なにがどうわからないのでしょう」

三ツ矢も真顔で質問を重ねた。

「ほんとは意外といい人だったのかも、っていまになって思ってます。そういえば、死んだらみんないい人になるってよく言いますよね」

彼女は少し笑ってから続けた。

「うちの父って、わがままだし頑固だし、自分のしたいことしかしない人だったんです。普通のサラリーマンだったんですけど、平日は朝から夜遅くまで働いて、休みの日は遊び歩いて、家族のことなんてほったらかしでしたね。たまに家にいると

思ったら、お酒を飲んで酔っ払って絡んでくるし。だから、父のことはずっと嫌いだったし軽蔑してました。でも、母が死んだら父はすっかり変わって」

そこで言葉を切ると、彼女は人差し指で目尻をぬぐった。

「お母様が亡くなったのはたしか十八年前でしたね」

まるで近しい親戚のように三ツ矢は言った。驚いたのは岳斗だけではなく、田川好恵も「え、あ、はい」とふいを突かれたようだった。

「ということは、お父様が五十二歳のときですね」

「え、そうかな。ちょっとそこまでは……」

田川好恵は苦笑いを浮かべて首をかしげた。

「お父様はどのように変わったのですか？」

「生気がなくなりました。母が生きてるときは夫らしいことなんてなにもしないで遊びまわってたくせに、母が死んだ途端、ふぬけみたいになって、俺のせいだって自分を責めてました」

「俺のせい、とは？」

「母は入浴中に心臓発作を起こして亡くなったんですけど、たしかに父のせいとも言えるんですよ。私はもう家を出ていて両親のふたり暮らしだったんですけど、そのとき父が家にいたら助かったかもしれないんですよね。でも、父はスナックで飲んでて、母がお風呂で亡くなっていることに気づいたのは次の日の朝だったんですよ。ひどくないですか？　だから、父が罪悪感に駆られるのは自業自得だったのかもしれません。私はずっと父を許せなくて、距離を置いていたんです。でも、こんなことになるなら許していればよかった」

そこまで言うと、彼女はなにか思いついたようにはっと息をのんだ。

「私は人殺しです、って父の名前が書かれた手紙があったんですよね。もし父が書いたものだったとしたら、母のことを言っているんじゃないでしょうか」

それは岳斗も考えついたことだった。あの便箋には五十嵐善男の指紋が付着している。彼が書いたものかどうかは筆跡鑑定の結果を待たなければならないが、いずれにしてもまったくの無関係ということは考えにくい。

三ツ矢の表情をそっとうかがったが、あいかわず彼にしか潜ることのできない思考の海の深くにいるような気配だった。

同じ八王子市内でも、田川好恵の家から父親の五十嵐善男の家までは車で十五分ほどかかった。田川好恵の家はJR中央線沿線だが、五十嵐善男の家は京王《けいおう》高尾線沿線で、最寄り駅の京王片倉駅からは徒歩十分ほどだ。

住宅地の奥まったところに彼の家はあった。右手には民家と畑が交互に並び、左手には林が広がる小道を進んだつきあたりだ。いちばん近い民家とは三十メートルほど離れている。

十六時まであと十数分。さっきまで広がっていた陰鬱な雲は消え、うっすらと陽が射している。

周囲に人はいない。この時間帯でも閑散としているのだから、五十嵐善男が殺害された夜間であればなおさらだろう。ざっと見まわしたところ防犯カメラもなさそうだった。

「田所さんは家のなかを捜してください。僕は周囲を確認してきます」

「はいっ」

青いトタン屋根とクリーム色の外壁のありふれた二階建て。二階の正面部分にベランダがついている。ところどころリフォームした形跡があるが、築三、四十年ほどたっていそうだ。事件から二ヵ月近くがたち、立ち入り禁止のテープは外されている。

岳斗は三ツ矢に渡された鍵で玄関を開けた。

先に南大沢署の警察官が確認したと言っていたから永澤しずくがここにいる可能性はゼロに近いだろう。それでも万が一ということがある。

「しずくちゃん！」

家の奥へ向かって呼びかけたが、自分の声の残響と静寂が返ってくるばかりだった。

玄関の正面にリビングにつながるドアがあり、その右側に階段がある。唯一の住人だった五十嵐善男がいなくなった家は、人の営みの気配が感じられず、黴臭《かびくさ》さとうっすらとした下水のにおいが漂っていた。

捜査資料によると、五十嵐善男はリビングにうつ伏せに倒れていた。体には防御創を含め複数の切り傷があり、頸動脈《けいどうみやく》を切られたことが致命傷になった。死因は失血死。複数の切り傷には生体反応があったことから、犯人は被害者を複数回切りつけてから致命傷を負わせたことになる。犯人は財布と通帳を持ち去ったが、被害者の口座から金は引き出されていない。五十嵐善男はひとり暮らしだったため、財布にいくら入っていたのかも、ほかに盗まれたものがないのかも不明だった。

リビングには若草色のカーペットが敷かれ、五十嵐善男が倒れていたと見られるドア近くに出血の跡がはっきりとこびりついていた。岳斗はいつも三ツ矢がするように目を閉じて合掌してから、リビングのなかへと足を進めた。リビングの奥にダイニングがあり、左横には和室がある。和室には布団が敷かれたままだった。

一階のすみずみまで確認してから二階に上がった。二階には二部屋あるが、どちらも使っていなかったらしく、一方は物置に、もう一方は空き部屋になっていた。

掃き出し窓を開けてベランダをのぞくと、老朽化した床材の一部が抜け落ちていた。

窓を閉めようとしたとき、三ツ矢が家に向かってくるのが見えた。

「三ツ矢さん！」

三ツ矢が顔を上げた。

「しずくちゃんはいません！」

岳斗の報告に、三ツ矢は黙ってうなずいた。

階段を下りると、ちょうど三ツ矢が家に入ってくるところだった。岳斗と目が合うと、無言でくちびるをきゅっと引き締めた。その厳しい表情で、三ツ矢もまた手がかりを見つけられなかったのだと悟った。

「田所さん」

厳しい表情のまま三ツ矢が口を開いた。

「いま本部から連絡がありました。あの便箋の文字は九十九パーセント以上の精度で五十嵐善男さんの筆跡とのことです」

おそらくそうだろうとは思っていたから驚きはなかった。しかし、私は人殺しです、とはどういうことだろう。

「急ぎましょう」

そう言って、三ツ矢はスマートフォンをスーツの内ポケットにしまった。その手に髪の甲にいくつもの細い切り傷があり、スーツが汚れていることに気がついた。髪にはちぎれた枯葉のようなものがついている。永澤しずくを捜しに林に分け入ったのだろう。

傷は大丈夫か聞こうとしたが、三ツ矢のほうが早かった。

「いまは永澤しずくちゃんを見つけることだけ考えましょう」

ぱっと身を翻して外に出た三ツ矢の肩で蜘蛛《くも》の巣がきらめいていた。

四章

1993年8月　北海道鐘尻島

藍色の空の下に黒い島影が見える。

岬に立つ灯台が、ピカッ、ピカッ、と白く輝きながら夜空に光の帯を延ばし、陸と海が重なるところには小さくて頼りない灯《あか》りが散らばっている。

常盤由香里《ときわゆかり》は、近づいてくる島のどこにも焦点を合わさず、それでも視界の中心に島を置き続けた。すると海から生えた黒い瘤《こぶ》のような島がこの世の果てに感じられ、もう二度とあそこから出られないという予感に襲われた。

フェリーの展望デッキにいるのは由香里だけだ。エンジンと波と風が混じり合った音が、耳もとでごうごうと騒いでいる。湿った海風が額を叩き、髪をかき乱し、肌をべたつかせる。

小樽からフェリーに乗ったときはまだ陽射しの名残があったが、まもなく夜の九時になるいまの空は完全に夜の色だ。小樽から鐘尻島までフェリーで二時間。途中まで大きさの変わらなかった島は、到着まで三十分を切った頃からまるで妖怪のようにむくむくと膨らみながら猛スピードで近づいてくる。

まもなく鐘尻島に到着するとアナウンスが流れ、由香里から深いため息が漏れた。呼吸するようにため息をつくようになったことは自覚しているが、それがいつ頃からなのかは覚えがなかった。

カンカンカンとサンダルの音を響かせながら客室への階段を下りた。

客室の座席は、左右の窓側に二列ずつ、真ん中に三列あるが、そのほとんどが空いている。高速船が運航している八月に、倍の時間がかかるフェリーを選ぶのは物好きな観光客か少しでも節約したい人くらいだ。

由香里はそのどちらでもないが、島に向かうときは必ず時間のかかるフェリーを選ぶ。反対に、島を出るときは決まって高速船だ。一刻も早く島を出て、少しでも島に帰る時間を引き延ばしたいからだ。

結唯《ゆい》は窓側の座席で眠っていた。小さな体を傾けて頭を窓にもたせかけている。潮風で健康的に焼けたなめらかな肌。薄い眉と、やわらかそうなまつげ。半開きの口は上くちびるが尖ってよだれが光っている。抱き寄せたら風と海のにおいがしそうだ。実際、結唯は晴れているときはひなたの、雪のときは冷たいにおいがする。

そして、季節や天候を問わずいつも潮風の気配をまとっている。

結唯は熟睡している。至近距離から見下ろされているのに、他者の視線と気配を感じないのだろうか。これが野生動物ならとっくに捕食されているだろう。まだ九歳のこの子は、この世界が善意で成り立つ安全な場所だと無条件に思っている。自分に危害を加えるものは存在しないと信じているのだろう。

いや、そんなふうに脳天気に生きていられるのは年齢のせいではなく、完全に島の子になってしまったからかもしれない。

そう思い至ると、憎しみに似たどす黒い感情が体のなかに流れ込んできた。それは自分から生まれた感情のはずなのに、まるで謂《いわ》れのない者から謂れのない暴力を受けている感覚だった。

人の気も知らないで――。

そんな言葉が喉もとまでこみ上げた。

日曜日の今日は、結唯の英会話スクールとスイミングスクールの日だった。どちらにも昨年、結唯が小学三年生になったときから通わせている。島に習い事の教室はないから、日曜日は結唯とふたりで十一時発の高速船に乗って島を出る。小樽から札幌までは、バスとJRと地下鉄を乗り継ぐ。帰りは高速船がフェリーに代わり、島に着くのは夜の九時だ。

到着を告げるアナウンスが流れ、まもなくゴォンと接岸した振動が足もとから伝わってきた。スピーカーから蛍の光が流れ出す。

乗客が立ち上がったり荷物をまとめたり下船の支度をするなか、結唯は目を覚ます気配がない。

「人の気も知らないで」

喉に引っかかっていた言葉が舌打ちのようなつぶやきになった。

由香里は娘に背を向けた。カッカッカッとサンダルの音を三回響かせたところで立ち止まり、振り返る。

どうして目を覚まさないのだろう。どうして「ママ、待って」とすがってこないのだろう。幼い頃は四六時中、泣き叫びながら両手を広げて私を求めていたのに。それはほんの数年前のことなのに遠い昔を思い出すようだった。

ママがいなくても生きていける――。

島の子になった結唯は、無意識のうちにそう感じているのかもしれない。

ふいうちで浮かんだその考えに、うなじのあたりからなにか大事なものをすっと引き抜かれた感覚になった。自分の輪郭と色彩が薄まった気がしてぞくっとなる。

由香里は急いで引き返し、結唯の肩をがっとつかんだ。

「結唯。着いたよ」

そのままの力で娘の肩を揺さぶる。

「着いたってば」

結唯が目を開けた。あんなに深く眠っていたのにすぐに覚醒し、「あ、はあい」と気の抜けた返事をした。

その態度が母親を軽んじるものに感じられた。

今度こそ娘を待たずに歩き出した。結唯はちゃんとついてきているだろうか。振り返りたい気持ちと、振り返ったら負けだという気持ちがせめぎ合っている。

タラップを降りて桟橋に足が着いた瞬間、自分の体がすうっと小さくなって島に飲み込まれるような感覚になった。いつものことなのに、いつまでたっても慣れはしない。人口三千人のこの小さな島にいとも簡単に飲み込まれてしまう自分はどれほどちっぽけな存在なのだろう。そう考えると恐ろしくなった。

「結唯」

思わず振り返り、呼びかけていた。まるで娘にすがりつくように。

「ん？」

結唯は母親の心中を察することなく、島の子らしい無防備な顔を向けた。

自分の娘がリラックスした様子で島に降り立つことに、由香里はいつも腹立たしさと同時に、自分だけがのけ者にされているような不安と心細さを覚えた。

「だらだらしないで早く歩きなさい。ちょっと、カーディガンはどうしたの」

尖った声が出た。

「リュックのなか」

結唯はピンク色のリュックをアピールするように軽く飛び跳ねた。

「なんで着ないの」

「寒くないよ」

「いつも言ってるよね、夜は上着を着なさいって」

八月の終わりの島の夜はすでに肌寒く、半袖だと鳥肌が立つほどだ。昼間、太陽が暖めてくれた空気は、日没を待っていたかのように潮風がさらっていく。

「ほんとに寒くないよ」

結唯はカーディガンを出そうとしない。

たったこれだけのことで、なんでこんな子になってしまったんだろう、とうんざりする。続けざまに、なにもかも思いどおりにならないという焦燥感が襲ってくる。

結婚して十一年、鐘尻島に来て三年が過ぎた。まだ三十四歳なのに自分がひどく歳を取ったように感じられた。

「はあぁぁぁあ」

結唯に聞かせるために大きなため息をついた。

「あ、待って。カーディガン着る」

結唯が立ち止まってリュックを下ろしたが、足を止めずに駐車場へ向かった。

白とオレンジの外灯が港全体をぼんやりと照らし、アスファルトに由香里の影を淡く落としている。島を一周する道路沿いに飲食店や土産屋が並んでいるが開いている店はなく、灯りがついているのはホテルと旅館くらいだ。

由香里と同じように駐車場へ歩いていく人たち、旅館の送迎車に乗り込む人たち、自転車やバイクで走り出す人たち。フェリーの乗客たちが寝静まった島のあちこちに散っていく。

「由香里さん」

車に乗ろうとしたところで声がかかった。

石橋純世《いしばしすみよ》だった。ショートカットの白髪が外灯の光を鈍く反射し、耳には大きな石のついたイヤリングがぶらさがっている。カーディガンを着ても肌寒いほどなのに、純世はノースリーブのワンピース一枚で、たるんだ二の腕を晒《さら》している。

彼女は〈アトリエカフェかもめ〉のオーナーだ。年齢は非公開と自分では言っているが、六十五、六歳であることはほとんどの人が知っている。

「由香里さんもフェリーに乗ってたの？」

「はい。日曜日は娘の英会話とスイミングで札幌まで」

「ああ、そうそう、そうだったわ。前も聞いたわよね。毎週、大変ねえ」

彼女は誰のことを大変だと言っているのだろう。娘の送り迎えをする由香里のことか、習い事をさせられる結唯のことか、それともそのための費用を稼がなくてはならない夫の恭司《きょうじ》のことだろうか。純世から嫌みったらしさは感じられないから、きっと自分のことだろうと受け止めた。

「私はお友達を迎えに来たのよ」

純世はそう言って水色の車を振り返った。助手席にひとり、後部座席にひとり、純世と同世代に見える女が座っている。由香里と目が合うと、ふたりとも頭を下げた。由香里も会釈を返す。

「ふたりともわざわざ東京から来たのよ。しかも、フェリーに乗ってね。どうせなら沖縄にでも行けばいいのに、こんな見どころのない島に来るんだからほんと物好きよね」

純世は自分のことを棚に上げていたずらっぽく言った。

彼女の本宅は東京にあり、鐘尻島に滞在するのは高速船が運航する四月から十月までだ。定年退職した夫と一緒にいるのが苦痛で逃げてきただけで店は道楽だ、という言葉はほんとうらしく、店はたいてい暇そうだったが、彼女はまったく気にしていないようだった。

自分たちも純世のようだったらよかったのに。由香里はいつもそう思う。島にいるのは一年のうちの数ヵ月間だけで、島の外にほんとうの家がある。そうであれば、この世の果てに流されてもうどこにも行けないような気持ちにはならなかったかもしれない。

「よりによってこんなタイミングで観光に来るなんてね。由香里さんも感じてるでしょう？　空気はどんよりしてるし、みんな暗い顔してるじゃない。なんだかこっちまで気が滅入《めい》っちゃうわよ」

彼女がこんなことを言えるのはこの島の人間ではないからだろう。

「今日なんか、帰楽亭のご主人、あ、若いほうのね、ばったり会ったんだけど、話しかけても上の空で、疲れ切った顔をしてて気の毒だったわ。だって、あの別邸かなりお金がかかってると思うのよ。このままオープンしないつもりかしら。まあ、オープンしたらしたであれだけの規模だもの、内装なんかにもお金がかかるだろうしね」

友人を待たせているのに純世の口は滑らかに動く。おっとりとした口調のせいかおしゃべりには感じないが、彼女には話し出したら止まらないところがあった。

しかし、由香里は純世と話すのが好きだった。親子ほど歳は離れているが、不思議とジェネレーションギャップを感じることはなく、なにより島の外の人と話している感覚が心地よかった。話題も言葉づかいも、純世はこの島の人とはまるでちがう。自分もそうあり続けたいと由香里は強く思っていた。

「ママ」

結唯がカサカサとリュックを鳴らしながら走ってきた。急いで着たのだろう、カーディガンの裾がリュックに引っかかってまくれ上がっている。

カーディガンもまともに着られないのか。反射的にため息をつきかけたが、なんとかのみ込んだ。

「結唯ちゃん、こんばんは」

「こんばんは」

「あらあら。カーディガンがめくれてるわよ」

純世が笑いながら結唯のカーディガンを直す。

「あ、ほんとだ」

結唯は一緒になって笑っている。

「やだ。私ったらお友達を待たせてるのに長話しちゃった。引きとめちゃってごめんなさいね。じゃあね。結唯ちゃん、バイバイ」

バイバイ、と結唯が手を振り返す。

「あ、そうだ」と純世が振り返った。「お友達と一緒にオムライス食べに行くわね」

「はい、ありがとうございます。お待ちしてます」

由香里は笑顔をつくり、駐車場を出ていく純世の車を見送った。

自分の軽自動車に乗り込んだ途端、こらえていたため息が、はあぁあっ、と盛大に漏れた。エンジンをかけたら、また出た。

――空気はどんよりしてるし、みんな暗い顔してるじゃない。

さっきの純世の言葉を思い出し、自分も暗い顔をしているし、どんよりした空気の一部になっているのだろうと思った。

リンリン村の開発中止が正式に発表されたのは、六日前の八月二十三日だった。「世界的リゾート」「第二のニセコ」「北の軽井沢」などを謳《うた》い文句にしていた鐘尻島のリゾート開発は完全に終止符が打たれた。

ほとんどの島民はとっくに予想していたことだった。昨年の秋から開発工事はストップしたままで、鐘尻山の西側にはスキーリフトと観覧車がつくりかけのまま放置され、建設途中のホテルもブルーシートで覆われたままだった。ときおり島の外から関係者がやってきて点検や確認らしき作業をしていったが、工事が進むことはなかった。

リンリン村はもうだめだな――。

そんな声があちこちで聞こえるようになったのは今年の春からだ。雪解けとともに再開するはずの工事は進まず、町役場からもリゾート開発会社からもなんの説明もなかった。

　そして、七月十二日、北海道南西沖地震が起きた。最大震度五を記録した地震は、震源地に近い奥尻島に甚大な被害をもたらし、奥尻島の北東に位置する鐘尻島も震度三の揺れだった。津波と火災に襲われた奥尻島の惨状をニュースで見た瞬間、これでリンリン村のオープンはなくなったと確信したのは由香里だけではなかっただろう。

　覚悟していたこととはいえ、それでも六日前に発表された開発中止のニュースは鐘尻島の人たちに大きな衝撃をもたらした。

　由香里にとってもそうだ。そのニュースを目にした瞬間、わずかにつながっていた希望の糸が断ち切られたのを感じた。

　由香里が惹《ひ》かれたのは「世界的リゾート」という響きだった。その謳い文句があったからこそ最終的には鐘尻島に移住することを受け入れたのだ。

　由香里たち家族が青森県弘前《ひろさき》市から鐘尻島に移住したのは三年前の一九九〇年、結唯が小学生になるタイミングだった。ホテルの料理人だった夫が、鐘尻島で自分の店を持つことを強く望んだのだ。鐘尻島にリゾート村ができるというニュースを見た瞬間、天啓のようにそこが自分たちの新天地になると閃《ひらめ》いたらしい。

　由香里にとってそのニュースはまったく印象に残らなかった。あの頃は連日、日本のどこかで古いなにかが壊され、新しいなにかがつくられていた。鐘尻島のリゾート開発計画もそのひとつにすぎなかった。不動産を持たず、投資とも無縁な由香里にはテレビが騒ぐほどの景気の良さは実感できなかったが、それでも世の中のにぎやかさと移り変わりの速さは東京から離れた地方の空気にも混じっていた。

鐘尻島で自分の店を持ちたい、と夫に言われたとき由香里は反対した。鐘尻島なんてところは知らなかったし、知らないのだからなんの魅力もない田舎《いなか》なのだと思った。だいたい北海道は、由香里が行きたい場所の逆方向だった。由香里はずっと東京で暮らすことを願っていた。しかし、「世界的リゾート」「北の軽井沢」「テラス席のあるビストロ」「自分たちの城」といった言葉を駆使した粘り強い説得と、なにより強引に事を進めようとする夫に負けてしまった。リゾート村のオープンとともに海外から大勢の観光客が鐘尻島を訪れるだろうという夫の言葉を真に受け、由香里は英会話の本とCDを買い求め、一ヵ月ほどであったが真剣に勉強したものだ。

それなのに——。

リンリン村がなければ、鐘尻島はただの無名の小さな島だ。しかも、寒いし魚くさいし、遊ぶところもショッピングする店もない。コンビニは一軒だけで、二十四時間営業ではない。

話がちがう、と言いたかった。実際、夫には何度も言ったが、いつも言葉が通じていないような反応だった。

リンリン村の開発中止が昼のローカルニュースで速報されたときもそうだった。目の前を閉ざされてパニックになった由香里に対し、七つ上の夫は「発表が遅すぎるっつうの。まあ、中止になってももとに戻るだけだしな」と他人事《ひとごと》のようにつぶやいただけだった。

リンリン村の開発中止が決まって明日でちょうど一週間になる。

もし店の売上が落ちたら、毎週日曜日に結唯を連れて札幌まで行けなくなるかもしれない。フェリーも高速船も格安の島民料金で乗れるが、それでも結唯とふたりだと一往復六千円ほどだ。英会話とスイミングの月謝は合わせて一万四千円。すべて含めると月に四万円はかかっている。

助手席を見ると、まだ車が動き出してもいないのに結唯はうつらうつらしていた。

この子はどうしてこうなんだろう。母親がどれだけ将来のことを考えてくれているのか、札幌での習い事にどれだけ時間とお金をかけてもらっているのか、まったくわかっていない。恵まれた環境を与えてもらっていることに感謝するどころか、気づこうともしていない。

「このバカ!」

思わず怒鳴り声が出た。

結唯は体をびくっとさせ、あーびっくりしたあ、とつぶやいた。そののんきさが、由香里の気持ちを軽くあしらうように感じられた。

「あんた、フェリーでもずっと寝てたよね。なんでそんなに寝てばっかりなの？バカなの？ママだって、あんたにつきあって疲れてるんだよ。でも、これから運転しなきゃいけないの。それなのによく無神経にグーグー寝れるね。ほんっとに自分のことしか考えないんだから」

結唯は、母親の言葉を理解できないような顔をしている。そのぽかんとした表情は、由香里の文句を聞き流すときの夫にそっくりだった。そんな顔を向けられるたび、自分だけがのけ者にされているように感じられた。

「ごめんね、ママ。寝ないようにがんばるから」

まばたきを我慢する顔になった結唯を無視し、由香里は運転席の窓を開けた。潮の香りが鼻を刺し、このにおいから一生逃れられなかったらどうしようという気持ちになった。

「あー魚くさい。なんでこんなにくさいんだろう。あーやだやだ」

つぶやきながらアクセルを踏んだ。

「そうかな」

駐車場を出ようとしたところで結唯が小さな声を出した。

「魚くさくないよ。これ、海のにおいじゃないかな」

視界の左端に、母親の横顔を見上げる結唯が映っている。

「ママ、いつも魚くさいって言うけど、魚のにおいとはちがうんじゃないかな」

由香里にはその言葉が、こんなことも知らないの？　とバカにするように聞こえた。

頭の冷静な部分ではわかっている。結唯にそんなつもりはないことも、母親の機嫌を取ろうとしていることも、そのきっかけのための言葉であることも。

しかし、理性はいつもあっさりと流される。

由香里は急ブレーキを踏んだ。結唯の体が前のめりになり、膝の上に置いたリュックが落ちた。母親の気持ちを察することなく、あーびっくりしたあ、と間延びした声を出した結唯はなにがおかしいのか、ここグイッてなった、とシートベルトに手を当ててひとりで笑った。

この子は私がなにを考えているのか、なにを感じているのか少しもわからないし、わかろうともしない。私はあんたのことをこんなにも考えているのに。

「人の気も知らないで」

舌打ちに似た声が出た。

「え？」

結唯の瞳に浮かんだ緊張の色に、由香里のこめかみでなにかが爆《は》ぜた。

こんなにイライラするのは、札幌から島に戻ってきたからだと頭のすみで理解していた。衝動的なものだ、一時的なものだ、と。しかし、ぼこぼこと沸き立つような感情が体いっぱいに満ちていくのを止められなかった。

「ほんっとにイライラする」

そう吐き捨てて車を急発進させた。タイヤがキュッと鳴り、結唯の体がガクンとシートに押しつけられた。

由香里は運転席の窓を閉め、結唯が開けた助手席の窓も閉めた。

結唯はなにも言わない。膝の上のリュックを抱きしめるようにして座っている。

港から住居兼店舗までは車で七、八分の距離だ。信号はひとつもない。

鐘尻島はハートを逆さまにしたような形をしている。下のくぼみが鐘尻港だ。

由香里たち家族は島の西側に住んでいる。一階が〈ビストロときわ〉で、二階が住居だ。

緩やかな右カーブを過ぎると、鐘尻山の山頂から麓に並んだスキーリフトの鉄塔とケーブル、未完成の観覧車の鉄塔が視界に入った。建設中はあんなに高く大きく感じられたのに、いまでは星をつかもうとする子供の手よりも空から遠く見える。

藍色の空には無数の星がガラス屑《くず》のように散らばっている。

島に来たばかりの頃は、夜の空を埋め尽くす星の迫力に圧倒された。その小さな瞬きが無数の虫がうごめく姿を連想させて気味悪く感じたものだ。

どうしてこんな田舎の島に来てしまったのだろう。

自分が鐘尻島に住んでいることを意識するたび、由香里は取り返しのつかないことをした気持ちになった。こんな島に流されるくらいなら、父のすすめた地元の信用金庫に就職し、父のすすめる相手と見合い結婚したほうがよかった。それは由香里がいちばんしたくない後悔で、しかし気がつくとそのことばかり考えている自分がいた。

由香里は、福島県の人口三万人のまちで生まれ育った。両親と姉の四人家族で、同じ敷地には祖父母の家があった。由香里の家は祖父の代から建築会社を営んでおり、地元では名士だと、少なくとも由香里以外の家族は思い込んでいた。

実家にいい思い出はない。父は横暴で、母は嫌味ったらしく、三つ上の姉は高慢で頭が良かった。家でも学校でも、褒められ、尊重されるのは姉のほうだった。顔は自分のほうがかわいいのにみんな姉ばかりをちやほやする、と由香里は子供の頃から不満だった。自分が正当に評価されないのは長子を大切にする田舎だからだと思った。都会に行けば、姉よりも自分のほうが評価されるはずだ。その思いがピークに達した頃、ありがちな飲み会ですでに社会人だった夫の恭司と出会った。由香里は大学卒業を控えていたが、まだ就職先は決まっていなかった。恭司は全国にチェーン展開しているホテルの料理人で、当時は弘前店に勤めていたが、銀座本店の料理長になるのが目標だと語った。早く結婚して家庭を持ちたい、とぼそぼそと照れくさそうに続けた彼に、この人が運命の人だと思ってしまった。

もしタイムマシーンがあったらあのときに戻り、彼は運命の人ではない、と二十二歳の自分に言いたかった。

「ママ。星がいっぱいだね」

結唯が話しかけてきた。

「ね、ママ。きれいだね、星」

母親に口をきいてもらうために一生懸命に言葉を探している。

由香里は前を見据えたまま返事をしないことを選んだ。

魚の加工場を過ぎると、カフェやレストラン、旅館や土産屋などが現れる。そのほとんどがこの三年以内に建てられたものだ。ネオンがついている店はなく、アトリエカフェかもめの二階の窓が煌々《こうこう》と明るかった。

ビストロときわのネオンも消えている。

店の裏手に車を入れようとしたとき、少し先の路上に数人の人影があることに気づいた。そのなかのひとりが夫に見え、なにかあったかもしれないと思った。

「先に家に入ってなさい」

由香里は結唯を見ずに言った。

「どうしたの？」

「いいから家に入ってなさいって！」

結唯は「はい」と返事をして家に入っていった。

人影のひとりはやはり夫だった。道路の端に立ってなにかを見下ろしている。中腰になっているふたりは店の常連の熊見《くまみ》と勝又《かつまた》だった。ふたりとも高速船の操縦士で、年上の熊見が船長だ。

夫が由香里に気づき、続いて熊見と勝又も振り返った。

「ああ、奥さん」

「どうもどうも」

「どうしたんですか？」と聞いたとき、路上に大の字に倒れている男に気づいた。

一瞬、死んでいるのか、と息をのんだが、月明かりに照らされた男の閉じたまぶたがひくひくと痙攣《けいれん》し、くちびるは空気を求めるように動いていた。それが〈帰楽亭〉の若大将の小寺忠信《ただのぶ》だと気づき、由香里ははっとした。さっき純世が彼のことを、話しかけても上の空で疲れ切った顔をしていた、と言っていたことを思い出した。

救急車、と反射的に思ったが、もし重症なら島には総合病院がないためドクターヘリを呼ぶことになる。しかし、そこまでの緊迫さは夫たちから感じられなかった。

「小寺さんはどうしたんですか？　大丈夫なんですか？」

「酔いつぶれてるんだわ。たぶん大丈夫だべ」

熊見がのんきに答えた。

「立たせようとしても立たないんだわ。忠さんでかくて重いから」

勝又が笑いながら言った。

このへんにアルコールを出す店はビストロときわしかない。小寺は酔いつぶれるまで店で飲んでいたのだろうか。

ビストロときわの営業は夜の九時までとなっているが、閉店時間などあってないようなものだった。ビールやワイン、焼酎などのアルコールメニューが豊富なため、居酒屋のように利用する客も多かった。熊見と勝又もそうだ。たいてい連れだってやってきて、飲酒運転で帰ることもあれば、飲みすぎたときは夫の車で送らせることもあった。

しかし、熊見や勝又とはちがって小寺が店で酔っ払ったという話は聞いたことがなかった。

由香里の考えを察したように、「あっちに向かって歩いてたんだわ」と夫がリンリン村のある北のほうを指さして言った。鐘尻島に来て三年、夫の言葉に島の方言がよく混じるようになった。

熊見が小寺を立たせようとしながら説明する。

「俺らが店出たらさ、あっちのほうにふらふら歩いてく人がいて、こんな時間になんだ？　どこ行くんだ？　って思ったら忠さんだったのよ。そいで、おい忠さん、どこ行くのよ、って声かけたんだけど、わけわかんねえことぶつぶつつぶやくだけなんだわ。とりあえずこっちに連れてきたんだけど、したら倒れ込んじゃって。おい、忠さん、しっかりしろ。ふんばって立てって」

小寺はラグビー選手のようにがっしりとして背も高い。脱力した彼を立たせるのは三人がかりでも大変そうだった。

「一応、奥さんに電話しといたほうがいいんでないか」

「だな。心配してるかもしれねえしな」

熊見と勝又はアルコールのにおいがする息を吐きながら言った。

夫が由香里に顔を向けた。

「おい。小寺さんとこに電話して、これからご主人送ってくからって言っといて」

ああ、嫌だ。由香里の胸につぶやきが生まれた。

こんな田舎の小さな島で酔っ払いの相手をしなければならない自分も嫌だし、そうさせる夫も嫌だ。嫌がられていることに気づいていない島の人間も嫌でたまらない。

しかし、この島にいる限り、誰にもそんなことは言えない。

由香里は店に入って小寺の家に電話をかけた。

すぐに呼び出し音が途切れ、「もしもし」とうわずった女の声がした。小寺忠信の妻の則子《のりこ》だ。

「則子さんですか？ビストロときわです」

思わず、おばんです、と島の言葉で続けそうになり、慌てて「夜遅くにすみません」と言った。忠信が酔いつぶれていることと、これから送り届けることを伝えると、則子は、ああ、と安堵《あんど》した声を出し、帰ってこないからこれから捜しに行くところだったと言った。

店を出ると、小寺は三人がかりで夫の車に乗せられようとしていた。

そのとき、小寺の半開きの口が動いた。

もうだめだ——。

そうつぶやいたように見えた。

胸がきゅっと縮む感覚に襲われたその二、三秒後、由香里は夜の海のように黒くて巨大な影が、自分たちの頭上を覆う気配を感じた。はっとして頭上を見ると、藍色の夜空にうごめく無数の星たちが静かにこの島を見下ろしていた。

なぜか、ああ、嫌だ、と思うことがためらわれた。星たちに心を見透かされ、罰《ばち》が当たる気がした。

「忠さん、別邸の様子見に行ったんでないべか」

小寺を車に押し込んでから熊見が言った。

「俺もそう思うわ」

勝又が同意する。

「リンリン村がだめになったべや」

そう言って熊見は急に由香里へと顔を向けた。

「忠さん、あの別邸つくるのにけっこうな借金したんだわ。先代がぼやいてたもな。せがれが欲出して店を大きくしたがってる、って。反対したけど、一応、せがれに身代を譲ったことになってっから強いことも言えんかったし、自分はもう歳で古い人間だからここは新しい世代に任せることにした、って。それがこんなことになったんだからなあ。やっぱり年寄りの言うことは聞くもんだわ。うちらだって、そりゃまいったって感じだけど、まあ、もとの暮らしに戻るだけだわな」

ほんとうにそうだろうか。夫も熊見も、リンリン村がなくなってももとの暮らしに戻るだけだと言ったが、そんなに簡単に元通りになるのだろうか。

由香里は自分の心臓が早鐘を打ち続けていることに気づいた。

翌朝、救急車のサイレンで目を覚ました。

枕もとの時計を見ると五時三十分を過ぎたところで、カーテンはうっすらと白さを孕んでいた。今日も曇りらしい、と覚醒し切らない頭でぼんやりと思った。

島に来た三年前から、夫とは寝室を別にしている。もともと夫の歯ぎしりに悩まされていたうえに、人の気も知らずにぐうぐう寝られることに我慢できなくなったのだ。

救急車の音が聞こえなくなり、うとうとしかけた頃、今度はパトカーと、続いて消防車のサイレンが近づいてきた。家の前を通りすぎて遠ざかっていく。

島ではどのサイレンもたまにしか聞かないが、観光客が交通事故を起こしたり、夏は登山中に怪我をしたり、冬はスキー場で骨折をしたりすることがあった。

きっと不注意な観光客による事故だろう。由香里はそう片づけて再び眠りに落ちた。

そして、一時間後の六時三十分に時計のアラーム音で目覚めたときには、サイレンを聞いたことはすっかり忘れていた。

思い出すことになったのはその三時間後だった。

結唯は小学校に、夫は仕込みのために一足先に階下の店に行き、由香里は開店時間を気にしながら洗濯や掃除を忙しくこなしていた。

ビストロときわの営業時間は、ランチタイムは十一時から二時まで、ディナータイムは五時から九時までだ。島に移住するとき、由香里は店を手伝わないことを条件にした。それが三年たつうちに、開店前や閉店間際などに手伝わされるようになった。

純世から電話が来たのは、掃除機をかけているときだった。

「ちょっと知ってる？　大変なのよ」

そう切り出した純世の声はうわずっていた。いつもおっとりとしている彼女のこんな声を聞くのははじめてだった。

「え？　なんですか？」

まだなにも知らされていないのに、不穏な予感を察知して心臓がせり上がった。

由香里は左手に受話器、右手に掃除機のハンドルを持ったままそっと息を吸い込んだ。

「リンリン村で」

「え？」

純世は唐突に言葉を切ると、唾が気管に入ったらしく激しく咳《せ》き込んだ。

「大丈夫ですか？」

そう聞いたが、苦しげな咳が聞こえるだけだ。

そのとき、リビングダイニングのドアが開いた。コック服を着た夫が、こわばった顔を由香里に向けている。

由香里は受話器を耳に当てたまま夫を見つめ返した。

「リンリン村で誰か死んだらしいの」

「リンリン村で自殺した人がいるらしい」

ふたりの声が同時に鼓膜を叩いた。

由香里の脳裏に、昨晩の小寺忠信が思い浮かんだ。

――もうだめだ。

声にならないつぶやきと、脱力し切った大きな体。

「誰なの？」

聞きたくないのに聞いていた。

「行くなよ」

夫が抑揚のない声で言う。

「私も、いま、聞いたばかりで、詳しいことは、わからないのよ」

純世はつかえながら言うと、また激しく咳き込んだ。

「リンリン村に行くなよ」

真顔で言った夫は数秒の沈黙を挟んでから、

「いや、外にも行くな。外も見ないほうがいい」

硬い声で続けた。

「どうして？」

「まだ下ろせないらしい」

「え？」

「鉄塔の高いところにぶら下がってるらしい」

鉄塔。高いところ。ぶら下がっている。下ろせない。自殺。

切れ切れの言葉を組み合わせたら、宗教画のような現実感のない光景が頭のなかに描かれた。

輝く星をたたえた藍色の夜空を貫こうとする鉄塔。その先端には、天の罰を受けた男の首つり死体がぶら下がっている。やがて男の体は腐敗し、カラスとカモメが肉を貪り、海風が骨や髪の毛をさらっていく。

自分が思い描いた光景に由香里は身震いした。

これでは終わらない。もっとたくさん人が死ぬ。なぜかそんな予感に襲われた。

五章

事件発覚から十二時間がたつ。

事件現場のマンションには外に地域課の警察官が二名いるだけで、室内にほかの捜査員の姿はない。

三ツ矢は床にしゃがみ込んで血だまりの跡に目を向けている。しかし、その焦点はもっと遠い場所で結ばれているように見えた。

あと十数分で二十二時になる。

二十二時から二回目の捜査会議が行われる。いますぐ向かわなければ間に合わないだろう。それなのに三ツ矢は時間を気にするそぶりを見せない。遅刻すれば怒られるのは三ツ矢ではなく岳斗であることは目に見えている。それでも岳斗はできるだけ気配を消して三ツ矢のそばに立っていた。

床に広がる血だまりは完全に乾き、茶褐色になっている。今日の十時すぎ、岳斗が臨場したときはもっと赤味が強い色だった。

三ツ矢はなかなか立ち上がらない。丸まった背中とうなだれた首が頼りなく見える。

彼は床の血だまりをとおして自分の母親を見ているのではないか。彼の瞳に映っているのは茶褐色ではなく、真っ赤な血だまりなのではないか。

三ッ矢は、母親を殺された過去を持っている。岳斗にそれを教えてくれたのは、今月定年を迎える加賀山《かがやま》という先輩だ。

加賀山の話によると、三ッ矢は幼い頃に父親を病気で亡くし、母親とふたりで暮らしていた。母親が自宅アパートで刺し殺されたのは、三ッ矢が中学二年生のときだった。遺体の第一発見者は三ッ矢だったらしい。鮮血にまみれた母親の体、虚空を見つめる瞳、呼びかけに応えることのないくちびる、床の血だまり。三ッ矢はその光景を完璧に記憶し、いまも手放すことができずにいるのだろう。

三ッ矢がゆっくりと立ち上がった。

「三ッ矢さん、そろそろ捜査会議が……」

そう声をかけた岳斗に、三ッ矢は「はい」と答えた。

岳斗がほっとしたのも束の間、「どうぞ、田所さんは行ってください」と他人事のように続けた。

「え？」

「しずくちゃんが発見されればすぐに連絡が入るはずです。連絡がないということは進展がないということですから、僕は引き続きしずくちゃんを捜します」

そういえば、昼に急遽開かれた捜査会議に三ッ矢は遅刻してきた。あのときも、永澤しずくの捜索を優先したのだろうと思い至った。

岳斗と三ッ矢は、八王子にある五十嵐善男の家を確認したあと、近所の住人を当たってみたが、成果は得られなかった。犯行現場のマンションに戻ると言ったのは三ッ矢だ。

「三ッ矢さんはどこに行くんですか？」

「まずはこのマンションの住人に話を聞きます」

「でも……」

反射的に言いかけたところであきらめた。

でも、住人への聞き込みは僕たちの担当じゃないですよね。そう言っても、三ッ矢が聞き入れるとは思えない。

四階建てのマンションは、永澤母娘《おやこ》が住む一階だけが屋内駐輪場があるため二室で、二階以上はワンフロアに三つずつ部屋がある。すでに地域課や地取りの捜査員が複数の住人から話を聞いているが、不在のため確認できていない部屋もある。

おそらく三ッ矢は、五十嵐善男の長女の田川妤恵にしたように、強引とも言える態度ですべての住人の部屋に上がるつもりだろう。

「田所さんは会議に出てこれまでのことを報告してください。それから、なにか新しい情報が入ったらすぐに連絡をお願いします」

「はい」岳斗は渋々答え、「三ツ矢さんもなにかわかったらすぐに連絡してくださいね」と続けた。

三ツ矢は「はい」と答えたが、こういうときの「はい」は信用ならない。彼は捜査に集中すると、ほかのことはすべて頭から抜けてしまうことがある。

「絶対ですよ」

「わかりました」

「ほんとに連絡くださいよ」

そう念を押したとき、部屋の外で物音がした。マンションのエントランスのドアを開ける音と、ポストを開閉する音、そしてまたドアの音。エントランスは二重ドアになっており、ポストはエントランスホールの右側に設置されている。二つ目のドアを開けてすぐ右が永澤母娘の住む一〇一号室で、その向かいは屋内駐輪場、はす向かいが一〇二号室だ。階段は内廊下の突き当たりにある。永澤母娘の部屋はエントランスに近いせいか、玄関の近くにいるとドアやポストを開閉する音が聞こえた。

三ツ矢に続いて部屋を出ると、黒いビジネスバッグを持った会社員ふうの男がいた。彼の背後には、マンション前で待機していた警察官がいる。

男はいきなり現れた三ツ矢と岳斗にぎょっとし、「わ。びっくりした」とつぶやいた。四十歳前後だろう、黒いフレームの眼鏡をかけている。

「三〇二号室の牧瀬《まきせ》さんだそうです」

警察官が三ツ矢に言った。

「すみませんが、部屋を確認させてください」

三ツ矢が単刀直入に告げると、牧瀬はあっさりと承諾した。しずくが行方不明であることはすでに警察官から聞いたという。

散らかってますけどどうぞ、と言われて入った部屋はものが少なく、モデルルームのような印象だった。

ひととおり部屋を確認してから三ツ矢が牧瀬に向き直った。

「一〇一号室の永澤さんとおつきあいはありましたか？」

「いえ、まったく」

「見かけたことは？」

「一度だけ。若いお母さんですよね。ベビーカーを押してマンションに入っていくところを見たことがあります」

ベビーカーはマンションの屋内駐輪場で見つかっている。名前などは記されていなかったが、このマンションにはしずくのほかに子供はいないため、永澤美衣紗の所有物と見てまちがいないだろう。

「昨夜の八時から十二時にかけて、不審な人物や車を見たり、物音を聞いたりはしませんでしたか？」

「いえ。特にはなかったですね」

「牧瀬さんは昨夜、何時頃帰ってきましたか？」

「昨日もいまくらいの時間だったと思います」

「思います、ということは記憶に自信がないということですか？　つまり、いまくらいの時間ではなかったかもしれない、ということですか？」

三ッ矢がいつものように面倒くさい言い方で問い詰めた。

「あ、いえ。いまくらいの時間ですが、もう少し遅かったと思います。いえ、遅かったです。十時を過ぎてましたから」

そう答えてから、「あっ」と牧瀬はなにか思い出したように声を出した。

「そういえば、子供が泣いてました」

「それはいつですか？」

「一〇一号室の前を通りかかったときです。あーんあーんという子供の泣き声がしました」

「一〇一号室でまちがいありませんか？」

「はい。はっきり聞こえたので、珍しいなと思いましたから」

「なぜ珍しいのですか？」

「このマンション、古いけど造りはしっかりしているみたいで物音や話し声はほとんど聞こえないんですよ。だから、ドアのすぐ向こうで泣いてたんじゃないかな」

子供の泣き声はすぐにやみ、ほかに話し声や物音は聞こえなかった、と牧瀬は言った。

「では、この方を見たことはありませんか？」

三ッ矢は五十嵐善男の写真を見せた。

「うーん。見覚えはないですね」

「五十嵐善男という名前に心当たりは？」

「いえ、知りませんけど」

やはり牧瀬もほとんどの人と同様に、二ヵ月ほど前に起きた強盗殺人事件の被害者の名前は記憶していないらしい。

牧瀬の部屋を辞去したのは二十二時二分だった。捜査会議がはじまった頃だ。

「牧瀬さんの証言によると、昨夜の午後十時まではしずくちゃんはうちにいたということになりますね」

岳斗が確認すると、「そうですね」と三ッ矢は思案する顔で答えた。

「じゃあ、僕は捜査会議でいまの牧瀬さんの証言を報告します」

「お願いします」

「会議が終わりしだい連絡しますから」

「はい」

「ちゃんと電話に出てくださいよ」

「わかりました」

三ッ矢の人間性は信頼できるのに、彼の「はい」と同様にこういうときの「わかりました」も信用ならない。


捜査会議は十五分遅れてスタートしたため、岳斗はぎりぎり間に合った。

――連絡がないということは進展がないということ。

三ッ矢が言ったとおり、永澤しずくの行方および犯人につながる情報は上がらなかった。

三〇二号室の牧瀬は事件当夜にしずくの泣き声を聞いたと言ったが、彼以外にもふたりの住人が子供の泣き声を聞いていたことが明らかになった。ひとりが十九時半頃、もうひとりが二十時過ぎ、いずれも帰宅して一〇一号室の前を通ったとき、あーんあーん、という子供の泣き声をはっきり聞いたという。

現時点では、永澤しずくが犯人に連れ去られたのか、そのほかの事件や事故に巻き込まれたのか、それとも誰かが預かっているのか断定はできない。しずくが通うすまいる保育園によると、生後十ヵ月の彼女はつかまり立ちができるようになったところだという。自分で部屋の外に出たとは考えられない。

岳斗が違和感を覚えたのが、永澤美衣紗に関する情報の少なさと不確かさだった。彼女は三ヵ月前に離婚し、しずくを連れて横浜市から東中野のマンションに引っ越したばかりだった。〇歳児の空きがある保育園の近くという条件で、いまの住まいを選んだらしい。

すまいる保育園の情報では、美衣紗の勤務先は西新宿のファミリーレストランだった。ところが、ファミリーレストランに確認したところ半月ほど前に辞めたという。現在の勤務先は不明だ。

また、美衣紗の両親は、離婚後の彼女の住所を知らなかったらしい。母親によると、美衣紗の離婚の原因は元夫のDVだった。元夫に居場所を知られないために、落ち着くまで誰にも住所を教えないと美衣紗は言っていたという。

彼女の意識はまだ戻らず、犯人がスマートフォンを持ち去ったと見られることから交友関係の割り出しが難航している。そのため、多くの捜査員が防犯カメラの解析に割り当てられている。

二十二時過ぎにしずくの泣き声を聞いた、という牧瀬の証言が得られたため、犯行時刻を二十二時から二十四時に絞り、逆にエリアは広げて確認することになった。

捜査会議が終わって三ッ矢に電話をすると、何度かけても呼び出し音が続いた。

「くっそー！」

岳斗は思わず天を仰いで吠《ほ》えた。

「またミッチーか？」

池がからかうように声をかけてきた。

「またミッチーですよ」

「ま、がんばれよ」

防犯カメラの解析に割り当てられた池の目は充血し、くまが目立った。

事件現場のマンションから徒歩で十分圏内の駅は、東京メトロ東西線の落合駅と西武新宿線の下落合駅。二十分圏内に広げると七駅に増える。犯人が車で移動した可能性も高いため、防犯カメラの確認にはかなりの時間と労力が必要だ。加えて、公開捜査によって寄せられた情報の精査にも人手がいった。

岳斗は、三ッ矢と連絡がつかないまま事件現場のマンションに戻った。

日付が変わって十分が過ぎていた。

マンション前にいる警察官に声をかけると、三ッ矢はまだなかにいるとのことだった。

彼は一〇一号室にいた。キッチンにしゃがみ込み、床に落ちているレジ袋をのぞいていた。

「なんで電話に出ないんですか！」

岳斗は文句を言った。

「すみません。住人の方から話を聞いていたので出ることができませんでした」

「俺、四回も電話したんですよ」

「ちょうどいま電話をしようと思っていたところです」

三ッ矢はしれっと返した。

よく言うよ、いま電話をしようと思っていた？　じゃあ、なんでスマートフォンじゃなくてゴミの入ったレジ袋を持ってるんだよ。

胸のなかで文句を垂れてから、岳斗は捜査会議で上がった情報を報告した。

永澤美衣紗が西新宿のファミリーレストランに勤めていたこと。半月ほど前に辞めて現在の勤務先は不明であること。離婚の原因は元夫のＤＶで、両親にも引っ越し先の住所を教えていなかったこと。

「永澤美衣紗さんの元夫は菊畑聖人《きくはたまさと》さんですね」

三ッ矢が言った。

彼が並外れた記憶力の持ち主であることは知っているが、それでも驚かされることは多い。しかし、内面の感嘆を悟られるのが癪《しゃく》にさわり、岳斗は「はい。そうです」とあっさりと受け流した。

菊畑聖人は美衣紗の十歳上の三十三歳で、母親が所長を務める税理士事務所で働いている。彼には事件当夜のアリバイがあることに加え、離婚後三ヵ月にしてすでに一緒に暮らしている女性がいた。

「ＤＶの事実確認はしましたか？」

「事件にはなっていないし、被害届も出ていなかったのですが、永澤美衣紗さんが一度、夫に暴力をふるわれているという一一〇番通報をした記録があるそうです」

「そうですか」

「永澤さんは、元夫に見つからないように実家にも引っ越し先の住所を教えていませんでした」

「永澤さんの容体は？」

「まだ意識が戻っていません。実家の郡山市から母親が来て永澤さんに付き添っているそうです」

「早く回復するといいのですが」

三ツ矢は床に落ちている別のレジ袋を取り上げ、なかをのぞいている。

「ええっと、それから、いまいちばん重点を置いているのが防犯カメラの解析です。二十二時頃にしずくちゃんの泣き声が聞こえたので、二十二時から二十四時のあいだに時間を絞っています。……ところで、三ッ矢さんはなにやってるんですか？」

「ゴミを見ています」

「それは見ればわかりますけど」

キッチンはコバエが飛び交い、三ッ矢が開けたレジ袋にも三、四匹が群がっている。シンクには弁当やカップ麺の容器が山積みになり、缶チューハイや清涼飲料水のペットボトルも散乱している。

犯人特定につながる可能性があるものはすでに鑑識により持ち出されているが、生ゴミやカップ麺の容器、空き缶などはまだそのままの状態だ。食べ残しや飲み残しからは毒物も薬物も検出されなかったが、おそらくこれらのゴミもまもなく鑑識が運び出すだろう。

――鑑識が来るまで余計なことするんじゃねえぞ。

先輩刑事の池に言われた言葉を思い出し、口のなかがもぞもぞとしたが、口が裂けても三ッ矢にはそんなことは言えない。

「かなり散らかってますよね」代わりにそうつぶやいた。「子供がいるのに料理とかしないんでしょうかね」

三ツ矢はレジ袋を床に戻すと、ゆっくり立ち上がった。

「母親は一〇〇パーセントを求められるのですね」

そう言った三ツ矢は、くちびるの端に微笑を刻んでいた。どこか遠く、静かな表情だ。

「田所さんは、永澤美衣紗さんが男性でも同じように思いますか？」

「え？」

「もしこの部屋に住んでいるのが父親と子供だったとしたら、子供がいるのに料理をしないことに違和感を覚えますか？　男親だから仕方ない、むしろ仕事も子育てもひとりでしていて大変だ、などと思うのではないですか？」

もし、この部屋に住んでいるのが父親と子供だったとしたら？　岳斗はシンクに目をやった。

料理をする時間がないほど忙しいのだろう。そう思う気がした。シンクに捨てられた弁当やカップ麺の容器も、チューハイの空き缶も、床に散乱したゴミも、父親の忙しさと大変さ、そしてがんばりを象徴するものに見えたかもしれない。仕事で疲れて帰ってきて、子供に食事をさせ、風呂に入れ、寝かしつけ、家事をして、ようやくほっとひと息つけた深夜に、カップ麺やコンビニ弁当を食べ、缶チューハイを飲みながら換気扇の下で煙草を吸う。そんな若い父親の日常を想像し、よくやってるな、えらいな、と思ってしまうだろう。

母親が父親になっただけで、同じ光景でもまったく別のものに見えてしまう。

「すみません」

岳斗は思わず口にしたが、誰に向けた謝罪なのかよくわからなかった。

「田所さんを責めているわけではありませんよ」

三ツ矢は口もとをふっとほどいた。

「子供の頃からずっと不思議だったのですよ。母親は常に完璧を求められるのに、父親はそうではない。むしろ、子供を引き取っただけで、いえ、もっと言うと子育てをするだけで賞賛される。どうしてなのだろう、と。僕は母子家庭で育ったのですが、弁当をからかわれたり、気の毒がられたりしたことがありました。冷凍食品やスーパーの惣菜《そうざい》を詰めたとわかるものばかりでしたし、購買でパンを買うことも多かったですから。母親の手抜きだとか愛情不足などと言う人もいました。でも、もしこれが父親の弁当だったら、きっと不器用なりに子供のためにがんばってつくったんだろうというように、ちがう受け止め方をされるのだろうな、と。どうして母親はできていないところを見られ、父親はできていることを見られるのだろう。そんなことを考えていました」

三ツ矢の口からごく自然に母親の話が出てきたことに、岳斗は言葉を見つけられなかった。殺された母親のことは禁句だと思い込んでいたのだ。

岳斗は口を開いた。なにか言わなくてはという焦りもあったし、なにか言いたいという衝動もあった。

「あの、三ツ矢さんは」

とりあえず口走ったが、なにを言うかは決めていなかった。

三ツ矢が、岳斗の言葉を待つように目を向けている。

「ええっと、三ツ矢さんは」

「はい」

「三ツ矢さんは、えっと、料理とかするんですか？」

「はい？」

え――――っ⁉

自分が放った言葉に、岳斗は胸のなかで絶叫じみた声をあげた。

三ツ矢さんは料理とかするんですか？　って、俺いま聞いた？　マジで聞いた？

なんで聞いた？

きょとんとしている三ツ矢よりも自分のほうが驚いている自信があった。

「あ、いえ、なんでもないです。すみません」

顔が赤くなるのを感じながら、岳斗はなんとかして口走ったことをなかったことにできないかと考えた。その一方で、答えを知りたい気持ちもあった。

「料理ですか?」

三ツ矢が生真面目《きまじめ》に確認をする。

「え? あ、はい」

しどろもどろになったとき、三ツ矢のスマートフォンが鳴った。

岳斗はほっとしたような、その反面、水をさされたような気持ちになりながら、スマートフォンを耳に当てる三ツ矢を見ていた。

「はい……なるほど……了解しました」

三ツ矢はすぐに通話を終えて岳斗に目を向け直した。

いつものように内面を見透かせない表情だが、こんな時間に連絡が来るということは捜査になにか動きがあったのだろう。岳斗は最悪の結果を想像し、くちびるをきつく引いた。

「永澤美衣紗さんの意識が戻ったそうです」

安堵の息が漏れ、「よかったです」とつぶやいていた。

しかし、三ツ矢は表情を引き締めている。

「まだ詳しい話は聞けていませんが、知らない男に殴られたと言っているそうです」

「しずくちゃんは？」

三ツ矢は小さく首を横に振り、「わからないそうです」と答えた。

朝の捜査会議で、永澤美衣紗の証言が報告された。

三月四日の二十三時過ぎ、コンビニに行くために玄関を出ると、ドアの前に見知らぬ男が立っていた。とっさに引き返したところ、部屋に押し入ってきた男に電気ケトルで頭を殴られた。そのあとの記憶はないという。当時、娘のしずくはベビーベッドで眠っていた。

男は背が高くて年齢不詳、全体的に黒っぽい格好をしていた。犯人に心当たりはなく、また五十嵐善男という人物のことも知らないらしい。

現時点で聞き出せたのはこれだけだった。美衣紗の術後の容体は良かったが、意識がまだはっきりしていないらしく、多くの質問に「わからない」「覚えていない」と答えたという。回復を待って詳細な聞き取りと、犯人の似顔絵の作成をすることになった。

しかし、結果的にどちらも叶《かな》わなかった。その日の午後、永澤美衣紗は肺塞栓症を起こし、死亡した。

六章

1994年4月　北海道鐘尻島

島にようやく春が来た。それなのに、小寺陽介には薄灰色の靄《もや》が島を覆っているように感じられた。その靄は目で見えるものではなく、鳥肌が立つときのように皮膚が察知するもののような気がした。

天候のせいだろうか。沈んだ色の海と空がそう感じさせるのだろうか。季節のせいだろうか。夏になれば大勢の観光客が訪れ、花がいっせいに咲くようににぎわうのだろうか。

そこまで考えた陽介は、一年前のいま頃も同じ不安を感じたことを思い出した。

目の前の海は青灰色だ。

白波がざわーんざわーんと低い音をたてながらゆっくりと近づいてきて、消波ブロックにぶつかって弾けて消えていく。いま消えた白波はどこに行ったのだろう。

もともとはどこにあり、いつ海の一部になったのだろう。

海は無数の生命の集合体のようでもあり、無数の生命をのみ込む巨大な墓場のようでもある。そして実体のない幻のようにも思えてきて、じっと見ていると気が遠くなりかけることがあった。

「陽介さ、楽しいこととかあんの?」

ふいに辰馬が聞いてきた。防波堤に座り、ゲームボーイに目を落としたまま軽い口調だった。

「え?　なんだって?」

聞こえていたのに聞き返したのは、その唐突な質問になぜかうろたえたせいだ。

「いや、だからさ、おまえゲームもしないし、酒も煙草もやんないし、なにが楽しいのかなあって」

両手の親指を素早く動かしながら辰馬は言う。ゲームボーイからピロロンパロロンバババババと軽快で薄っぺらな音が流れている。

「じゃあ、おまえは楽しいことがあるのかよ」

答えに窮した陽介は質問を返した。

消波ブロックで弾けた波が、微小な水しぶきになって顔にかかった。ふと、いま自分の顔にかかった水は海からやっと抜け出せたのかもしれない、と思った。

「俺か?　俺はいまはこれだな。ロックマンワールド4。あー、ずっとゲームしててえ」

ゲームボーイから目を上げずに辰馬は笑って言った。

辰馬は大学受験に向けて、夏のインターハイを待たずにサッカー部を引退した。

放課後はまっすぐ帰宅して受験勉強することを親に課せられたらしい。もともとサッカー部の部員は五人しかおらず、試合に出るときは島外の高校と即席の連合チームをつくっていたため、いつも一回戦敗退だった。しょせんひまつぶしだよ、と辰馬は笑っていたが、言葉とは裏腹に本気でサッカーに打ち込んでいたことを陽介は知っている。おそらく部活をやめたくはなかったはずだ。

「でも、まあ、ゲームも島にいるあいだだけかもな。島にはゲーム以外におもしれえことなんかないからな」

ゲームボーイの音がピポピポピポピポと急《せ》き立てるようなテンポに変わり、ババババという銃声とボーンという爆発音がした。「うおー！　やられたー！」と辰馬はのけぞり、アディダスの通学バッグにゲームボーイを放り込んだ。

「陽介も島から出るんだろ？」

「え？」

「進路だよ。卒業したら東京か札幌に行くって言ってたべや」

「ああ」

高校卒業後はすぐに祖父の知り合いの東京の割烹料理店で修業するか、その前に札幌の調理師専門学校に進学するかの二択だった。祖父からは進学をすすめられたが、陽介は進学せずに修業に入るつもりだった。ほんとうは修業もすっ飛ばして帰楽亭で働きたかった。

リンリン村の開発中止が発表されたのは昨年の八月、夏休みが終わってすぐの月曜日だった。

陽介はそのニュースを学校で知った。先生が教室に入ってくるなり、「おい。リンリン村、中止だってよ」と怒鳴るように告げたのだ。教室に悲鳴めいた声が響き渡り、陽介も大きな衝撃を受けた。しかし、そのときの記憶はどこか希薄だ。その一週間後の出来事があまりにも強烈だったせいだろう。

リンリン村の鉄塔で首をつった人がいる——。

その報せを耳にしたのも学校だった。

その日は登校したときから校内が不穏にざわついていた。いつもとちがう空気を感じながら教室に向かう陽介に、同じクラスの山下《やました》が声をかけてきた。

「おっす、ヤマ」といつもどおりに返すと、「陽介、おまえ知ってる？」と山下は聞いてきた。紅潮した顔には興奮が張りつき、黒目が膨らんでいた。

「なんだよ」

「一年の純貴《じゆんき》いるべ？」

鐘尻高校は一学年一クラスで、全校生徒数は五十人に満たないため、学年に関係なく大半が知り合いのようなものだった。

「おう、純貴がどうした？」

「例のあれ、見たんだってよ。遠くからだけど」

「あれ、って？」

「おまえ、知らないのか？　今朝、リンリン村の鉄塔で首つって死んでる人が見つかったんだぞ」

陽介の脳裏に、宙に浮かんだ父の姿が現れた。青白い顔、半開きの目、なにかを吐き出そうとするように大きく開いた口。太い首にはロープが巻きつき、脱力した体がゆらりゆらりと揺れている。

父さんかもしれない——。

とっさにそう思ってしまったことで、陽介はパニックになった。頭のなかが真空になり、次の瞬間、こめかみで白い火花が散った。

「誰だよ、それっ」

体から酸素が抜けていき、力を入れないと崩れ落ちてしまいそうだった。

「いや、誰なのかはまだわかんねえみたいけど」

おい、どうした？　という山下の声は陽介の耳を素通りした。

気がついたとき、陽介は海からの風を受けながら必死に自転車を漕いでいた。

頭のなかで昨夜の父の姿が繰り返し再生された。

昨日はブレーカーが故障したため店は臨時休業だった。父は家族に黙って出かけ、夜になっても連絡さえよこさなかった。母が捜しに行こうか迷っていると、ビストロときわから連絡があり、父が泥酔していることを知らされた。


十数分後、ビストロときわのオーナーや高速船の船長らに支えられて帰ってきた父は、大人であることを放棄したかのように酔っ払っていた。目はぎゅっと閉じたり半目になったりし、よだれで濡《ぬ》れた口からあぶくが弾けるようなつぶやきを漏らしていた。父が父でなくなってしまったようで、もうもとの父には戻らない気がして恐ろしくなった。

もうだめだ——。

父のくちびるがそう動いたように見え、陽介ははっと息をのんだ。もうだめだ、もうだめだ。父はそう繰り返しているのではないだろうか。そんな父を見たくない気持ちと、父のつぶやきを確かめなければならないという気持ちが混ざり合っていたが、父から目をそむけることも、父に話しかけることもできなかった。

母は、父を送り届けてくれた男たちに何度も頭を下げた。高速船の船長が、リンリン村が中止になったんだから無理もない、大目にみてやって、というようなことを言った。その言葉で、リンリン村が父を追いつめたのだ、と陽介は思った。喉が詰まって、どんな言葉も出てこなかった。

しかし、母はちがった。男たちを見送ると、「お父さんがこんなに酔っ払うとこひさしぶりに見たわー。でも、たまにはいいよね。だってリンリン村がだめになったんだもん、飲まなきゃやってらんないでしょ。毎晩だと家に入れてやらないけどね」とあっけらかんと言い、あははは、と愉快そうに笑った。陽介は、母の明るさと屈託のなさに救われた。母がいるなら、リンリン村がなくなっても自分たちは大丈夫だと思えた。

それが昨晩のことだった。

そして、今朝、陽介は父の姿を見ていない。

鉄塔で首をつったのは父さんかもしれない――。

陽介の頭のなかで、もうだめだ、もうだめだ、と繰り返す父の濡れたくちびるが鮮明になっていった。

必死にペダルを漕いでいるのに、水中にいるように自転車はのろのろとしか進まない。目に映る風景も間延びしたようにしか流れない。ただ、風だけがいつものように吹きつけている。

家の前に自転車を投げ捨て、陽介はドアを開けて階段を駆け上がった。

「父さん！」

二階のドアを開けると、父はソファに寝転がっていた。母は食卓でコーヒーを飲みながら新聞を読んでいた。テレビはワイドショーを映している。

「陽介、どうした？」

父は大きな体をのっそりと起こした。顔はむくんで声は掠《かす》れぎみだったが、表情は普段どおりの陽気さをたたえていた。

陽介は安堵のあまりその場にへたり込みそうになった。

「あ、いや、別に」

「別に、ってなによ。忘れ物？　すごい勢いで階段上ってくるからなんかあったのかと思うでしょ」

もう、と言って母はおかきを口に放り込み、ばりばりと小気味のいい音をたてた。

父がTシャツのなかに手を入れて腹をかきながら、「いやあ、飲みすぎた。頭いてえ」とあくびまじりの声で言い、母が「自業自得でしょ」と突っ込んだ。

あたりまえの日常。ありふれた光景。平凡でどこか滑稽な会話。まるで、いつも縦結びになる母のエプロンの紐のような家族。

あー、よかった、と心のなかで大声を出したとき、ふたりはまだ首をつった人がいることを知らないのだと思い至った。

「あのさ、リンリン村で誰かが」

陽介は言い淀《よど》んだ。口にすると、不吉なことを手招きしてしまう気がした。

「リンリン村あ？」父が声をひっくり返した。「なにがリンリンだ。クソクソだ、クソクソ村だ。勝手にはじめて勝手にやめやがって」

「もう、お父さん、やめてよ。全然おもしろくないから」

母が笑いながら言う。

いままで口にするのを避けていた「リンリン村」という単語を、ごく自然に会話にした両親にほっとしながら、

「あのさ、首つった人がいるんだって」

陽介はひと息に言った。

え、と同時に陽介を見たふたりの表情は固まっていた。

「学校で聞いたんだけど、今朝、リンリン村の鉄塔で首つってる人が見つかったんだって」

「誰だよ、それ」

父の声はうわずっていた。

「まだわかんないらしい」

「ああ」と母が声をあげた。「そういえば、明け方サイレンがすごかった」

「俺、ちょっと聞いてみるわ」

父が立ち上がったとき電話が鳴った。相手は父と親しい商工会のメンバーだった。

ふたりの会話から、リンリン村の鉄塔で首をつっている人が発見されたのはほんとうであること、高い場所のため下ろすのに手間取っていること、リンリン村へ向かう道路が通行止めになっていることがわかった。


「どっちか決めたのか?」

辰馬の声にはっとした。

「なんだっけ?」

「だから、東京と札幌。どっちに行くか決めたのかって」

「東京だな。俺、専門学校行く気ないからさ。辰馬も東京の大学行くんだろ?」

「受かればな。じゃあさ、一緒にジュリアナ東京行くべ」

そう言って辰馬が笑いかける。

ジュリアナ東京はテレビでよく観る大きなディスコで、お立ち台と呼ばれるステージでは脚や胸もとを露出した派手な女たちが扇子を振りながら踊っていた。

「行かねえよ」

陽介も笑いながら返した。

「ま、おまえは行かねえだろうな」

「わかってんなら聞くなよ」

「陽介。おまえ、島に戻ってくんの？」

辰馬は改まった声で聞いてきた。笑みが消えて真顔になっているが、細くて垂れた目のせいでいつもどおり愉快そうに見える。

「あたりまえだろ。遅くても三年で戻るよ」

ほんとうは一年で、いや、東京になど行きたくなかった。

「だよな。陽介、跡継ぎだもんな」

「辰馬だってそうだろ」

「俺は戻るつもりはねえよ」

辰馬はきっぱりと言った。さっきまでの愉快そうな表情は消え、強さと鋭さを宿した目はどこか遠い場所を見据えていた。辰馬のこんな表情を見るのははじめてで、陽介は幼なじみに置いていかれるような気持ちになった。

「これ内緒な。じゃないと大学行かせてもらえないからさ。父ちゃんは、俺が大学卒業したら銀行に就職させて、五年くらいで島に呼び戻すつもりなんだわ。会社継がせるためにさ。でも、俺は戻らない。ずっと東京にいる。就職して自立したらこっちのもんだから、いまは言いなりになってるふりしてるってわけ」

「じゃあ、父さんの会社はどうすんだよ」

「俺に押しつけられても困るよ。自分でなんとかしなきゃいけないんじゃねえの。親子でも別の人間なんだからさ。父ちゃんは父ちゃん、俺は俺の人生を歩いていくのが筋ってもんだべや。とにかく俺は島で一生を終える気はないってこと」

陽介は、帰楽亭を継ぎたいと思っている自分を、東京に出たくないと思っている自分を、もっと言うと家族をまるごと否定された気持ちになった。

「俺、気づいたんだわ」

辰馬は水平線のあたりを見つめるまなざしになった。潮風を受けた横顔が急に大人びて見えた。

「俺らって、都会のやつらと比べると、すっげえ幼くて、でも、すっげえ早く歳取るんだぞ」

その言葉の意味を陽介はよく理解できなかった。しかし、理解できないことを認めると、なにかに負けてしまう気がして黙っていた。

陽介の反応を待たずに辰馬は続ける。

「俺さ、冬休みと春休み、塾の講習受けるために札幌の親戚のうちに行ってたべ？したら気づいたんだよな。俺らって、札幌のやつらと比べてものを知らないし、考え方も子供っぽいし、人間関係の駆け引きみたいなのもできないし、要するに世間知らずなんだよな。で、世間知らずな子供のまま歳だけ取っていくんだよ」

「そんなにこの島が嫌いなのかよ」

思わず喧嘩腰《けんかごし》になった陽介に対し、辰馬の口調は落ち着いたままだった。

「ちがうよ。全然ちがう。好き嫌いの問題じゃない。俺が言いたいのは、普通は十代で人生は決まらないってことだよ」

「なんだよ、それ。そんなのあたりまえだろ」

「島にいると十代で人生が決まるんだよ。まわり見てみろや。島に残るやつはみんな親の跡を継いでるべや。中学出てすぐ漁師になった先輩なんか、もう結婚して子供もいたりするんだぞ。それって人生のゴールみたいなもんだべ。将来の夢とか選択肢とか考えもしないで、あと何十年も老後みたいに過ごすんだぞ」

「そんなことないだろ。俺は帰楽亭を継ぐことが夢だぞ」

「その夢はもう叶えてるようなもんだべや。陽介が跡を継ぐことは最初から決まってんだからさ。だから、おまえはもうゴールにいるようなもんなんだよ。俺は、世間知らずになりたくないし、島しか知らない人間になりたくないし、なにより自分の人生は自分で決めたいんだ」

「俺は帰楽亭の跡を継ぐことは自分で決めたぞ」

そう言いながらも、そうだろうか、と頭のすみを疑問がよぎった。ほんとうに自分で決めたのだろうか。だとしたら、いつ決めたのだろう。

「なら、おまえはそれでいいんだよ。でも、俺は嫌だって話だよ」

ほら、糸井《いとい》さん、と辰馬はまわりに誰もいないのに声のトーンを落とした。


糸井というのは昨年、リンリン村跡地の鉄塔で首つり自殺をした男だ。

陽介は彼を知らなかったが、辰馬の父親とは顔見知りだった。

家族で細々《ほそぼそ》と建設業を営んでいた糸井は、リンリン村の開発工事の下請けをしていたが、工事代金を踏み倒されたらしい。リンリン村の開発工事を手がけていたノーザン観光はすでに破産を発表していた。

小さな島なのに、糸井のことを知っている人は驚くほど少なかった。長く客商売をしている陽介の祖父や父でさえ知らなかったのだから、仕事以外で出歩くことはほとんどなかったのかもしれない。辰馬の父親は彼のことを「真面目で影が薄い男だった」と評したそうだ。

陽介には、糸井が顔のない人間に感じられた。だからこそ余計に恐ろしかった。あの日、鉄塔で首をつった糸井は、この島の将来を暗示しているようでもあったし、暗い感情の生《い》け贄《にえ》になったようにも感じられた。

「糸井さんだって、あんなことしなくてよかったんだよ」

辰馬の声に怒りが混じったことに陽介は驚いた。彼を見つめ直すと、眉と目のあいだを狭め、水平線のあたりにまた視線を延ばしていた。

「糸井さんはいい人だったんだと思う。でも、世間知らずで知識がなかったから対処法を考えられなかったんだ。なにも死ぬことなかったんだよ。ひどい言い方するとよ、無知なやつは利口なやつに食われるってことだよ」

普段はおちゃらけてばかりいる辰馬が、急に大人のような物言いになったことに陽介は圧倒されていた。さっきまで感じていた怒りや反発心は完全に消え失《う》せ、自分のなかに彼の言葉が染み込んでいくのを無抵抗に感じていた。

「つまり俺が言いたいのは、俺らは将来を選べるってこと。俺らはなんにだってなれるし、なんになってもいいんだよ」

子供に言い聞かせるような口調だった。

札幌で一ヵ月ほど過ごしただけで辰馬は変わったのだろうか。それとも、以前からこんなに大人びた一面を隠し持っていたのだろうか。

「やべ。早く帰んないと母ちゃんがキレるわ」

そう言って笑った辰馬はいつもどおりの彼に戻っていた。

「俺も早く帰んないと母ちゃんがキレるわ」

陽介もふざけてみせたが、つり上げたくちびるの端が引きつるのを感じた。

「陽介の母ちゃん、やさしいからキレないべや」

「いやいや。いまじいちゃんいないから店大変なんだわ。父ちゃんも俺も、母ちゃんに怒られてばっかだよ」

祖父が入院して一ヵ月になる。親戚の法事で行った室蘭《むろらん》の駅の階段で足を踏み外し、大腿骨《だいたいこつ》骨折の手術をしたのだ。術後のリハビリのため、いまも室蘭市内の病院に入院中で、島に戻れるのは二ヵ月後になるらしい。

祖父が不在の店は想像以上に大変だった。父は冗談めかして「俺もまだまだ半人前だなあ」「じいちゃんみたいにできないなあ」などと言ったが、自分の技量にショックを受けているようだった。厨房に立ってはいけないと言われている陽介だが、父は「じいちゃんには内緒な」と言って野菜を切ったりつみれを丸めたりするのを手伝わせてくれる。

島しか知らない——。

辰馬と別れてからも、彼の言葉が鼓膜にこびりついていた。

島の中学校を卒業してすぐ帰楽亭で働きはじめた父もそうなのだろうか。父の人生は中学校を卒業した十五歳で決まったということだろうか。

だとしたら、辰馬が言ったように父は世間知らずで無知なのだろうか。そこまで考え、父は自分自身をそう思っている気がした。だから、修業に出なかったことを後悔し、コンプレックスを抱いているのだろう。

母はちがう。もともと父と母は島の中学校の同級生だったが、母は卒業と同時に家族で島外へ引っ越した。母は地元の短大を出たあと、家族の反対を押し切って父と結婚するために島に戻ってきた。おまえのことはもう娘だとは思わない、と母の父親は激怒し、なんのために短大まで出したと思ってるの、と母親は泣いたらしい。二十年も前のことだが、いまでも母と実家のつながりは途絶えたままだ。

——俺らはなんにだってなれるし、なんになってもいいんだよ。

さっきの辰馬の声が耳奥で再生された。

俺らはなんにだってなれるし、なんになってもいい。

陽介は、ゆっくりと噛《か》みしめるように胸のなかで復唱してみた。その途端、父を裏切っているような罪悪感が芽生えた。

「俺は帰楽亭の跡を継ぎたいんだ」

陽介はペダルを漕ぐ足に力を入れて言った。その声を風があっというまにさらっていった。

「俺は帰楽亭の跡を継ぎたいんだ」

繰り返すたびに言葉が薄っぺらになっていき、誰かに指示されたセリフを読んでいる感覚になった。

父はどうだったのだろう。父の夢は帰楽亭の跡を継ぐことだったのだろうか。

いつものように家で着替えてから店の厨房のドアを開けた。すると、細胞のひとつひとつだしとしょうゆのにおいを胸の深くまで吸い込む。自分の一部になるのを感じた。

ににおいが染み渡って自分の一部になるのを感じた。

厨房には誰もいない。洗い場も調理台も整えられており、床もきれいに掃除されている。

「おはようございまーす」と声を張り上げると、「おかえりー」と店の奥から母の声が返ってきた。

母は座敷で横になっていた。座卓の上には湯飲みと柿の種、紺色のエプロンが置いてある。

「ごめん。起こした？」

いままでも母は家と店を忙しく往復していたが、祖父が入院してからは風に翻弄される葉っぱのようにくるくると働き続けている。

「大丈夫。ごろごろしてるだけだから」

並べた座布団の上で母は横向きから仰向《あおむ》けになり、頭の下で手を組んだ。

「父さんとばあちゃんは？」

「おばあちゃんは家。仮眠取るって。お父さんはどっかに出かけた」

「どっかって？」

そういえば父の車がなかったことを思い出した。

「さあ。知らない」

母はのんびりした声で答えると、ふんっ、と声を出して体を起こそうとした。が、首が持ち上がっただけで背中は座布団に張りついたままだ。「だめだー。全然腹筋できないー」と体の力を抜いて笑う。無防備に陽介を見上げる母が子供のように見えた。

「え。いま、腹筋しようとしたの？」

「どう見てもそうでしょ」

「いや。どう見ても腹筋ではなかったぞ」

「じゃあ、なにさ」

「トド？」

「ひどーい」と笑いながら母は手をついて体を起こした。よいしょ、とわりと大きな声が出たことに、母自身は気づいていないかもしれない。

「もう少し寝てればいいべや」

「いいの、いいの」

母は手で髪を整えているが、くせのある毛先は跳ねたままで、陽介には意味のない行為に見えた。

「あのさ、父さんと母さんって中学校の同級生だったんだろ」

「そうだよ」

「父さんって中学生のときから帰楽亭の跡を継ぎたがってたの？」

「継ぎたがってるっていうか、継ぐことが決まってたっていうか」

継ぐことが決まっていた——。それは、継ぎたがっていたのとはまったくちがう。

「じゃあ、ほんとは継ぎたくなかったの？」

「そんなことないよ」母は即答した。「お父さんは店を継ぐことを誇りに思ってたよ」

母の言葉に、胸のあたりがやわらかくほどけていくのを感じた。その感覚で、体に不自然な力が入っていたことに気づいた。

「だって今年で創業百年の歴史ある料亭だからね」

母はわざとらしく胸を張ってみせ、「ここだけの話、ほんとかどうかわかんないけどね」といたずらっぽく笑った。

「俺は信じるよ」

思わず言っていた。

「おー。頼もしい」と母は手を叩いてから、「お兄さんのこともあるしね」とついでのように言った。

「お兄さんって誰の？」

父にきょうだいはいないし、母には弟しかいないはずだ。

「あれ？　陽介に言ったことなかったっけ」

「え、なに？」

「お父さんにはほんとはお兄さんがいたんだよ。っていっても、死産だったらしいけど」

母は湯飲みを片手に天気の話をするような気軽さだ。

「なんだよ、それ。知らないよ」

「そうだっけ。言わなかったっけ」

「そんな話忘れるわけないべや。それで、死産がどうしたのさ」

「なんだっけ。あ、そうそう。中学生のときにお父さんが、お兄さんが生きてたら自分は生まれてこなかった、だから死んだお兄さんの分まで親孝行しなきゃならないし、店を立派に継ぐ責任がある、って私に言ったんだよね。十三歳か十四歳だったと思うんだけど、その歳でそんなことが言えるなんてすごいなあって思った」

「なんだよ、のろけかよ」

「まあ、のろけもあるけど。だからお父さんは帰楽亭を継ぐことに使命感を持ってたんだと思うんだよね。もちろんいまも」

「俺だってそうだよ」考えるよりも先に言葉が飛び出した。「俺だって帰楽亭を継ぐことに使命感を持ってるよ」

母は二、三秒、きょとんとしてから陽介を見上げたまま「へーえ」と言った。

「なんだよ、へえ、って。もっとなにかあるだろ」

陽介は笑いながら文句を言った。

「いやいや。えらいなあと思って」

母も笑っている。きゅっと持ち上がった頬が丸餅みたいだ。

いまなら聞けるんじゃないか、と唐突に思った。

軽い調子でなにげなく、そういえばさ、という切り出し方で。

帰楽亭別邸はこれからどうなるのか。オープンするのか、しないのか。

借金はどのくらいあるのか。返済できる金額なのか。

うちはいま困った状況になっていないのか。

陽介は喉を開いた。しかし、そういえばさ、の「そ」が外に出たくないと抵抗している。いまを逃したら、もう二度と聞くチャンスは来ないような気がした。あと

一回息を吸って、吐き出すときに言おう。そう決めて素早く息を吸い込んだとき、

「さあて、そろそろ支度しなくちゃ」

母が座卓からエプロンを取った。そのタイミングを待っていたかのように、厨房から「ただいまー」と父の声がした。

「お父さん、どこ行ってたのさ」

エプロンをつけながら母が声を張り上げた。

「気分転換にドライブしてきた」

父の声が返ってきた。

「あらあら。自分だけずいぶん優雅だこと」

嫌みったらしい言い方とは裏腹に、母は陽介にいたずらっぽい笑みを向けた。

「ごめんごめん。陽介はどうした？」

「ここにいるよ！」陽介も声を張り上げた。「ほんと父さんだけ優雅だね。独身かよ」

「だからごめんって」

父のいる厨房に小走りで向かう母のエプロンの紐は今日も縦結びになっていた。

聞かなくてよかった、と思った。もし、「そういえばさ」と切り出していたら、いまのこの家族の会話はなかったかもしれない。喉の奥で必死に抵抗してくれた

「そ」に陽介は感謝した。

翌日、陽介がリンリン村のほうに行ってみようと思いついたのは、父の「気分転換にドライブしてきた」という言葉が頭に残っていたからだ。

陽介が最後にリンリン村を見に行ったのは、昨年の夏、開発中止が発表された日の夕方だった。その日を境に、リンリン村は陽介にとって目にしたくない忌々《いまいま》しい存在になった。そして、一週間後に起きた首つり自殺。島の人たちが憎らしげに言い合った「糸井さんはリンリン村に殺された」という言葉は陽介の気持ちと同じだった。

スキーリフトの鉄塔も観覧車の鉄塔もブルーシートで覆われたホテルも、早くバラバラに解体されて跡形もなくなってしまえばいい。そう願ったのに、中止が決まって半年以上たっても変わらずそこにあった。

陽介は毎日の暮らしのなかで、できるだけリンリン村の残骸が目に入らないように意識した。それでも、特に学校からの帰り道は、まるで陽介の目をこじ開けるように鉄塔が視界に入り込んだ。不吉なものを見てしまった感覚に、いつも親指を隠したくなった。

リンリン村跡地のそばに建つ帰楽亭別邸がどうなったのか、陽介は知らなかったし、聞くこともできなかった。潮風で傷んでいるのではないか。ネズミが棲《す》みついているのではないか。廃墟《はいきょ》の佇まいになっているのではないか。そんな想像ばかりが膨らんでいった。

しかし昨日、父はドライブをしてきたと言った。とても気軽に、ほがらかな声で。父は車でリンリン村跡地や別邸の前を通ったのかもしれない。それでも、いつもどおりの父だった。

だから大丈夫かもしれない、となにが大丈夫なのかわからないまま陽介は思った。ちょうどこの日は五時間授業で、いつもより一時間早く下校できた。学校からまっすぐ帰楽亭別邸を見に行くことにした。

島を一周する道路を自転車で走っていると、一年前のことが思い出された。一年前のいま頃は、毎日のようにリンリン村の様子を確かめに行っていた。今日こそ工事がはじまっているのではないか、という小さな期待を握りしめて。

港をまわり込むと、頂に雪が残る鐘尻山に一直線に並ぶ鉄塔が見えてくる。その向こうには、観覧車の三角形の鉄塔とブルーシートで覆われたホテル。一年前とほぼ変わらない風景なのに、いまでは巨大な墓標のように感じられた。

糸井が首をつったのは観覧車の鉄塔だった。糸井はロープを使って上り、同じロープで首をつった。彼の姿を遠くから見たという純貴は、目立ちたがりのお調子者なのにその話をしたがらないという。

陽介は家族に見つからないようにスピードを上げて自宅と帰楽亭の前を通りすぎた。ランチタイムが終わって店ののれんはしまわれていた。

数軒の商業施設はあっというまに背後に流れ、やがてぽつぽつと建っていた民家もなくなり、北へ向かう道路は海と空き地に挟まれる。

今日も曇り空が広がり、白波が漂う海は空よりも暗い色だ。空き地には枯れた笹《ささ》が茂り、裸木が焦げ茶色の肌を晒している。緑の季節はもう少し先だ。

魚の加工場が見えた。魚のにおいが鼻腔に流れ込んでくる。工場の駐車場にはトラックが停《と》まり、作業服姿のふたりの男が荷台をのぞき込みながらしゃべっていた。

人の姿があることになぜかほっとする。

魚の加工場を通りすぎてまもなくすると、場違いな光景が陽介を迎えた。

〈アトリエカフェかもめ〉のミントグリーンの建物と、〈ビストロときわ〉のトリコロールカラーのサンシェード。その二軒だけがくっきりと浮かび上がって見えるのは、ほかにオープンしている店がないからだ。

アトリエカフェかもめには客がいないようだ。

ビストロときわはランチタイムが終わっている時間なのに、駐車場に三台の車があり、ガラス張りのテラス席に客がいるのが見えた。自殺者を出したリンリン村跡地のすぐそばなのに変わらずに繁盛しているのだろうか。よそ者なのにずるい。そう思ったら、ビストロときわに客を奪われているような気持ちになった。

帰楽亭別邸は、ビストロときわの四軒先だ。といっても、空き地や駐車場を挟んでいるから距離にすると二百メートルくらい離れている。崩れ落ちているかもしれない。廃墟になっているかもしれない。悪い予感だけが頭のなかをぐるぐると駆けまわり、意識して呼吸しないと息が詰まりそうだった。

帰楽亭別邸は、陽介の記憶のままそこにあった。

白亜の塀、門の横にあるくぐり戸、漆黒の切妻屋根、重厚な格子戸。あいかわらず日本好きな外国人がイメージでつくった武家屋敷に見えることが嬉しかった。

「え」

思わず声が出た。

格子戸の向こうを人影が横切ったように見えた。

誰かいる？　まさか泥棒？　しかし、内装も済んでいないのだから盗むものはないはずだ。そこまで考え、檜、と思い至る。風呂は最高級の檜を使ったと聞いている。風呂を壊して檜だけ盗むということはあるのだろうか。

人影が今度は逆方向へ横切った。

その直後、あ、父さんか、と思い至った。そうだ、父さんだ。

ほっとしたのも束の間、駐車場に車が停まっていないことに気づいた。父なら車で来るはずだ。

陽介は慎重な足取りで門を抜け、入口へと続く上り坂の石畳を進んだ。誰かがなかにいることはまちがいない。

陽介は一度も別邸に入ったことがなかった。「完成するまで待ってろ」と父が焦《じ》らすことを楽しんだからだ。父はほろ酔いになるとチラシの裏に陽介が想像する別邸の間取り図を書かせ、それを眺めて「なるほど、そうきたか」「かすりもしないな」「いい線いってるかもな」などと言ってにやにやした。

格子戸の前に立つと、なかからはっきりと人の気配がした。なにを言っているのか聞き取れないが話し声もする。

泥棒。父。それ以外の誰か。どの可能性がいちばん高いのかわからないまま、音をたてないようにゆっくりとドアを開けた。

接着剤のような刺激臭が鼻を刺した。人の足音に続いて、「おい。そこ乾いたか？」と男の声がした。

そのとき、ひとつの可能性に思い至った。

別邸はもうとっくに人手に渡ってしまったのではないだろうか。だから、家族はみんな別邸の話を避けていたのかもしれない。

陽介がなかに足を踏み入れようとしたとき、背後から肩をつかまれた。驚きのあまり体が跳ね、ひょっ、と変な声が出た。

振り返ると父が立っていた。いろんな感情が混じり合った顔をしている。興奮。羞恥。歓び。気まずさ。いたずらが見つかったときの顔にも見える。

「おまえ、なんでここにいるのよ」

父は大きな声を出したが、怒ってはいない。

「これ、どういうことだよ。なかでなにやってんだよ」

陽介は聞き返した。

「内装工事に決まってるべや」

父は開き直ったように胸をそらせた。

「内装工事？ じゃあ、オープンすんのかよ」

「あたりまえだべ」

「俺、聞いてないよ」

「言ってないもな。てか、おまえ忘れたのか？ 完成するまでなかに入らない約束だったよな」

そう言って、父は手を伸ばして格子戸を閉めた。

忘れてはいない。ただ、別邸が完成する日は来ないとあきらめていた。

「陽介」と父は声をひそめ、「誰にも言うなよ」と真顔になった。

「え？」

「ここの内装工事してることは秘密だぞ」

「なんでだよ」

「びっくりさせてやるんだよ」

子供みたいなことを言う。

ほんとうに父は子供みたいな顔だった。浅黒い肌が紅潮して頬のあたりがレンガ色に染まり、膨らんだ黒目はきらきらと輝いている。無邪気すぎる父の顔に、陽介はなぜか不安になった。

「びっくり、って誰をだよ」

「みんなを、だよ」

「まさか誰にも言ってないの？」

「母さんにはすぐにバレたけどな」

父は照れたように笑った。

「母さん、そんなこと言ってなかったよ」

「誰にも言うな、って口止めしたからな。そうだ。おまえに教えといてやるよ。あのな、母さんが父さんとの約束を守らなかったことは一度もないんだぞ。もちろん、父さんも母さんとの約束を守らなかったことはないけどな」

「へえ」

そんなことよりも別邸がいつ完成していつオープンするのか、そしてオープンしても大丈夫なのかを聞きたかった。しかし、父は陽介の心中を察することなくしゃべり続ける。

「母さんとは中学の同級生だったんだけど、卒業と同時に旭川《あさひかわ》に引っ越してったんだよ」

何度も聞いたことだった。知ってるよ、と遮ろうとしたが、言葉を挟む隙がなかった。

「島を出るときに母さん、絶対に帰ってくる、って言ったんだよ。手紙も書くし電話もする、って。父さんも、手紙を書くし電話もする、絶対にほかの女とはつきあわない、だから大人になったら結婚しよう、って約束したんだ。したら、母さん、六年後に約束どおりに帰ってきてくれたもな」

「はいはい」

「はいはい、っておまえ、軽く言うけどな。おまえ、もしかしたら生まれてなかったかもしれないんだぞ」

「なんでだよ」

「中学んとき、母さん、あやうくほかの男とつきあいそうになったんだよ」

　初耳だった。

「俺らが中学んとき交換留学みたいなのがあって、東京から中学生が来たんだよ。で、そのなかのひとりが母さんのこと好きになってさ、父さん、慌てて母さんに告白したのさ。もし、父さんが告白しなかったら、父さんと母さんは結婚しなかったかもしれないし、したらおまえだって生まれてこなかったんだぞ。陽介、父さんに感謝しろよ」

「はいはい」

「だから、はいはいって軽く流すなや」

　いつもどおりの親子の気安い会話になった。

　この流れにのって聞こう。リンリン村がなくなったのに別邸をオープンしても大丈夫なのか。うちに借金はどのくらいあって、それはきちんと返済できる金額なのか。

「別邸のなか、ちょっとだけ見せてよ」

　口から出たのはそんな言葉だった。

「だめだ。完成するまでのお楽しみって約束だったべや」

「なんだよ、ケチ。いつ完成すんだよ」

陽介があっさり引き下がったのは、約束を守らないと別邸が完成しないような気がしたからだ。

「ゴールデンウィークには間に合わないけど、夏までにはオープンできるな。ま、じいちゃんの快復しだいだな。じいちゃんにはまだまだ働いてもらわないとな」

「ひでえ」

「じいちゃんはまだ七十前だからな、最低でもあと五年はがんばれるべや。五年後には陽介も修業から帰って、まだ半人前でも一応は使いものになってるだろうし、別邸も軌道にのってるだろうしな」

「俺、高校卒業したらすぐに帰楽亭で働いてもいいよ」

「それはだめだって、俺もじいちゃんもなんべんも言ってるべや。島しか知らない、帰楽亭しか知らない、それじゃ一人前にはなれないんだって。父さんが言うんだからまちがいないって」

父の言葉は自分自身を否定するものに聞こえた。

「でも、専門学校には行かないつもりだよ」

「それはよく考えて決めろ」

「あのさ、大丈夫なの？」

「なにがだ？」

「いや、いろいろ」

曖昧な言い方になったが、父は察したらしい。

「リンリン村がなくなっても、鐘尻島はいい島だ。魚はうまいし、人はやさしいし、海も山もある。それに、帰楽亭も帰楽亭だ。いままでリンリン村に頼ろうとしたのがいけなかったんだ。ビストロときわさんだって、リンリン村に関係なく客が入ってるんだから」

父が平然とリンリン村という単語を口にしたことに陽介は安堵した。

「常盤さんとたくさん話したけど、勉強になったよ。やっぱり、まずは島の人に来てもらわないとな。父さん、いろいろ考えてるんだ。別邸では結婚式とか披露宴もできるようにしようと思うんだ。もちろん、観光客を呼び込むことも考えてるけどな。ここからがほんとうの勝負だ。これからは本物の時代だ。ほんとうにうまいものがあれば、それがどんなに遠くても食べに行く。……おっと、しゃべりすぎたな。陽介、もう行け」

父は笑いながら陽介の肩をぐいと押した。

「わかったよ」

背を向けた陽介に、「おい」と声がかかった。

「じいちゃんとばあちゃんには、別邸の内装工事のこと絶対に言うなよ。母さんともこの話はするな。どこでばあちゃんに聞かれて、ばあちゃんからじいちゃんに伝わるかわかんないからな」

父は珍しく厳しい顔をして言った。

祖父が入院したから別邸はオープンに向けて動き出したのだと悟った。祖父が知れば大反対するに決まっている。秘密裏に工事を進めているのは祖父に知られないためなのだろう。

「ほら、じいちゃんのことも驚かせたいからさ」

父は取り繕うように表情をやわらげた。

昨日、父が気分転換にドライブしてきたと言ったのは、別邸の内装工事の様子を見に行ったのだろう。そして、母も知っていたのだ。

帰楽亭別邸の敷地を出て自転車に乗ろうとしたとき、二十メートルほど先の空き店舗の駐車場に、父の車と、工事業者のものと思われる軽トラックが停まっていることに気づいた。内装工事をしていることがバレないように店から離れた場所に停めたのだろう。

父の子供っぽさに陽介の口もとが緩んだ。

七章

永澤美衣紗が死亡した翌日、三ッ矢と岳斗は彼女の母親に話を聞きに行った。待ち合わせたのは、母親が宿泊していたホテルの隣にあるカフェだった。美衣紗は司法解剖されるため、母親は午後の新幹線で一度、郡山市の家に帰るという。店に入ってきた女性に気づいた三ッ矢がすっと立ち上がった。岳斗も慌てて立ち上がる。

ベージュのショルダーバッグを斜めがけし、小ぶりのボストンバッグを持った彼女が、美衣紗の母親の永澤美也子《みやこ》だった。

「心よりお悔やみを申し上げます」

頭を下げた三ッ矢に、美也子は無言でお辞儀を返した。全身に悲愴《ひそう》と疲労が滲《にじ》んでいる。髪の根もとには白いものが目立ち、目の下にはくまがあった。

「おつらいときに申し訳ありません」

注文した飲み物が運ばれてきてから三ッ矢が口を開いた。

「孫が心配です。まだ見つかってないんですよね」

美也子は絞り出すように言った。

「一刻も早く保護できるように全力で捜しています」

三ッ矢はそう伝えたが、おそらく何度も聞かされた言葉なのだろう、彼女にとってはすでに意味を持たない音になってしまったようだった。

「そのためにもお聞きしたいのですが、この方に心当たりはありませんか？　五十嵐善男さんという方です」

美也子は、三ッ矢が見せた写真を一瞥《いちべつ》すると短く息を吐いた。

「警察って何度も同じことを聞くんですね」

「申し訳ありません」

「別の方にも言いましたが、知りません。二ヵ月くらい前に殺された方なんですよね」

「美衣紗さんから、誰かにつきまとわれているといった話は聞いていませんか？」

「ないです。離婚してからあの子、電話しても出ないことが多くなって、しばらく声を聞いてないと思ったらこんなことになって」

泣き出すのではないかと岳斗は思ったが、彼女の目は乾いたままだ。体のなかの水分を出し尽くしてしまったように見えた。

「離婚の原因は、菊畑聖人さんの暴力だったそうですね。お母様は美衣紗さんからどのように聞いていますか？」

三ツ矢はいつもどおりの淡々とした話し方で、声に感情がこもっていない。娘を亡くしたばかりの母親を相手にそっけない態度にも思えたが、感情を排除した声は空気と同化し、美也子の心を刺激しないようだった。

美也子は膝に抱えていたショルダーバッグを隣の椅子に置き、ふっと力を抜くように背もたれに体を預けた。

「実感がないんです」

伏し目がちにつぶやく。

「あの子が死んだ実感が全然なくて、なんだか悪い夢を見ているようで……。あれ、ほんとに美衣紗なんでしょうかね。すっかり変わってしまって」

「変わった？」

「ええ。あんなに派手な髪と爪をして、私が知ってるあの子と全然ちがいます。もっと普通の、おとなしい感じの子なんです。あんなふうにしたのは、菊畑に見つからないように変装したつもりだったんでしょうかね。だから、離婚するなら帰っておいで、ひとりで子供を育てるのは大変だから、って何回も言ったのに。でも、あの子ったら、ひとりでがんばってみる、って言って。引っ越し先の住所も、菊畑がなにをするかわからないからお母さんはまだ知らないほうがいい、って」

「お母様が美衣紗さんと最後に会われたのはいつですか？」

「去年のお盆です。しずくを連れて来たのが最後ですから」

そう言って、美也子は親指から順番に折っていき、「七ヵ月前ですね」とつけ足した。

「そのとき、菊畑さんは一緒ではなかったのですか？」

「ええ。美衣紗としずくだけ」

「菊畑さんが暴力をふるうようになったのはいつ頃からですか？」

「私が知ったのは離婚すると聞いたときです。警察沙汰にもなった、って言ってました。私も夫もすぐに迎えに行くって言ったんですけど、弁護士に任せているし、へたに刺激をしたくないから、と断られて」

「親権で揉《も》めることはありませんでしたか？」

「向こうの暴力が原因ですからね。それは大丈夫だったようです」

「美衣紗さんが離婚するとき、お母様は菊畑さんと直接話をしましたか？」

「いえ。夫とも話したんですが、しずくもいることだし、美衣紗の言うとおり刺激しないほうがいいということになったので」

刑事さん、と美也子は前のめりになった。乾いた目を三ツ矢にまっすぐ向けている。

「犯人は、ほんとに菊畑じゃないんですか？　菊畑が誰かを雇って、美衣紗を殴ってしずくを連れ去ったんじゃないんですか？」

「すべての可能性を考慮して捜査しています」

三ツ矢がそう答えると、彼女はくちびるをきゅっと閉じた。

美也子が震える手で水を飲む。沈黙が下りたテーブルに、氷がぶつかる音が響いた。

「ところで、美衣紗さんは料理をしましたか？」

美也子がコップを置くのを待ってから三ツ矢が聞いた。

「料理、ですか？」

「はい。料理です」

岳斗は、三ツ矢の質問の意図を考えながら、自分も彼に同じ質問を口走ってしまったことを思い出していたたまれない気持ちになった。

「料理はしていたはずですよ。結婚するまで実家にいましたけど、ときどきあの子がごはんをつくってくれましたから。パスタとかグラタンとか私がつくらないものが多かったですね」

そう言うと、美也子はくちびるに淡い笑みを浮かべた。「ああ、そうだ」と顔を上げたが、彼女の目は三ツ矢にも岳斗にも向けられていなかった。

「結婚して家を出てからも、手羽元の甘辛煮とか豚バラ大根のつくり方を教えて、なんてたまに電話をかけてきました。そのかわりに、しずくを連れて里帰りしたときはなんにもしなかったですけどね」

言い終わった直後、美也子は頭を深く下げた。

「しずくを。しずくを早く見つけてください。お願いします」

震える声で言った。

永澤美衣紗と五十嵐善男。ふたりの被害者の接点はなにひとつ見つかっていない。五十嵐善男が書いた〈私は人殺しです。〉という手紙は、どういう経緯で美衣紗の部屋にあったのだろう。

永澤美也子を見送り、車を停めたコインパーキングへ向かうあいだ、三ッ矢はずっと黙っていた。

彼の考えの邪魔をしないために岳斗もしばらく口をつぐんでいた。しかし、沈黙の時間が長くなればなるほど、三ッ矢と自分の思考に開きが生まれるような気がした。もっとはっきり言うと、三ッ矢に置いていかれる気がした。

「三ッ矢さん」

「はい」

三ッ矢は少し細めた目を岳斗に向けた。

「事件と手紙は分けて考えたほうがいいんじゃないでしょうか」

岳斗にしては珍しく自分の考えをはっきりと伝えた。成長した自分をアピールしたい気持ちがあった。

「たとえば、あの手紙は前から永澤さんが持っていたもので、今回の事件とは関係ないとは考えられませんか？」

「考えられますね」

三ッ矢はあっさり答えた。

これだけで三ッ矢に認めてもらえた気がして、岳斗は小鼻が膨らむのを感じた。小走りで車に向かい、てきぱきと運転席に乗り込んでエンジンをかけた。

「これからどうしますか？」

張り切って聞くと、三ッ矢は横浜市からはじまる住所を告げた。

「三ッ矢さん。そこって……」

一気にトーンダウンした。

「ええ。菊畑聖人さんの勤務先です」

三ッ矢はさらりと答えた。

だーかーらー、菊畑聖人にはすでに別の捜査員が当たってますよね。俺らは、五十嵐善男との関連を調べるんですよね。そりゃ三ッ矢さんはいいっすよ。ひとり治外法権みたいな存在なんだから。怒られるのは俺なんすからね。

胸のなかで文句を垂れながらも、岳斗は言われたとおりの住所をカーナビに入力した。

「分けて考えるんですよね」

コインパーキングを出たところで三ッ矢が言った。

「はい？」

「今回の事件と、五十嵐善男さんの手紙です。このふたつを分けて考えることを提案したのは田所さんですよね」

なんだか嫌な予感がする。

「分けて考えると、五十嵐善男さんとの関係を優先して調べる必要がなくなりますよね。ですから、それ以外のこともどんどん調べていきましょう」

「三ッ矢さん」

「はい」

「それ、屁理屈《へりくつ》です」

「不思議に思いませんか？」

三ッ矢は腕を組んでまっすぐ前を見据えるいつものスタイルだ。

「なにがですか？」

「菊畑聖人さんです。永澤美衣紗さんは菊畑さんのDVが原因で離婚した。実際に一一〇番通報をした記録も残っています。離婚後は、菊畑さんに居場所を知られないように誰にも住所を教えなかった。それほどまで彼女に執着していると思われる菊畑さんが、もうちがう女性と一緒に暮らしていることが僕には不思議に思えるのです」

なるほど、と思う反面、そういうこともあるのではないか、という気もした。

岳斗の大学時代の友人が結婚の約束をしていた彼女にふられたとき、絶対に許さないとか訴えてやるとか死にたいなどと大騒ぎをした。しかし、一ヵ月ほどであっさりと新しい彼女ができてほどなく結婚した。

その友人のことを思い出し、男と女なんてそんなもんじゃないんですかね、などと知った口をききそうになったが、ぎりぎりのところでのみ込んだ。そんなものとはどのようなものですか？　と真顔で聞く三ッ矢と、それに答えられずにしどろもどろになる自分が想像できた。

「それから、先ほど永澤美也子さんが、菊畑さんが誰かにやらせた犯行ではないか、というようなことを言っていましたね。離婚相手が子供を連れ去るケースは多いですから、その点も直接会って確認したいのです」

三ッ矢は気になることはすべて自分で確かめずにはいられないのだ。それは、裏を返せば他人を信用していないことになる。三ツ矢は、自分自身のことも信用していない、と言ったが、それでも一緒に仕事をしている人間であれば、腹も立つし、さびしくもなるし、うんざりしたりもする。

並外れた捜査能力を持ち、いつも飄々として自分のスタイルを崩さない三ツ矢のことを、たくさんのものを手に入れた選ばれし者だと思っていた。けれど、手に入れた分と同じだけのものを手放しているのかもしれない。

菊畑聖人が勤める〈横浜センチュリー会計事務所〉は、保土ケ谷《ほどがや》駅に近いビルの一、二階にあった。税理士である母親が所長で、菊畑自身は税理士資格を保有していないが、三年ほど前に保険会社を退職して事務職員として入所したらしい。

菊畑には連絡をしていなかったため不在を覚悟していたが、応対してくれた男が本人だった。黒髪を後ろでひとつに結び、片耳に小さなピアスをつけている。

三ツ矢が名乗ると、「しずくは見つかりましたか?」と彼は間髪を入れずに聞いてきた。

「まだ保護できずにいます。申し訳ありません」

三ツ矢の返答に、菊畑の肩がはっきりと下がった。

応接室で改めて菊畑と向き合うと、目の縁が赤く、くまと無精ひげが目立った。

憔悴《しょうすい》し切ったその顔は、さっき会った美衣紗の母親と重なった。

「しずくの母親は、昨日、亡くなったんですよね」

元妻への他人行儀な呼び方が気になった。

「はい。残念です」

三ツ矢が菊畑を見据えたまま答えた。

「昨日、別の刑事さんが来ました。私はまだ疑われてるんでしょうか。私がしずくの母親を殴って、しずくをさらったと思われているんでしょうか？」

「いえ。そうは思っていません。菊畑さんにはアリバイがありますから」

菊畑聖人が事件当時、友人らと横浜市内の居酒屋にいたことはすでに確認済みだ。

「じゃあ、なんでしょう」

「永澤美衣紗さんと離婚した理由です」

三ツ矢の質問に、菊畑は苦々しい表情で「それですか」とため息をつくように言った。

「それってしずくがさらわれたことと関係あるんですか？」

「関係あるかどうか確認するために聞いています」

「昨日来た刑事さんにも言われました。俺があいつに暴力をふるってた、って。離婚したあともつきまとっていたんじゃないか、って。ちがうって言っても全然信じてくれなくて。アリバイがあったからよかったですけど、なかったら俺、犯人にされてたかもしれないですよね」

彼の声には抑え切れない怒気が感じられた。

「ちがうのですか？」

「ちがいますよ。俺が犯人のわけないじゃないですか」

「そうではなくて、美衣紗さんに暴力をふるったり、つきまとったりはしていないのですか？ 美衣紗さんは一度、一一〇番通報をしていますよね。それに、離婚後も菊畑さんのことをかなり警戒していたようですが」

「ちがいます。俺はちょっと押しただけなんです。そうしたら、あいつがわざと大げさに倒れて一一〇番通報したんです。夫に暴力をふるわれた、殺される、って」

「どうして美衣紗さんを押したのですか？」

「よくある夫婦喧嘩ですよ」

「よくある夫婦喧嘩とはどのような喧嘩のことですか？」

「は？」

「僕は夫婦喧嘩をしたことがないからわからないのですよ」

三ツ矢は真顔で言う。

マジですか、とつぶやいた菊畑に、マジなんですよ、この人、と岳斗は胸のなかで答えた。

「いまは時間がないので、よくある夫婦喧嘩の説明は省いてけっこうです。菊畑さんと美衣紗さんの夫婦喧嘩についてだけ教えてください」

「俺の浮気ですよ」

菊畑は開き直って言った。

「バレてなじられて離婚だ慰謝料をよこせ、って言われました。あんまりうるさいから、ちょっとだけ押したんです。どけ、って感じで。そうしたらあいつ、わざと倒れて腕を打撲したんです。それからすぐに弁護士から連絡が来て離婚することになりました」

「菊畑さんは離婚したくなかったのですか？」

菊畑は、うーん、と小さくうなって腕を組んだ。

「離婚してよかったんでしょうね。いまはその彼女と暮らしていて結婚する予定ですから。でも、あのときはなにがなんだかわからなくて、なんでだよって気持ちでしたね。しずくと別れたくなかったし」

「あなたは自分が浮気したのに、なんでだよ、と思ったのですね」

三ツ矢の口調は確認するためのものだったが、菊畑は責められたと思ったらしく、

「そうですね。すみません」としょげた。

「離婚するときトラブルにならなかったのですか?」

「あいつの言いなりになるしかなかったですからね。俺は警察を呼ばれてるし、DVを疑われてるし、浮気もしてましたから。養育費も慰謝料も、向こうの弁護士に言われたとおりにしました」

「離婚後、美衣紗さんやしずくちゃんに会ったことは?」

「一度もありません。住所も知らないんですから」

「では、どうして美衣紗さんはあなたのことを警戒していたのだと思いますか?」

「わかりません。ほんとうに心当たりがないんです」

「ところで、美衣紗さんは料理をしましたか?」

三ッ矢は唐突に話を変えた。

「え、あ、はい。もちろん」

「手羽元の甘辛煮とか豚バラ大根なども?」

「そういえばそんなものつくってましたね。でも、俺の浮気がバレてからは全然です」

「では、美衣紗さんはどのようなファッションを好んでいましたか?」

「え、ファッションですか。えーと、おとなしい感じでしたね。清楚《せいそ》系っていうか。まあ、俺がそういうの好きなんで」

ドアがノックされ、応答を待たずに六十歳ほどの女が入ってきた。菊畑の母親だとすぐにわかったのは面長な顔と骨張った鼻が似ているからだ。

「聖人の母です。警察の方が来ていると聞いたので」

菊畑喜子《よしこ》と名乗った母親は、息子の隣に腰を下ろした。

数時間前に会った美衣紗の母親とは対照的に、丁寧に化粧をし、肩までの髪をカールさせている。

「しずくはまだ見つからないんですよね」

菊畑喜子は、三ッ矢と岳斗を見比べながら訊ねた。

「全力で捜索しています」

三ッ矢が答えた。

「この子、まだ疑われてるんですか？」

母親が隣の息子を見やってから聞いた。

「美衣紗さんと離婚した経緯をお聞きしていました」

「うちの息子、人がいいからはっきり言いませんけど、この際だからお伝えしておきます」

どうやら彼女はドア越しに盗み聞きをしていたらしい。

「息子は美衣紗にはめられたんだと思いますよ」

「母さん、またそんなこと言って」

菊畑は母親を制止しようとしたが、形だけのそぶりに見えた。

「そりゃあ、浮気した息子も悪いですよ。でも、どうしてあっさりバレて証拠まで握られたんだって話ですよ。きっと美衣紗は前々から離婚するつもりで興信所に浮気調査を依頼してたんですよ。で、うちのバカ息子がまんまと引っかかったってわけ。殴ってもいないのに警察まで呼ばれて、慰謝料と養育費を払うはめになって。あの女の思うつぼですよ。それに、別れても二ヵ月に一回はしずくに会わせる約束だったから高い養育費を払ってるのに、すっぽかしたうえに住所も教えないんだから。そりゃ亡くなったのは気の毒ですけど、そんなことよりしずくですよ。あの女が引き取らなければこんなことにならなかったのに」

母親の言葉から、慰謝料と養育費は菊畑ではなく彼女が負担していることが察せられた。

離婚トラブルを起こしては会計事務所の信用問題になると考え、慰謝料は一括で五百万円払い、養育費は月に十万円振り込んでいるという。

「最後にお聞きしますが、おふたりはこの方に心当たりはありませんか？　五十嵐善男さんという方です」

三ツ矢は写真を見せたが、ふたりは知らないと答えた。どちらも二ヵ月ほど前に八王子で起きた強盗殺人事件の被害者の名前は記憶にないらしい。

「そうですか」と三ツ矢が答えると、しばらく沈黙の時間が続いた。辞去するタイミングだと察した岳斗は無意識のうちに手帳を閉じていた。

「しずくのことでなにかわかったらすぐに連絡くださいね。しずくは絶対にうちが引き取りますから」

「早く見つけてください。お願いします」

母親と息子はそろって頭を下げ、刑事を見送ろうと腰を浮かしかけた。

「はい。わかりました」

三ツ矢はすっと立ち上がった。

「では、しずくちゃんがいないかどうか、念のためにおふたりのお宅を確認させてください」

ああ、やっぱり……。

岳斗の心の声は、「えっ？」「はっ？」というふたりの驚きの声と重なった。

八章

1994年6月　北海道鐘尻島

ジャーン、とふざけた効果音を口にして小寺忠信が格子戸に手をかけた。雪の結晶を象《かたど》った組子細工を施した格子戸はすーっと流れるように開いた。

「さ、どうぞどうぞ」

忠信に促され、常盤由香里は夫の恭司と一緒に〈帰楽亭別邸〉に入った。

新築のにおいが鼻腔に流れ込み、その瞬間、由香里の心は四年前に飛ばされた。あれは、はじめて〈ビストロときわ〉に足を踏み入れたときのことだ。自分たちの店、自分たちの家。ふたつを同時に手に入れたのだという歓びがこみ上げ、細胞のひとつひとつが弾んだことをはっきりと思い出した。一階の店も二階の住居も内装工事が終わったばかりで、なにもかもが清潔で明るく、両手を広げて由香里を歓迎しているように見えた。店からも住居からも陽射しをたたえてきらきら輝く海が見え、これから自分たちはこの世界的リゾート地で暮らすのだと胸が高鳴った。

四年前を思い出した由香里は愕然《がくぜん》とした。

私はこの島で暮らすことを楽しみにしていたのか。新しい生活に心を躍らせ、幸福な未来を思い描いていたのか。

由香里が思い出したのはそれだけではなかった。

鐘尻島への移住が決まったとき、由香里は世界的リゾート地で何者かになれると信じていた。具体的な未来図は描けなかったが、

由香里さんはいつも素敵——。

そんな賞賛の声を夢想した。

夫に、おまえもこの島で暮らすのを楽しみにしていた、と言われるたび、由香里はいつもきっぱりと否定した。楽しみにしたことなど一度もない、私は田舎の島などに行きたくなかったのだ、と。

鐘尻島で暮らした四年で記憶がこんなにも改竄《かいざん》されていることに気づき、自分の足もとが揺らぐ感覚に襲われた。

「こっちがカウンター席です」

忠信が右側を指さし、見ればわかることを嬉々《きき》として説明した。「で、こっちにはテーブルを十二卓置きます」と、今度は左側のなにもないスペースを指さす。

「うわあ。素敵ですね」夫が感動した声を出し、ぐるりと四方を見まわした。「やっぱり高級感がすごいな」

無垢材のカウンターは檜だろう、滑らかでやさしい色合いだ。カウンターの向こう側の調理スペースの壁はグレーのタイルで、白木の作り付け棚がある。床は濃い色の木材で、通路の部分だけ磁器タイルが敷かれている。まだテーブルや椅子などの什器《じゆうき》が搬入されていないため広々として見えるが、実際のホールの広さはビストロときわの二倍あるかないかだろう。メインスペースであるホールの奥には障子のついた個室が四つあった。

帰楽亭別邸が建ったのは二年も前だが、木材をふんだんに使った内装工事が終わったばかりで新築のにおいに満ちていた。

帰楽亭別邸は一ヵ月後の七月十五日にオープンするという。ただ、準備不足のため一ヵ月後にオープンできるのは一階のレストランだけらしい。

今日は、小寺夫妻に内装工事が終わった店を見てほしいと誘われて夫婦で来たのだった。

「いろいろ注文つけたせいで予定よりも工事が延びちゃって」

「ああ、わかりますよ。ここはこうしたいって途中で思いつくんですよね」

「やっぱり常盤さんも？」

夫と忠信は楽しげに会話を弾ませている。

もともと話が合うふたりだったが、酔いつぶれた忠信を夫が車で送り届けたことをきっかけに距離が縮まったらしい。どちらの店も月曜日が定休日ということもあり、夫は忠信に誘われて釣りに出かけたりするようにもなった。

酔いつぶれた忠信を見たのは昨年の夏の終わりだ。あのとき忠信が、もうだめだ、とつぶやいたように見えて胸がきゅっとしたことも、その翌朝、リンリン村で自殺があったと知ったとき、とっさに忠信の顔が浮かんだことも覚えている。しかし、いまではあのつぶやきは勘違いだった気がするし、もしほんとうに、もうだめだ、と言ったのだったとしても、もう飲めない、もう動けない、という意味だったのではないかと思っている。あの夜以降の忠信はこれまでどおりの、よく言えばほがらかな、悪く言えば脳天気な田舎者だった。

「ほんとにあと一ヵ月でオープンできるのかしらねえ」

妻の則子が他人事のように笑いながら話しかけてきた。

「一ヵ月なんてあっというまですよね」

由香里は笑顔をつくって当たり障りのない言葉を返した。気持ちのこもっていない声になったのを自覚して、「でも、きっと大丈夫ですよ」と言い足した。

「だといいんですけどねえ」

丸い頬に片手を添えて則子はおっとりと笑い、男ふたりが階段を上っていくのを見届けてから、「でも、前途多難なんですよ」と言葉とは不似合いな笑顔のまま言った。

「おじいちゃんなんかカンカンで、うちの人とはいまも口をきいてないし、俺はもう店に立たん！　なんて言ってるんですから。アルバイトさんもまだ人数が足りてないし、いったいどうなることやら」

小寺夫妻は、夫の恭司と同い年だから今年で四十二歳だ。由香里の七つ上になる。則子の化粧っけのない顔には薄いシミがちらばり、笑うと目尻に短いしわが刻まれる。それでも、にこやかな目とふっくらとした頰のせいか幼女のようなあどけなさを感じさせる。

四十を過ぎて島の男たちに、則ちゃん則ちゃん、と気安く呼ばれて嬉しそうにしている勘違いおばさん。由香里は則子のことをこっそりとそう評していた。

「それに、ここの宿泊施設がオープンしたら定休日がなくなっちゃうでしょう。うちの人にそう言っても、大丈夫だ、なんとかなる、としか言わないし」

もう困っちゃう、と則子はあいかわらず笑いながら愚痴めいたことを口にする。

もしかしてこれは自慢なのだろうか、と思い至った。二軒目の店を持てることの。

それが本店よりも大きくて立派であることとの。

由香里は四年前を思い返し、私だってそうだった、と苦々しさを嚙みしめた。

あのとき私は自慢したかった。新しい店と家。リゾート地での優雅な暮らし。

私はこんなに幸せなのだ、この幸せな私を見て、と大声で叫びまわりたかった。しかし、親しくしている友達はおらず、自慢らしい自慢は誰にもできなかった。いや、ひとりいた。親の反対を押し切って結婚した由香里は、実家とは縁を切ったままだったが、あのとき五、六年ぶりに姉に電話をした。地元の医者と結婚した姉にはふたりの子供がいて、新築の一戸建てに住んでいた。その姉に、私はそんな田舎ではなく世界的リゾート地に家を持つのだ、と知らしめてやりたかった。しかし、姉はまったくうらやましがることなく、そんな田舎に行くなんて信じられないというようなことを言った。あのとき、姉はなにもわかっていないと腹が立った。しかし、いまならなにもわかっていなかったのは自分のほうだったのだと痛いほど理解している。

「でもねえ、乗りかかった船っていうか、もう乗っちゃったからあとは漕ぎ出すほかないもんね。それに、うちの人の夢だったからもうしょうがないかと思って」

二階へと続く階段を上りながらも、愚痴なのか自慢なのかよくわからない則子のおしゃべりは続いた。

「陽介も来年は東京に出るから、ますます人手が足りなくなっちゃうんだけど」

東京、という単語だけが由香里の耳に輪郭を持って飛び込んできた。

「息子さん、東京に行くんですか？」

「そう。知り合いの割烹で修業させてもらうことが決まったんですよ。本人も専門学校には行きたくないって言うし。まあ、勉強が嫌いな子だから」

「うちも将来は東京で暮らすつもりなんですよ」

言葉がつるりと滑り出た。

「あら、そうなんですか？　でも」

則子の話の途中だったが、由香里の言葉は止まらなかった。

「うちは娘を島の高校に行かせるつもりはなくて、東京か、最低でも札幌の高校に進学させようと思ってるんです。そうなると、やっぱり女の子だから私も一緒に島を出ることになりますよね。大学は東京ってもう決まってるんです。もうそれは絶対に。うちの娘、将来は外交官になって世界中を飛びまわりたいなんて言って、だから二年前から札幌の英会話スクールにも通わせてるんですよ」

そこまでひと息にしゃべってから、いまの話が夫に伝わるかもしれないと考え、「いまのはここだけの話ですけど」とつけ足すと、則子はいたずらっぽい笑みで「お互いにここだけの話ですね」と返した。

二階にはワインレッドのカーペットが敷かれていた。階段を上ってすぐのスペースがロビーで、宿泊用の部屋が八つ、廊下の奥には男湯と女湯がある。

夫と忠信の声が聞こえてくるのは、廊下の突き当たりを右に曲がった男湯からだろう。なにを言っているのかは聞き取れないが、忠信の嬉しそうな笑い声が響いている。その笑い声の意味を説明するように、則子が「特にお風呂がうちの人の自慢みたいなんですよ」と耳打ちした。

しかし、女湯のほうに足を踏み入れた由香里の目には、なんの変哲もない大浴場としか映らなかった。大きな窓から海が見え、檜の香りが漂ってはいるものの、露天風呂もサウナも併設しておらず、大きさの異なる三つの湯船はありふれたものだった。

男湯のほうに移動すると、そこは女湯とほぼ同じ造りで、ただ窓から見えるのは海ではなく、緑の濃淡がこんもりとした起伏をつくる鐘尻山だった。頂から麓まで灰色の鉄塔が並んでいる。その向こうの山肌は削られ、Aの形をした観覧車の鉄塔と、ホテルを覆うブルーシートが見える。標高一三〇〇メートル足らずの山の上にはうっすらと雲がかかっている。

由香里は、墓地を眺めるような陰鬱さを覚えながら窓越しの風景を目に収めた。観覧車の鉄塔で首をつった糸井という男のことを由香里たち家族は知らなかったが、彼は息子たちと小さな建設会社を営んでいたらしい。糸井の死後、家族は島を出たと聞いている。

じゃあ、夫が死ねば私も島を出られるということか。

唐突に浮かんだその考えに由香里は驚いた。まるで誰かの考えが頭のなかに飛び込んできたようだった。それでいて、飛び込んできた瞬間、頭の中心に居座ったのを感じた。

夫を見ると、首つり自殺があったことなど忘れてしまったかのように、窓のほうを向いて忠信と釣りの話で盛り上がっていた。

「先に下に行ってましょうか」

由香里の表情になにか感じるものがあったのか、則子がそっと声をかけてきた。

階段を下りながら、先を歩く則子の後ろ姿を観察した。身長は由香里より十センチ近く低い。くせのある黒髪はまだ豊かで白いものは見当たらないが、ろくな手入れもしていないのだろう、パサついてツヤがない。白いトレーナーは生地が毛羽立ち、ベージュのパンツは膝の裏にしわがよっている。

彼女は由香里と同じように親の反対を押し切って結婚し、実家とは疎遠になっていると聞いている。由香里とちがうのは、彼女が自らの意志で鐘尻島にやってきたことだ。則子は島の暮らしに満足しているのだろうか。こんな男と結婚しなければよかった、親の言うことを聞いておけばよかった、と後悔することはないのだろうか。

私は後悔している――。

なぜか則子に告げたくなった。夫と結婚しなければよかった。子供を産まなければよかった。実家にいればよかった。全部親の言うとおりにすればよかった。

則子が寝癖を直すように後頭部を撫《な》でつけながら振り返り、由香里はなぜか慌てた。

「ここ、内装にお金がかかってますよね」

取り繕うための適当な言葉だったが、則子は一瞬、うろたえた表情になった。すぐに笑顔を取り戻し、「ねえ」と時間を稼ぐように相づちを打つと、「お客さんが来てくれないと食べていかれなくなっちゃう」とおどけた。

噂では、忠信はこの帰楽亭別邸を建てるときに多額の借金をしたということだったが、こうして内装工事を終わらせたのだから実はかなり貯金があるのかもしれない。

私にはなにもない。まだなにも手に入れていないし、何者にもなっていない。この先、なにかを手に入れ、何者かになれる日が来るのだろうか。そのときの自分の姿を思い描くことができない。

どうしよう、このままだったら——。

茫洋《ぼうよう》とした不安が大波になって襲ってきた。

このまま四十歳になって、五十歳になったらどうしよう。目の前にいるにこにこと笑うことしか取り柄のない小太りの田舎のおばさん。それが七年後の自分に重なり、由香里は血の気が引くのを感じた。

小寺夫妻に礼を言い、帰楽亭別邸を出ると夫がつぶやいた。

「いいなあ。俺も金を貯《た》めていつかオーベルジュやりたいなあ」

右側には薄灰色の海が広がっている。

「どこで?」

そう聞いた由香里に、夫はいつもの不思議そうな顔を見せた。

「ここに決まってるだろ」

ざざん、と灰色の海が鳴いた。

たったこれだけの会話でもう家に着いてしまった。

もうすぐ午後四時になる。帰楽亭別邸の内装なんかにこれっぽっちも興味がないのに、思ったよりも小寺夫妻に時間を取られてしまった。

由香里は急いで夕食の支度をはじめた。

夫はディナータイムの準備でまっすぐ店に入り、結唯が小学校から帰ってくるまであと十分ほどある。

今夜のメニューは餃子《ギョーザ》だ。エビ餃子とホタテ餃子の二種類。タネをつくっておいて、結唯が帰ってきたらふたりで包むことになっている。餃子は結唯の好物だ。今朝、今日の晩ごはんは餃子だから一緒に包もうね、と言ったら、やったー、と返ってきた。

結唯に料理の手伝いをさせるようになったのは小学生になってからだから、島での暮らしがはじまった時期と重なる。お腹《なか》の子が女の子だと知ってから、由香里は娘と一緒にクッキーやケーキを焼いたり、ハンバーグやシチューをつくったりする光景に憧れるようになった。母娘が立つキッチンにはきらきらとした陽光が射し込み、バニラエッセンスやバターの香りが漂い、楽しげな笑い声と話し声が音楽のように流れる。それは、出産を控えた由香里にとって幸せの象徴だった。

それなのに、と思う。そう思うと、胸にぽたりと黒い水滴が落ち、もやもやとした波紋が広がっていく。

ふたりでクッキーの型抜きをしても、焼き上がった熱々のスポンジを一緒にほおばっても、ハンバーグの生地を整える小さな手を見ても、シチューを交互に味見しても、これが幸せの象徴とは思えず、なにかがちがう、という漠然とした違和感につきまとわれた。

餃子のタネをつくり終わって時計を見ると四時二十分だった。

結唯はまだ帰らない。遅い、と思ったら心臓がことっと音をたてた。今日は六時間授業だからいつもなら午後四時から四時十分のあいだには帰ってくる。家から小学校までは子供の足で三十分近くかかる。このあたりの小学生は結唯だけだし、途中には民家が途切れる地区がある。

由香里は車のキーを持って一階の店に行った。ディナータイムを控えた店内にはデミグラスソースの香りが漂っている。

「結唯、来てないよね？」

厨房にいる夫に声をかけた。

「来てないよ」

夫は寸胴鍋《ずんどうなべ》をかきまぜながら、由香里に顔も向けず答えた。そんな夫の態度にイラつきながらも、「結唯の帰りが遅いの」と続けた。夫は壁の時計にちらっと目をやり、「そうか？」と言った。

「そうか、ってそれだけ？」

「まだ四時半にもなってないだろ」

やっと由香里に顔を向けた夫はわけがわからないといった表情だった。

「いつもは遅くても四時十分には帰るの！　父親なのにそんなことも知らないわけ？」

思わず怒鳴った由香里に、夫はこれ見よがしに顔をしかめてから寸胴鍋へと視線を戻した。これ以上、相手にしないという意思表示だった。

七つ上の夫にそんな顔をされると、由香里はなにも言えなくなってしまう。自分のなかの小さな、けれど大事ななにかを踏みにじられたようで、悲しさと悔しさが胸いっぱいに広がった。

自分を見ようとしない夫を睨《にら》みつけ、「迎えに行ってくるから！」と言い捨てて由香里は店を出た。

店の裏には、夫の白いミニバンと由香里の赤い軽自動車がある。路線バスが充実していないこの島では、車はひとり一台が基本だ。

軽自動車に乗り込んで勢いよくドアを閉めた。

「なんでわかってくれないんだろう！」

由香里はハンドルを叩きながら、「なんで！　なんで！　なんで！」と繰り返した。ほんとうは金切り声をあげながら、クラクションを思い切り鳴らしたい。しかし、いつ誰がどこで見ているかわからない小さな島では、声量にもハンドルの叩き方にも加減が必要だった。

車のデジタル時計は四時三十一分を表示している。

いつもより二十分も遅い。それに、今日は一緒に餃子を包む約束をしている。結唯も楽しみにしていた。いつもより早い帰宅ならわかるが、遅いなんて絶対におかしい。

結唯が通う鐘尻北小学校は、島を一周する道路を港のほうへ向かい、山を少し上がったところにある。児童数は五十人ほどだ。

小学校に近づくにつれて子供たちの姿が目についた。空き地でサッカーの真似事をしたり、木の棒を振りまわしたりする男子。防波堤に座っておしゃべりしたり、アスファルトに落書きしたりする女子。ほとんどの子供はランドセルを背負っていないから、一度家に帰ってから遊んでいるのだろう。

結唯を見つけた。

雑貨店のベンチに座っている。同級生の女子と三人で並び、なにやら楽しそうに話している。友達と体をくっつけ合って笑う結唯が、一瞬、知らない少女に見えて由香里は胸を突かれた。結唯に無邪気に笑い合う友達がいること、島の子供たちにあたりまえに馴染《なじ》んでいること、まるで島で生まれた子のように見えること。由香里は、自分の瞳が捉えた娘のすべてを否定したくなった。

目の前で車が停まるまで、結唯は笑い転げていた。赤い軽自動車が母親の車だと気づいた瞬間、あっとつまずいたような顔になった。その表情で、結唯が餃子をつくる約束を忘れていたこと、たったいま思い出したことが、由香里には手に取るようにわかった。

結唯がベンチから立ち上がったのと、由香里が車を降りたのはほぼ同時だった。

「こんにちは」

由香里はふたりの友達に笑いかけた。

背の高いほうが望都子《もとこ》ちゃん、ぽっちゃりしているほうが清葉《きよは》ちゃんだ。ふたりは「こんにちは」と声をそろえた。

「あ、じゃあ、うち行くね。ママと餃子つくる約束してるんだ」

結唯は、ママとの約束は忘れていないとアピールするように言った。

「あら、別にいいのよ。もっとお友達とおしゃべりしてたら？　ママ、ひとりで餃子をつくって待っっててあげるから。餃子はね、エビ餃子とホタテ餃子よ」

「いいなあ。おいしそぅ」と清葉がうらやましそうな声を出した。「うちなんか今日もカレーだよ」

「うちはたぶんイカだよ」

舌打ちするように言った望都子の父親はたしか漁師だ。

「したっけねー」と手を振るふたりに、結唯は「うん。したっけねー」と完璧な方言で答えて助手席に乗り込んだ。

バックミラーから雑貨店が消えるまで由香里はくちびるを引き締めていた。助手席の結唯も口をつぐんでいたが、母親の機嫌を推し量っている気配がはっきりと伝わってきた。

由香里は引き締めていたくちびるを開放した。

「したっけじゃなくてバイバイでしょ。それから、うちじゃなくて私」

前を見据えたまま言った。

「あ、うん。ごめんなさい」

「なんで何回も言わせるの。なにが、したっけねーよ。意味わかんない。気持ち悪い。田舎の言葉は使うなってママいつも言ってるでしょ」

「あー、うん」

歯切れの悪い返事に由香里の苛立ちが加速する。

「なに、その返事」

「あのね、なにが田舎の言葉かわかんないんだよね」

「はあ?」

由香里の声が裏返った。

「あと、ママがよく言うアクセントの位置もよく、わかんない」

わかんない——。

結唯が放ったその言葉に、由香里は突き飛ばされた感覚になった。まるで、あっちに行け、とでも言われたように。由香里だけがなにもわかっていないと指摘されたように。

生まれ育った福島でも結婚して暮らしはじめた青森でも標準語であろうと意識してきたのに、いままでの自分を否定された気がした。

キーンという金属音がこめかみを貫き、頭のなかが白くなりかけた。

「わかんないのはあんたがバカだからでしょ！」

考えるよりも先に怒鳴り声が出た。

「いつも言ってるよね。ママと、アトリエカフェかもめの純世さんのしゃべり方が正しいって。なんでママの子なのに、そんな変な言葉使うの？　島の子と遊びすぎなんじゃないの？　もう遊ぶのやめたら？　今日だってママと餃子つくる約束してたよね。あんたのために、ママがんばって準備したんだよ。それなのに、あんたは約束破って友達と寄り道したんだよね。ママより友達のほうが大事なの？」

「そんなことないけど」

「けど、ってなにさ、けど、って。だいたい、寄り道するなっていつも言ってるでしょ。なんで平気で約束破るわけ？　この嘘つき！　パパと一緒だね」

まくしたてながらも、自分がなににこんなにも怒っているのかわからなかった。

由香里がくちびるを結ぶと、狭い車内いっぱいにエンジン音が満ちていった。

助手席の結唯は赤いランドセルを膝にのせて前を見ている。身じろぎせず、体を硬くして。言葉を発しようとする気配が感じられない。

結唯はなぜ話しかけてこないのだろう。なぜ母親の機嫌を取ろうとしないのだろう。このぎすぎすとした沈黙が平気なのだろうか。

一年前はちがった。

もっと話しかけてきたし、機嫌を取ろうと必死になった。

由香里は娘を盗み見た。

結唯は生真面目な顔を前に向けている。眉が寄って、上くちびるが少し尖っている。その横顔がまた知らない少女に見えた。

いま、この子はなにを考えているのだろう。

ふいうちのように浮かんだ疑問に、腹の底がしんと冷えた。時間差でその冷たさが体中に広がっていく。

娘のことがわからない。反射的にそう思い、すぐに、いや、わからないはずがない、と自分自身を力ずくでねじ伏せるように思い直した。私が産んだのだから。私の子供なのだから。わからないはずはないのだ。

長い沈黙が終わったのは帰宅してからだった。

由香里は無言を貫き、冷蔵庫から餃子のタネと皮、エビとホタテを出して食卓に置いた。そのとき結唯が「あ、お水いるんだよね。皮をくっつけるお水」と弾む声で言った。その表情も口調もごく自然で、何分も続いた沈黙など気にとめていないようでもあったし、さりげなさを装っているようでもあった。どちらにしても結唯から話しかけてきたことで、由香里は息をほどくことができた。

「そう。小皿にね」

由香里も何事もなかったように答えた。

ふたりで並んで座り、餃子を包みはじめた。

結唯は黙々と手を動かしている。規則正しい息づかい。指に水をつける音。あ、という小さなつぶやき。

これがかつて思い描いた幸せの象徴なのだろうか。ただ、ふたりで黙々と餃子をつくっているだけ。どこの家庭でも見られる平凡な光景ではないか。

娘とふたりでキッチンに立つ。音楽のような笑い声と話し声。ふたりを祝福するようなきらきらと躍る陽射し。かつては、その光景を想像するだけで世界のすべてを手に入れたような気持ちになったのに。

想像と現実の落差に、由香里はいつも騙された気持ちになる。

あ、とまた結唯がつぶやきを漏らした。閉じた皮からタネがはみ出している。結

唯はは み出したタネをボウルに戻し、皮の縁を水で濡らすところからやり直した。

結唯はちっとも楽しそうに見えない。笑いもしないし、ママ、見て、と話しかけてもこない。

こんなんじゃない。望んでいたのはこれじゃない。

娘はもっとかわいいはずだ。ねえ、ママ見て、失敗しちゃった、と手のひらの餃子を見せ、ころころと笑うはずだ。私も笑いながら娘の手をやさしく取って包み方を教えるはずだ。

由香里は、結唯が赤ん坊の頃を思い出していた。

十年前がひどく遠く、現実味が薄く、まるでちがう時代のように感じられた。

結唯の誕生は、由香里の世界を一変させたはずだった。

私の子、と思った。この子がいればほかになにもいらない、と思った。この子のために死ねる、と思った。甘い汁のような愛《いと》おしさが胸の奥からこんこんと湧き出し、体中の細胞が躍るようだった。そんな自分が誇らしかった。

この子は私がいなければ生きていけない。この子の命は私の手にかかっている。

そう思うと万能の神になった気がして、機嫌よく笑っている結唯の首に手を添え、その手に力を加えるところを想像した。すると、なにがあっても私がこの子を守るという強い力がみなぎるのを感じた。

いつからだろう。私はいつ、その現実離れした多幸感と万能感を失ったのだろう。それとも失ったのではなく、心の奥にしまわれただけだろうか。

「ねえ、ママ」

結唯の声で、由香里は十年前から呼び戻された。

「なに」

「スイミングと英会話、いつまでやればいいのかな」

餃子を包みながら結唯は言った。その不自然に伏せた目と平坦《へいたん》な声で、結唯はこのことを言うタイミングをずっと計っていたのだと察した。

「やればいい、ってなにその言い方。無理やりやらせてるみたいでしょ」

結唯は答えない。

「無理やりやらされてると思ってるの？」

由香里の声が低くなった。

「そうじゃないけど」

結唯は餃子を包む手を止めない。まるでその行為が命綱だとでもいうように。

「けど、なにさ」

「日曜日は、もっちんとか清ちゃんとかと遊びたいんだよね。来月、もっちんのお誕生会があるんだけど日曜日なんだ。あと、五年生になって宿題も増えたし、毎週日曜日に札幌に行くのは大変かなって」

緊張した顔と遠慮がちな声音だったが、言葉選びに迷いがなかった。何度も練習したセリフなのだろう。

由香里は、手のひらの餃子をテーブルに叩きつけた。ベシッと音がしてタネが飛び散った。結唯がぎょっとしたように顔を上げた。

「人の気も知らないで!」

由香里は怒鳴った。

「友達と遊びたい? 宿題が大変? はあ? なに言ってんの? ママはね、あんたのためを思って高いお金を払って時間もかけて札幌まで行ってるんだよ。それなのに、ありがとうじゃなくて文句つけるの? なんでそんなこと言えるの? だいたいあんたの成績なに? 普通こんな田舎の島の小学校だったらぶっちぎりのトップなのがあたりまえなんだよ。つまり、全教科百点取ってあたりまえってこと。それでも札幌とか東京に行ったら平均よりぜんっぜん下なんだから。それなのにあんた、最後に百点取ったのいつ? 五年生になってから一回もないよね。なのに、習い事をやめたい? あんた、将来どうするの? ずっとこんな島にいるつもりじゃないよね」

言葉に思考が追いつかなかった。まるで激しく吐くように言葉があふれ出た。

「あんたは将来、外交官になるの！　だから、いまのうちから英語に慣れておかなきゃならないの！」

「……外交官って？」

結唯がおずおずと聞いてきた。

「世界中を飛びまわる人のこと！」

「……うち、じゃなくて私、調理師になりたい。パパと一緒にお店を」

「ふざけんな！」

声と同時に手が出た。いたっ、と結唯が両手で頭を抱える。

「あんた、まさかずっとこの島にいるつもり？」

声が震えた。

「……だって、友達もいるし、お店もあるし」

結唯は頭を抱えたまま小声で言った。

「そんなに友達が大事なの？　ママより大事なの？　言っとくけど、ママはあんたのために死ねるけど、友達はあんたのために死んでくれないよ。いいよ。あんたがずっと島にいるっていうなら、ママ、出ていくから！　どうせママなんかいなくなればいいと思ってるんでしょ！」

目の奥が熱い、と感じたら涙が堰《せき》を切って流れ出した。まばたきするたび、ぼたっ、ぽたっ、という音とともに食卓に広げた新聞紙が濡れた。視界がぼやけ、喉が軋《きし》むような音をたてている。

由香里は食卓に突っ伏した。うあーっ、と獣じみた叫び声が出た。床に落ちたボウルがカラカランと音をたてている。

由香里の胸を支配していたのは怒りよりも悲しみだった。いまの自分が悲しくてたまらなかった。

その感覚は数時間前、帰楽亭別邸を訪れたときにはっきりと芽生えたものだった。新築のにおいを嗅いだとき、由香里は思い出してしまった。四年前、この島で何者かになれると信じていたことを。そして、気づかされてしまった。こんな田舎の小さな島でも何者にもなれていないことに。

由香里はいつでも「奥さん」か「ママ」だった。アトリエカフェかもめの純世以外に、由香里を名前で呼んでくれる人はいない。そもそも由香里の名前を知っている人はいるのだろうか。名前のない人間が何者かになれるわけがない。

自分がなにを欲しているのか、なにを求めているのか。心が渇きすぎて、それさえもわからない。

ただ、なにもかもうまくいかない、誰もわかってくれない、という思いが胸に降り積もっていくばかりだった。

「ママ、ごめんなさい」

嗚咽《おえつ》する由香里の耳に、結唯のか細い声が届いた。

高速船は、ぼぼぼぼぼ、と低いエンジン音を響かせ、波しぶきを上げながら進んでいく。上下左右から伝わる細かな振動が、座席にもたれている由香里の体のなかに入り込んでくる。

曇り空を映した海は、今日も青と緑と灰色を混ぜたような曖昧な色だ。

由香里にはずっと奇妙に思っていることがある。それは、リンリン村の開発工事が止まった頃から晴れの日が明らかに減った気がすることだ。しかし、夫や結唯に告げても同意は得られなかった。

私だけがちがう景色を見ているのだろうか。みんなが見ている景色が私には見えないのだろうか。

窓越しに舞う白い波しぶき、その遠くにある空と海が重なる淡い線を眺めながら由香里はぼんやりと考えた。そう考えても、孤独感や焦燥感に駆られないのは島を出たからかもしれない。

結唯は五、六席前の座席にひとりで座っているはずだ。由香里が座っている場所からは見えないが、あえて見えない席を選んだのだ。

結唯が習い事をやめたいと言ったのは四日前のことだ。あれ以来、結唯が話しかけてきても無視をしている。

小樽港で高速船を降り、バスとJRと地下鉄を乗り継いで札幌のショッピングセンター内にある英会話スクールに行った。入口で立ち止まると、結唯が母親を見上げた。

「ママ、ごめんなさい」

神妙な顔で言う。

「何回も言って、しつこいかもしれないけど、でもごめんなさい。英会話もスイミングもがんばります。勉強もちゃんとします」

わざとらしい言葉づかいが癇《かん》にさわった。と同時に、かわいそうで頭を撫でたくなった。

相反する気持ちを持て余した由香里は無言で結唯に背を向け、カッカッとヒールの音をたてて歩き出した。

由香里はもう結唯に怒ってはいなかった。

結唯は母親に何十回もあやまり、英会話もスイミングも勉強もがんばると約束をした。外交官がどんな仕事かまだわからないが、自分も世界中を飛びまわってみたいと思っていた、と言った。

そんな結唯は健気《けなげ》で愛おしく、何度も抱きしめたくなった。しかし、簡単に許しては負けだと思った。

私はなにと戦っているのだろう。なにに負けたくないのだろう。自分に問いかけたが、空虚が広がるばかりだった。

英会話スクールのあるショッピングセンターの二階には、雑貨店や洋品店、化粧品店、百円均一ショップのほか、結唯を待つあいだによく利用する美容室が入っている。

由香里は美容室に入り、いつものようにカットをオーダーしようとした。椅子に案内され、鏡に向き合った途端、愕然とした。

そこにいるのは垢抜《あかぬ》けない女だった。メイクもヘアスタイルも洋服も、なにより醸し出す雰囲気が時代遅れだった。パープルのアイシャドウとローズ系の濃い口紅、肩までのワンレングスの黒い髪、大きな襟のついたストライプのワンピース。田舎者ががんばっておしゃれをして失敗したという見本のようだった。

髪を茶色く染めたらどうだろう。ソバージュパーマをかけたらどうだろう。思い切ったイメージチェンジをしたら、なりたい自分になれるのではないだろうか。そう考えたが、自分がどうなりたいのか思い描くことができず、結局、いつもどおり毛先をそろえてもらうだけにした。

ファッション雑誌をめくると、きれいでおしゃれな東京の女たちがたくさんいた。女優やモデルだけではなく、普通のＯＬや主婦もいる。由香里より年上の女もいるし、結唯より大きな子供を持つ女もいるし、四人の子供を育てている女もいる。しかし、彼女たちと由香里は、同じ元素で構成された生き物とは思えないほど、なにもかもが決定的にちがって見えた。つややかな髪、シミのないすべらかな肌、きれいにそろった白い歯、長くてまっすぐな手足、なによりも幸せであることをアピールするような自信に満ちた表情。

私はこんなふうに笑えない。反射的にそう思った自分を惨めに感じた。

東京の女たちから逃げるようにファッション雑誌を閉じ、週刊誌を手に取った。

由香里の目がとまったのは、パートスタッフから外食チェーンの社長に上りつめた女性の記事だった。彼女は由香里と同じ三十五歳のときに夫と死別し、ふたりの子供を育てながらハンバーガーショップでパートをはじめた。地方の高校を出た彼女の、それが人生初の就業経験だった。彼女は半年後には正社員になり、わずか一年後には店長になった。やがて本部勤務となり、今年の春、社長に抜擢《ばってき》されたとあった。

もし夫が死ねば、私も彼女のようになれるだろうか。

私には無理だと思う気持ちと、私にだってできると思う気持ちがせめぎ合っていた。

島にいるとすでに将来のない年寄りのような気持ちになるが、島を出ると自分がまだ先のある三十五歳であることに気づかされる。

代わり映えのしないヘアスタイルで美容室を出た。

英会話スクールに向かって歩いていると、ショッピングセンター内の求人情報が貼ってあるボードに気がついた。雑貨店と化粧品店の販売員、一階のスーパーのレジ担当とバックヤード担当、ファミリーレストランのホール係、いま入った美容室でも美容師を募集している。

ひとつのショッピングセンターでこれだけの求人があるのだから、東京にはいったいどれほどの求人があるのだろう。

夫が死ねば、あの島にいる理由はない。夫が死ねば――。

いや、そうじゃない、とやっと気づく。

なにも夫の死を待つ必要はないのだ。このままショッピングセンターを出て空港へ行き、東京行きの飛行機に乗ればいいだけだ。

しかし、由香里は自分がそうしないことを知っていた。

結唯と離れることなんてできない。

私の子。愛おしい子。命よりも大事な子。多幸感と万能感は消えても、結唯とはいまでもへその緒でつながっている感覚がある。結唯がいる限り、私は自分の好きなように生きることができない。結唯を捨てるなんてできないから。結唯を命がけで守らなくてはならないから。結唯をいちばんに考えなければならないから。

自分よりも大事な人がいるということは、これほどまでに不自由で苦しくてうっとうしいのか。

そう思ったとき、由香里は自分が誰に怒っているのかやっと理解した。ままならない自分自身にだった。

フェリーに乗って鐘尻島に着いたのはいつもどおり夜の九時だった。

結局この日、由香里が結唯に最初に話しかけた言葉は「どうだった？」だった。英会話スクールの外で待っていた母親に思いがけずそう聞かれた結唯は、ぱっという音がしそうなほど一瞬で表情を明るくし、「すごく楽しかった。あと、おもしろかった。それから、すごく勉強になった」と幼児のようにつたなく言葉をつないだ。

家へ向かう車のなかで結唯は、今日習ったという英語の歌を口ずさんでいる。歌い終わると、また最初から歌いはじめ、イーアイイーアイオー、と大きくはないが、はっきりとした声音で繰り返した。眠らないようにするためだろう。

ビストロときわのネオンは消えているが、店内の照明が卵色になって漏れている。まだ客がいるらしい。熊見と勝又だろうか。長々と酒を飲んで居座り、夫の車で送らせるつもりかもしれない。

結唯に二階へ行くように言ってから由香里は店に入った。閉店の片付けを手伝わないと、夫にねちねちと文句を言われ、日曜日の札幌行きを止められるかもしれない。

店に残っていたのは小寺夫妻だった。

夫と一緒に奥のテーブルについて楽しそうに会話を弾ませている。三人は同い年だから話が合うのかもしれない。そう思った由香里の胸を冷たい風が吹き抜けた。

由香里に気づいた則子が「あ、おかえりなさい」と笑いかけてきた。

「いらっしゃいませ。こんばんは」

則子への負の感情をとっさに隠そうとしたら、不自然なほど高い声が出た。

テーブルには人数分のコーヒーカップがあるだけで、三人ともアルコールは飲んでいないようだ。

「おまえが帰ってくるのを待っててくれたんだぞ」

夫の非難するような言い方に由香里はむっとし、誰が頼んだ？　と胸のなかで返した。

「奥さんの明日の都合を聞こうと思って」

忠信が気安く話しかけてきた。単純な男だから、由香里の笑顔が本心からのものだと思い込んでいるのだろう。

「特に予定はないよな」

夫が断定するように言う。

「明日、うちでジンギスカンしないかなあと思って」

則子がお願いするように胸の前で両手を合わせて言った。

明日は月曜日だから、ビストロときわも帰楽亭も休みだ。

とっさに断ろうとする気持ちが働いたが、適当な口実が見つからない。

「いいんですか？　ありがとうございます」

笑顔を大きくしてそう答えるしか選択肢はなかった。

「ほら。予定なんかないって言ったっしょ？」

夫は島の言葉でふたりに笑いかけてから由香里に顔を向けた。

「則ちゃんの知り合いが極上のラム肉を送ってくれたんだって」

則ちゃん――。

夫は言い慣れているように自然に口にしたが、由香里の耳にはそこだけが異物になって飛び込んできた。

しかし、由香里以外の三人は違和感を抱いていないようだった。

「じゃあ奥さん、明日待ってますから。昼間っからビール飲んでジンギスカン食べましょう」

「明日は晴れるみたいでよかった」

「ジンギスカン日和《びより》だな」

「ね」

忠信と則子は夫婦らしい会話をしながらそろって立ち上がった。

笑顔でふたりを見送りながら、小寺夫妻と一緒に過ごしたくない、ジンギスカンなんかしたくない、と由香里は思った。

その願いは叶った。ふたりを見送った数時間後、帰楽亭別邸は原因不明の出火で燃えた。

それから一ヵ月もたたずに小寺忠信は死んだ。

二部

彼女を殺したのは誰

九章

1994年8月　北海道鐘尻島《かねしりとう》

良い神様も悪い神様も海の向こうからやってくる――。

小寺陽介《こでらようすけ》はこの言葉を思い出してばかりいる。

誰もが知っていると思っていたが、実は小寺家だけに伝わることわざ。しかし、意識しているかどうかはわからないが、この島の人たちはみんな同じことを思っている気がする。

良い神様、と陽介は丁寧に嚙《か》みしめる。

良い神様はなにをしてくれるのだろう。幸せを運んでくれるのだろうか。だとしたら、海の向こうから良い神様がやってきたことがあっただろうか。海を渡ってくるのは、災いをもたらす悪い神様ばかりじゃないか。

何本もの鉄塔に見下ろされながら、陽介は空き地の前に立っている。

帰楽亭《きらくてい》別邸が燃えてちょうど二ヵ月になる。焼け残った建物を解体撤去したあとの空き地には、早くも雑草が生えはじめている。きっと、あっというまにはじめからなにもなかったようになるのだろう。

　空き地の背後の山は木々が生い茂り、こんもりと豊かな緑の濃淡で彩られている。ジジジ、ジジジジジ、と競うようなセミの鳴き声。山は移ろいゆくのに、リンリン村の残骸は変わらずここにある。スキーリフトの鉄塔とケーブル、観覧車の鉄塔。ホテルを覆っているブルーシートはところどころ剝がれ落ち、灰色の壁と四角い口のような窓をのぞかせている。

　八月の生ぬるい風が陽介の坊主頭を、頰を、うなじを撫《な》で、あっというまに去っていく。ジグザグと向きを変えながら吹きつける潮のにおいのする風は、どの方向からのものであっても海を渡ってきたのだ。そして、その風に乗って悪い神様がやってくる。おそらくいまこの瞬間も。

「玄関」とつぶやきながら陽介は空き地に足を踏み入れた。

　左に五歩進んで山のほうに顔を向ける。

「檜《ひのき》のカウンター」

　そうつぶやいてから、深々と息を吸い込んで檜の香りを想像した。

　今度は、海のほうへと顔を向ける。

「そっちがテーブル席」

　十二卓のテーブルが配置された光景を思い描こうとしたが、どんなテーブルなのかわからないからうまく想像できなかった。

檜のカウンターの横には二階に続く階段がある。陽介は目をつぶってイメージのなかで階段を一段ずつ上った。

二階は宿泊施設になっており、廊下の左右に部屋が四つずつ。廊下を進んだ奥に風呂があり、山側が男湯、海側が女湯になっている。

陽介が一度も入ることの叶《かな》わなかった〈帰楽亭別邸〉。その間取りは、〈ビストロときわ〉の常盤恭司《ときわきょうじ》が教えてくれた。建物が撤去されてまもない頃、空き地に佇《たたず》んでいた陽介に声をかけてくれ、「ここに檜の立派なカウンターがあったよ」「海側はテーブル席で、十二卓置くって言ってたよ」「男湯も女湯も檜のいい香りがしたよ」などと空き地を歩きながら細かく説明してくれた。常盤は、内装工事が完成したばかりの帰楽亭別邸を内見させてもらったのだと言った。内装工事はすべて終わり、あとはテーブルや椅子といった什器《じゅうき》や調理道具、食器などが届くのを待つだけだったらしい。

その数日後に帰楽亭別邸は燃えた。火災の原因はいまもはっきりわかってはいない。

別邸が燃えた頃の記憶は曖昧だ。覚えていることでもそれが現実なのか、それとも上書きされた架空の記憶なのか判断できなかった。

深夜のリビングで父が泣いていたこと。そんな父の背中をさすりながら母が、大丈夫だから、大丈夫だから、と繰り返していたこと。それなのに朝になると、父はなにごともなかったような笑顔に戻ったこと。客たちには、いやあ、まいったよ、と笑い話のようにしゃべっていたこと。その目がいまにも破裂しそうなほど充血していたこと。

どれが現実のことだったのか、もうなにがなんだかわからない。自分のいる世界が時間ごと歪《ゆが》んでしまったように不確かだった。

鮮明に覚えているのは、別邸が燃えて一ヵ月近くたった夜のことだ。

陽介は父とふたりで閉店後に厨房《ちゆうぼう》の掃除をしていた。祖父は骨折した足がまだ不自由なせいもあったが、それよりも自分の入院中に息子が別邸の内装工事をしたことに本気で腹を立て、人手が足りないときしか店に出ないようになっていた。

「なあ、陽介」

そう呼びかけた父の声は穏やかだった。

「なに？」と陽介は厨房の床にブラシをかけながら答えた。

「帰楽亭は、もうひとりの俺なんだわ」

父を見ると、シンクの水滴を拭き取っているところだった。その横顔は声と同様に穏やかだったが、焼けてしまった別邸のように自分も燃え尽きたと言いたいのではないかという気がして胸が詰まった。

「どういうことだよ」

「いやあ、うまく言えないんだけどよ」

そう言って父は陽介に顔を向けて照れたように笑った。その見慣れた笑顔に、陽介の緊張がふっとほどけた。

「別にうまく言えなくていいから言えよ」

「もうひとりの俺っていうかよ」

父はシンクに向き直り、また水滴を拭きはじめた。

沈黙が続いたことに焦《じ》れて「ていうかなんだよ？」と陽介は聞いた。

「そうだなあ」父の声はのんびりとしていた。「兄さんっていうのかなあ」

陽介は、母から聞いたことを思い出した。

父には兄がいた。兄が死産でなければ、父は生まれてこなかった。だから、死んだ兄の分まで親孝行をし、店を立派に継がなければならない。中学生のとき、父は母にそう言ったらしい。

「そういえば、おまえに言ったことあったっけ？　父さんに兄さんがいたこと」

父は母と同じことを、同じように軽い調子で言った。やっぱり夫婦が似るってほんとなんだな、と陽介はおかしくなった。

「うん、聞いたよ」陽介は嘘《うそ》をついた。「死産だったんだよね」

「うん、そう。だから、兄さんと一緒に帰楽亭を継いでる感じもするし、帰楽亭が兄さんのような感じもするんだわ」

「へえ」

父の言いたいことはわかる気がしたが、ほんとうの意味では理解できていないのだろうと思った。

「だから、俺には帰楽亭を引き継いで大きくするっていう責任があるんだわ」

父が自分を「俺」と呼んだことで、ふたりのあいだの空気がふっと濃くなった気がした。

「大きくしなきゃなんないのかよ。このままじゃだめなのかよ」

父はシンクを拭く手を止めたが、視線は自分の手もとに落ちていた。その横顔は穏やかなままなのに、目は充血していた。

「大きくしてから陽介に引き継ぎたいんだよ。そうじゃないと、俺、なにも残せなかったことになるべや」

それなのに、と父が続けるような気がした。それなのに帰楽亭別邸は燃えてしまった、と。

翌日の七月十五日は、本来なら帰楽亭別邸がオープンする日だった。陽介は、父がどんなことを言っても受け止められるよう腹に力を入れた。

しかし、父はそう言わなかった。なにも言わずにまたシンクを拭きはじめた。拭き掃除をするとき父の大きな背中がまるくなるのはいつものことなのに胸が締めつけられた。

また一緒にがんばろうよ——。

そんな言葉が胸に浮かんだ。

大きいことを恥じるようにまるまった父の背中。その背中に、また一緒にがんばろうよ、と声をかけたかった。しかし、その言葉はいまの父にとってあまりにも残酷に感じられた。父はどこまでがんばればいいのか、ここからもっとがんばらなければいけないのか。いままでだってがんばってきた。それなのに、こんな結果が待ちかまえていたのだ。

「陽介、帰楽亭を頼むな」

そう言った父の横顔から穏やかさは消えていた。まるでそこに天敵がいるかのようにシンクの一点を凝視している。

陽介が言葉を探していると、引き締まった表情のまま父が顔を向けた。

「もし俺が死んだらちゃんと跡を継いでくれな」

目も、目のまわりも真っ赤だが、父は泣いてはいなかった。涙の気配もなかった。

逆に、陽介をまっすぐ見据える目は乾き切っていた。

「絶対に、絶対に、潰すなよ」

絞り出すような声に、陽介の呼吸が止まった。

こんなに険しい顔を、こんなに重みのある声を、父から向けられたのははじめてだった。

数秒のあいだ、なにも考えられなくなった。

真空になった頭のなかに、灰色のものがゆっくりと形をつくり出す。Aの形をした観覧車の鉄塔。そこからだらりとぶら下がっている男のシルエット。

心臓がどくんと跳ねた。その直後、全身の血が一気に落ちる感覚がした。

「なに言ってんだよ！」

自分の声がせっぱつまった響きになったことに、陽介はさらにうろたえた。

本気で怒ったほうがいいのか、それとも軽く受け流したほうがいいのか決められないまま、「変なこと言うなよ」と続けた。

父がへらっと表情を崩した。

「大げさだったか？　ちょっと格好つけてみたべや」

わははは、と豪快に笑うと、陽介に布巾を放った。

「なんだよ、もう」

キャッチした布巾には父の手のひらのぬくもりが残っていた。

翌日、父は死んだ。


「陽介君」

背後からの声に首をひねった。

ビストロときわの常盤恭司が歩いてくるところだった。白いコック服のままで、片手に紙袋をさげている。

「さっき陽介君が自転車で通りすぎるのが見えたから」

常盤は言い訳するようにぼそぼそと言った。

彼は、昨年のいま頃、酔いつぶれた父を送り届けてくれたひとりで、その夜をきっかけに父と親しくなったと聞いていた。帰楽亭別邸が燃えた日は、翌日に一緒にジンギスカンをする約束をしたらしい。その約束と火事はなんの関係もないのに、別邸が燃えたことにも、父が死んだことにも常盤は責任を感じているように見えた。

父が死んで一ヵ月が過ぎた。数日前の父のはじめての月命日にも常盤は来てくれた。

「これ、急いでつくったから口に合うかどうかわからないけど」

そう言って常盤は白い紙袋を差し出した。揚げ物のにおいがふっと鼻先を温めた。

「料亭さんに食べ物の差し入れなんて失礼だけど、よかったら則《のり》ちゃんと」

そこで常盤は言葉を切り、「お母さんと」と言い直してから「一緒に食べて」と続けた。

「ありがとうございます」

陽介は紙袋を受け取った。常盤が言ったとおり、つくりたての料理が入っているらしく紙袋は温かかった。

「今日、学校は？」

常盤が遠慮がちに聞いてくる。

「まだ夏休みです」

「あ、そっか。そうだよね。体は大丈夫？」

「はい」

「お母さんも？」

「はい」

「おじいちゃんとおばあちゃんも？」

「はい」

しだいにうなだれていき、陽介の目の焦点は常盤の膝あたりで止まった。

「じゃあ、おじさん行くね」

陽介は目を上げずにうなずいた。

行くね、と言ったのに常盤はなかなか立ち去らない。なにか思案するように右手の指をせわしなくこすり合わせている。

陽介は顔を上げた。鼻水が出そうになり、すんと涙をすする。

常盤は真剣な顔で陽介を見つめていた。彼の背丈は陽介の鼻くらいだから一六五センチあるかないかだろう。贅肉のない体は引き締まっているというより貧相な印象だ。一重の小さな目と薄いくちびる。声は低くてぼそぼそとこもっている。常盤はなにもかもが小ぶりで、なにもかもが大きかった陽介の父とは正反対のタイプだ。

「ごめんね」

常盤はささやくように言った。

なにをあやまられているのかわからず、陽介は彼が言葉を続けるのを無言で待った。

「火事のこと」

「火事」

陽介は復唱していた。

「帰楽亭別邸の火事。心当たりがなくて、原因がわからなくて、ごめんね。あれから近所の人にも聞いてみたんだけど、やっぱりみんなわからないみたいなんだ」

思い出した。以前、ここで彼に会ったとき、別邸はどうして火事になったのか、あの日、不審な人物や変わったことはなかったのかと聞いたことがあった。その記憶がすっぽりと抜け落ちていた。常盤が言い出さなければ、忘れたままだっただろう。

帰楽亭別邸が火事になったのは六月十九日の夜遅く、日付が変わる頃だった。一一九番通報したのは常盤だったという。

出火原因は不明のままだが、煙草《たばこ》の吸い殻で草木が燃え、それが風にあおられて建物に飛び火した可能性が高いと聞いた。放火の可能性もゼロではなかったが、ガソリンや灯油は検出されなかったらしい。

小寺家では誰も煙草を吸わない。料亭を営む家系なのだから当然のことだった。大半の男子は高校生になると好奇心から煙草に手を出したが、陽介は一度も吸ったことがなかった。

しかし、父が煙草を吸っているところを見たことがあった。

あれはリンリン村の開発工事が止まったばかりの頃だった。陽介は夜遅くリンリン村の様子を見るために自転車で出かけた。島を一周する道路を走っていると、路肩に父の車が停《と》まっていた。運転席に父の姿がないことを不審に思い、海のほうに目をこらすと防波堤の向こうの岩場に赤い点のようなあかりが現れた。あかりはすぐに弱まり、また赤く発光した。時間差で、煙草のかすかなにおいが鼻先をかすめた。

岩場には街路灯が届いていなかった。夜空には雲がかかり、月と星を隠していた。それでも人のシルエットが見えた。それを父だと認めた瞬間、陽介は見てはいけないものを見てしまった気になった。煙草を吸っているところを目撃したからではない。煙草を吸う父の姿がとても孤独に見えたからだ。いつも大きな体を揺らして笑ったり、おもしろくもない冗談を連発したりする父なのに、真っ黒な海に向かって煙草を吸う姿は帰る場所がない子供のように見えた。父は気分転換にひとりでドライブに出かけることがよくあった。そのときに、こうしてこっそり煙草を吸っているのかもしれないと察した。

帰楽亭別邸が火事になった夜もそうだった。

あの日は日曜日で店じまいが早かった。父と母は閉店後、ふたりでビストロときわに出かけ、一時間ほどで帰ってきた。父が車で出かけたのは、母が風呂に入っているときだった。父がドライブから帰ってまもなく、別邸が燃えていると報《しら》せが入った。

もし、と陽介は考える。

もし父が別邸を眺めながら煙草を吸い、火をちゃんと消さずに捨てたとしたら。

もしその吸い殻が出火の原因だったとしたら。そして、父がそのことに気づいていたとしたら。

「火事のことなにかわかったら連絡するから」

常盤はそう言って、自分の言葉を胸に刻みつけるように小さくうなずいた。

じゃあね、と店のほうへと歩いていく彼を見送り、なにげなく視線を転じると、まるで陽介が振り返るのを待っていたかのように観覧車の鉄塔が視界に飛び込んできた。

――もうだめだべな。

辰馬《たつま》の父親の声が耳奥でよみがえった。

あれは昨年の四月、二年生の始業式の日の午後だった。リンリン村の様子を見に行ったとき、たまたま通りかかった辰馬の父親に声をかけられたのだ。

――どう考えてもだめだべさ。

あのとき、辰馬の父親はリンリン村のことを言ったはずだ。しかし、いまとなってはあの言葉がすべてを予言していたように思えた。

奥歯を嚙みしめる陽介の視界のなかで、観覧車の鉄塔がどんどん巨大化していくように感じられた。

家に着いたとき、常盤にもらった紙袋はまだ温かかった。

玄関を開けた陽介は、ただいま、と言おうと口もとを緩めたが、声にする気力が湧かずに無言で靴を脱いだ。

静まった空気と線香のにおいに心臓がきゅっと引き締まる。

祖父母が暮らす一階のドアは閉め切ってあり、話し声もテレビの音も聞こえてこない。それでも、ふたりとも在宅しているとわかるのは車があるからだけではなく、苦しげな息づかいの気配がドアの隙間から漏れ出ているからだ。ただいま、と声を張れば、おかえり、とふたりは返事をしてくれるだろうか。ドアを開けて出迎えてくれるだろうか。遅かったね、どこ行ってたの、と小言を言ってくれるだろうか。

そう考えても、陽介の喉は開かなかった。

陽介はくちびるを結んだまま階段を上がって二階のドアを開けた。

空気は静まっているが、線香のにおいはしない。

常盤からもらった紙袋を食卓に置くと、揚げ物のにおいがわっとあふれ出た。そのにおいが場違いにリアルに感じられ、かつて自分たちもそのリアルのなかで生きていたのだと思うとまぶたの裏が熱くなった。

紙袋には使い捨て容器が四つ入っていた。エビフフイ、コロッケ、オムレツ、チキンライス。家族のなかで、ビストロときわの料理をいちばん好きなのは母だと思う。いつも、あれも食べたいこれも食べたいと悩んでメニューをなかなか決められなかった。父はそんな母を笑いながら、自分のメニューも選ばせてふたりで半分ずつ分け合って食べていた。

もうそんな光景は二度と見られないのだ。

この現実を突きつけられるたび、息が止まり、叫び出したい衝動に駆られた。

常盤には言わなかったが、いま母は島にはいない。

父が死んでからわかったことがあった。

帰楽亭別邸を建てるために父が借金をしたことは陽介も知っていた。リンリン村が開発中止になったため別邸はオープンできないと思っていたのに、父は入院中の祖父の目を盗んで内装工事を行った。そのとき陽介は、うちの経済状況はそんなに深刻ではなかったのか、内装工事が行えるほどの余裕があったのか、と安堵《あんど》した。しかし、内装工事の費用は母の実家から借りたものだった。母は父の夢を叶えるために、疎遠だった実家に頭を下げたのだ。

父の葬儀のとき、母の両親は来なかった。

きっとふたりは怒っているのだろう。母にも、父にも、陽介にも。もしかしたら鐘尻島や帰楽亭を憎んでいるのかもしれない。

母は昨日の高速船で旭川《あさひかわ》市の実家へ向かった。おそらく金の話をしに行ったのだろうと陽介は思っている。

なにも知らない人がいまの母を見たら、いつもどおりだと思うかもしれない。母はもう泣かない。泣いているところを見たのは初七日が最後だと思う。

父が死んだ夜、母が、やだやだやだやだ、と首を激しく振りながら子供のように繰り返していたことを覚えている。祖母が父にすがりつき、「忠信《ただのぶ》ー！　忠信ー！」と泣き叫んだことも。そのほかのことは曖昧だ。通夜も告別式も火葬も壺《つぼ》に収められた骨も、誰かの記憶を見せられているように現実味がなかった。たぶん母はずっと泣いていたと思う。しかし、その姿を思い出そうとしてもうまく描けなかった。

初七日が済むと、母は父が生きていた頃の自分に戻ろうとしはじめた。忙しそうに掃除や洗濯をしたり、陽介になにを食べたいか聞いたり、テレビを観《み》て笑ったりした。そして、父のことをいっさい口にしなくなった。はじめから父がいなかったことにしたいのか、それとも父は姿が見えないだけで変わらずここにいることにしたいのか、陽介は母の心中がわからなかったが、わかろうとする気力もなかった。

父の遺影や遺骨は一階の祖父母の家にあり、二階にはなにもない。

陽介はリビングの窓を開けた。

風が一気に吹き込み、レースのカーテンがふわりと広がる。

ざざーん、ざざーん、と波の音が大きくなる。夕方の四時をまわったばかりで、雲に隠れた太陽はまだ高いところにあった。海は青みがかった薄灰色だ。

ふと、食卓で頬杖《ほおづえ》をついて窓の向こうをぼんやり見ていた母を思い出した。あのとき、母は泣いていなかったから初七日が過ぎていたのだろうか。

――お母さん、もう海見たくない。

母は自分が声を発していることに気づいていないような顔をしていた。

そういえば、母がいつ実家から帰ってくるのか聞いていなかったことに思い至った。

母は帰ってくるのだろうか――。

そんな不安が胸をかすめたとき、階下から祖父と祖母が言い争う声がした。

バタバタッという乱暴な足音とドアが開く音に続いて、「待てって！」と祖父の怒鳴り声が聞こえた。

陽介が階段を下りると、玄関ホールで祖父と祖母が揉《も》み合いのようになっていた。

「いい加減にしろって言ってるべや！」

祖父がまた怒鳴る。

「いい加減にしろ？　こっちが言いたいわ！」

祖母が怒鳴り返した。

「怒鳴るなって！」

「あんたが怒鳴ってるんでしょや！」

外に出ようとする祖母を祖父が止めていた。

「ばあちゃん、どうした？」

陽介の問いかけに答えたのは祖父だった。

「ばあちゃんが変なことしようとしてるんだって」

「変なことじゃないしょや！」

祖母のつり上がった目は真っ赤で、涙と鼻水で顔が濡《ぬ》れていた。

「あんた、このまま言われっぱなしでいいのかい！　なんで忠信があんなこと言われなきゃなんないのさ。おかしいしょや！」

「ただの噂話《うわさばなし》だべや」

「噂話でも許せないべさ！」

祖母は白髪を逆立ててまくしたてた。両手を振りまわして祖父の手を振り払おうとしている。

祖母にこんなに激しい一面があることを、陽介は父の死によって知らされた。陽介が親しんできた祖母は、祖父の文句やわがままを、はいはい、と軽く聞き流しながらも従っていた。大声をあげたり、感情を爆発させたりするところは一度も見たことがなかった。

「噂話ってどんな？」

陽介は聞いた。心臓がとくとくとくと不穏な音をたてはじめる。

「いいって。気にすんな」

祖父が答えた。

「父さんのことだろ。なんて言われてんだよ」

「いいって言ってるべや」

「三木《みき》のじいさん、いるっしょ？」

祖母は陽介を睨《にら》みつけて言った。三木のじいさんというのは近所の漁師の男のことだ。

「三木のじいさんが、忠信も悪い、って言ったんだって。いま、電話でかずえさんが教えてくれたのさ。そうだ、陽介も一緒に来な。あんただって父親がそんなふうに言われて黙ってらんないべさ。みんなで文句言いに行かなきゃ」

「もうよせって！　そんなことしたって忠信は喜ばないって！　悲しむだけだべや！」

「だってー！」

祖母はあごを上げて悲鳴のような声を出した。

「忠信は悪くないっしょや！　全然悪くないっしょや！　なしてそんなこと言われ

なきゃなんないのさー！」

わっと声をあげて祖母はその場に崩れ落ちた。

お盆を過ぎると、島の夜は肌寒いほどだ。

陽介は部屋の窓を閉めた。一瞬、波の音が消えたように感じた。しかし、数秒たつと、潮騒《しおさい》はいつもそばにいると主張するように音を取り戻す。

照明を豆球にしてベッドに仰向《あおむ》けになった。照明のまわりは暗いオレンジに滲《にじ》み、天井のすみのほうは暗闇に溶け込んでいる。

――忠信も悪い、って言ったんだって。

数時間前の祖母の言葉が頭のなかで繰り返し再生された。

コンッ、と窓が音をたてたとき、眠っていたわけでもないのにベッドに入ってどのくらいたったのか判断できなかった。

コンッ。また窓が音をたてた。小石がぶつかったような音だった。

――忠信も悪い、って言ったんだって。

ベッドから起き上がりながら、陽介はまた祖母の言葉を思い出していた。

カーテンを開けて外をのぞくと、思ったとおり辰馬《とうま》が立っていた。陽介を無言で見上げる彼の表情は見えないのに、その視線が暗く尖っていることが感じられた。

陽介は部屋を出て静かに階段を下りた。夜の十一時を過ぎた時刻だった。

外に出た途端、辰馬の視線とぶつかった。真っ黒な沼の底から睨みつけるようだった。どんなときでも辰馬の目は愉快そうな色をたたえていたのに、見慣れたはずのその目を思い出せなかったし、思い出せる日はもう来ない気がした。

祖父母に気づかれないために陽介は無言で歩き出した。自転車を押しながら辰馬も無言でついてくる。

陽介は道路を渡り、防波堤の手前で立ち止まった。

「あやまらねえよ」

向かい合うなり、辰馬は言った。

細くて垂れた目は白い部分がなく、黒く塗りつぶされたように見えた。ほぼ一ヵ月ぶりに会う辰馬はまぶたが腫れ、頬の肉がそげ落ち、知らない人のように見えた。きっと辰馬の目にも自分はそんなふうに見えているのだろうと思った。

「みんな言ってる。俺の父ちゃんは悪くない、って」

――忠信も悪い、って言ったんだって。

祖母の泣き叫ぶような声が耳奥を流れる。

辰馬が次に言う言葉は予想できた。

「悪いのはおまえの父ちゃんのほうだ、って」

予想どおりだったのに、ふいうちを食らったように視界が揺らいだ。

陽介は沈黙を貫いた。なにか言いたいのに言葉が出てこないのか、それともなにも言いたくないのか、自分でもわからなかった。

「だってそうだべや」

辰馬は声を張った。防波堤に叩《たた》きつけるようにして自転車から手を離す。

「どう考えてもおかしいべや。俺の父ちゃん酒飲まないのに、なんであの晩だけ飲んだんだよ。騙《だま》されたんだよ！　飲まされたんだよ！　おまえの父ちゃんに！　俺、あんとき店にいた人たちに聞いたんだ。そしたら、おまえの父ちゃんが挑発した、って。おまえの父ちゃんが俺の父ちゃんを怒らせることを言った、言っちゃいけないことを言った、って。全部、おまえの父ちゃんが仕組んだんだよ。俺の父ちゃんは利用されたんだ。父ちゃんは悪くない。全部おまえの父ちゃんのせいだ！」

辰馬が言ったことは、すでに警察や大人たちから聞かされていたことだった。

七月十五日。帰楽亭別邸がオープンするはずだったその日、父は辰馬の父親である殿川宏《とのかわひろし》に刺し殺された。

その日、父は帰楽亭の閉店後、知り合いの居酒屋に飲みに出かけた。そこは父の友人たちがたむろする店で、殿川宏も常連だった。酒を飲まない殿川はいつもウーロン茶を頼んでいたが、その日に限って浴びるほど酒を飲んだという。店主によると、殿川は最初の一杯はいつもどおりウーロン茶を頼んだらしい。ウーロン茶を飲み終えると、次に頼んだのは生ビールだった。驚いた店主が、ほんとうに酒を飲むのかと確認すると、もう飲んでも大丈夫なのだと殿川は答えた。そして、飢えた獣のようにビールや焼酎を立て続けに飲んだらしい。

絶対にウーロン茶だった、自分はまちがえて出していない、と店主は断言したそうだ。最初の一杯がウーロン茶ではなく、ウーロンハイだったのではないかと警察に聞かれたときだ。もし、まちがえたとしたら殿川か陽介の父だろう、と。そのとき殿川の隣にいたのが陽介の父で、父はウーロンハイを頼んだのだ。

それまで陽介は知らなかったが、殿川は若い頃、酒乱として知られ、何度か警察沙汰にもなったらしい。結婚を機に断酒し、以来、二十年は酒とは無縁だったそうだ。

店に来てから一時間もたたずに殿川の目は据わり、居合わせた人たちに意味不明ないちゃもんをつけはじめた。そんななか、父が殿川をからかったのだという。それは絶対に言ってはいけないことだと暗黙のうちに誰もが理解していることで、なぜその夜、父が口にしたのか居合わせた人たちは疑問に思っていた。

婿養子のくせに——。父のその言葉に逆上した殿川は殴りかかるだけでは足りず、カウンターのなかから包丁を持ち出した。

警察から家に連絡が入ったとき、父は救急車で島の診療所に運ばれているところだった。陽介と母、祖父母が診療所に駆けつけたときには、すでに医師により死亡が確認され、父の顔には白い布がかけられていた。

布を取ったのが誰だったのかは覚えていない。

父の顔には血しぶきが散り、くちびるの端が切れていた。目がわずかに開き、くちびるも開いていた。その顔を見たとき、陽介はなぜか一年前の酔いつぶれた父を思い出した。やはりあのとき父は、もうだめだ、とつぶやいたのだ、と麻痺《まひ》した頭でそんなことを思った。

「金」

辰馬は太い息を吐くように言った。

「おまえんち、金に困ってたんだろ？　借金があんだろ？　父ちゃんが死んだから保険金がおりるんだってな。あと、裁判みたいなのすれば、うちからも金を搾り取れるんだってな。よかったじゃねえか。これで借金は返せるし、また別邸も建てられるかもな。ほんっとよかったな。思いどおりになったんだもんな。これっておまえら家族みんなで考えたのか？　みんなグルになってうちの父ちゃんを利用したのか？」

陽介の狭い視界から色が失われていく。真っ暗な闇のなかで、目の前の辰馬の顔だけが白く浮かび上がっている。

「なんとか言えよ！」

辰馬が怒鳴った。

その声の余韻をあっというまに波の音が飲み込む。

陽介の喉が開いた。飛び出したのは考えてもいない言葉だった。

「人殺し」

辰馬がはっと息をのんだ。

思考が追いつかないまま声になる。

「人殺しの子供がなにえらそうなこと言ってんだよ」

うああああっ、と叫びながら辰馬が殴りかかってきた。が、そのこぶしは陽介の耳をかすめただけで、辰馬はバランスを崩してつんのめった。

振り向きざまにまた殴りかかろうとした辰馬に、陽介はひと息で言った。

「おまえの父さんは一生人殺しで、おまえは一生人殺しの子供なんだよ」

どうしてこんなことを言ってしまうのかわからなかった。自分が自分でなくなってしまったようだった。

泣き崩れた辰馬をしばらく見下ろしてから、陽介は背中を向けた。このまま家には帰りたくなかった。リンリン村跡地の方向、帰楽亭別邸があったほうへと歩き出した。

まもなく日付が変わる頃だ。人はもちろん走る車もなく、島は完全に寝静まっている。

――人殺し。

さっき辰馬に放った言葉が耳鳴りのようにまとわりついている。

どうしてあんなことを言ってしまったのだろう。腹が立ったからだろうか。辰馬を傷つけたかったからだろうか。それとも、父の名誉を守りたかったからだろうか。

右足、左足、右足と交互に足を踏み出しているうちに、胸のなかでもやもやと燻《くすぶ》っていたものがしだいに形になっていった。

ちがう、と唐突に理解した。

辰馬の言ったことは真実だった。だから、辰馬と彼の父親を貶《おとし》めることで誤魔化そうとしたのだ。

――陽介、帰楽亭を頼むな。

鼓膜に刻まれている父の声。

――もし俺が死んだらちゃんと跡を継いでくれな。

――絶対に、絶対に、潰すなよ。

父が厳しい顔でそう言ったのは、殺される前の日だった。

だから、陽介は最初、父は自分の運命を悟っていたのかもしれないと考えた。死期が近い人は無意識のうちに部屋を片づけたり、親しい人に会いに行ったりすると言われるように。

しかし、父が殺されたときの状況を知るにつれ、父は自ら死を選んだのかもしれないという思いが募っていった。父は殺されようとしたのではないか、あれは自殺だったのではないか、と。

その理由を辰馬は金だと言ったが、正確にはそうじゃない。父は帰楽亭を残すために死んだのだ。そのために金が必要だっただけだ。

あの日、父は、帰楽亭を大きくしてから陽介に引き継ぎたい、と言った。

――そうじゃないと、俺、なにも残せなかったことになるべや。

充血した目はその縁まで赤く染まっていたが、そう言ったときの父は奇妙に穏やかな表情だった。まるで、いっさいの負の感情をすでに手放してしまったかのように。

「絶対に潰さない」

陽介は、姿のない父に話しかけた。

「帰楽亭は絶対に潰さないから。俺が絶対に大きくするから」

だから戻ってきて、と続けたかったが、それが叶わない望みだと知っていた。

ざざーん、ざざざーん、と手招きするような波の音。

陽介は立ち止まり、防波堤の向こうの岩場へと目をこらした。

そこに父がいるんじゃないか。大きな体を縮めてこっそり煙草を吸っているんじゃないか。

そんなことはあり得ないとわかっていながらも、赤く小さな火を探さずにはいられなかった。

十章

防犯カメラの映像に不審な人物を発見した、という連絡が三ツ矢《みつや》のスマートフォンに入ったのは、菊畑喜子《きくはたよしこ》と聖人《まさと》の家を確認し終え、東京方面に車を走らせているときだった。

その男は、事件現場から六百メートルほど離れた防犯カメラに映っていた。路上を歩いてきた男は防犯カメラの前で数秒のあいだ立ち止まってから、事件現場とは反対方向に歩いていった。永澤美衣紗《ながさわみいさ》の証言どおり背が高く、黒っぽい格好をしていたが、顔は映っていなかった。時刻は二十三時十八分で、こちらも永澤美衣紗の証言と一致する。

現在、防犯カメラの解析を進め、その男の足取りを追っているという。

「ただ、その人物はしずくちゃんを連れていませんでした。子供が入りそうなバッグなども持っていなかったそうです」

三ツ矢の声が沈んで聞こえた。

重たい沈黙が下りてきたとき、岳斗《がくと》の耳もとで鼓動が響き出した。どく、どく、どく、と響くその音は、時を刻む音と重なった。どく、どく、どく、どく、どく。

時間だけが過ぎていく。しずくが連れ去られてから今日の夜で丸二日になる。誰が、どんな目的で、どこへ連れ去ったのかなにもわからないままだ。

しずくは、いまどうしているのだろう。生きているのだろうか、それとも……。最悪な結果を想像しかけた自分に、岳斗は頭のなかでパンチを食らわせた。

「不審な人物が映っていた防犯カメラのところに行きましょう」

そう言った三ッ矢は、腕を組んでフロントガラスのずっと先のほうを見据えている。

彼が目の焦点を結んでいる場所にはどんな光景が広がっているのだろう。そう想像しても、岳斗はどんな光景も描くことができなかった。一刻も早くしずくを見つけたいと強く願うばかりで、まだなんの役にも立てていない。それどころか、ただ影のように三ッ矢につき従うことしかできていない。

なにかしなくては――。岳斗は強烈な焦りを感じた。

「あの、三ッ矢さんはどう思いましたか？　えっと、菊畑さんですけど、DVを否定しましたよね」

「そうですね」

「永澤美衣紗さんと菊畑聖人さん。どちらかが嘘《うそ》をついてるってことですよね」

岳斗には、菊畑聖人が嘘で固めた話をしたとは感じられなかった。DVについては彼の言い分を無条件に信じることはできないが、浮気をしていたこと、その浮気相手と同棲《どうせい》していることをあけすけにしゃべった彼が、元妻である美衣紗に離婚後も執着するとは考えられなかった。

「どちらも嘘をついていないかもしれません」

「でも、そうなると話が嚙み合わないですよね」

「人の数だけ視点があり、人の数だけ真実があります。その人が受け止めた光景が、その人にとっての真実です。押されて転んだことを永澤さんは暴力と受け止め、菊畑さんは暴力ではないと受け止めた。そう考えると、ふたりの話が嚙み合わないことは必ずしも不自然ではありません」

「はあ。まあ、そうかもしれないですけど」

単純さを指摘された気がして自己嫌悪に駆られた。

早くしずくを見つけたい。そのためになにかしたい。そう思う気持ちが空まわりしている気がした。

「けれど、とても気になりますね」

「ですよね！」

岳斗は勢い込んで同意した。

「料理です」

「は？」

「永澤さんは離婚後、いえ、正確には離婚する前から、なぜ急に料理をしなくなったのでしょう」

「それは夫の浮気を知って腹を立てたのと、離婚してからは働いていたので時間がなかったからじゃないですか」

三ツ矢だって、美衣紗は料理をしないのだろうかと岳斗が言ったとき、彼女をかばったではないか。

「永澤さんが働いていた西新宿のファミリーレストランでは、彼女のシフトは十時から夕方の五時まででした。休みは、日曜日のほかに週に一日の完全週休二日制。母親の話では、彼女は料理が好きな印象でした。実家にいるときもときどきつくっていたそうですから。それなのに、急にいっさいつくらなくなったというのが気になります。あのキッチンを見る限り、しばらくコンロを使っていないようですし、小さな鍋がひとつあるだけで、フライパンはないし、食器もほとんどありません。それから、美衣紗さんの外見が変わったことも気になります。それは、ほんとうに元夫に見つからないようにするためだったのでしょうか。なぜ彼女は急に変わったのでしょう。離婚後ではなく、離婚する前、彼女が料理をしなくなった頃になにかあったのかもしれません」

「なにか、って夫の浮気以外にですか？　たとえばどんなことですか？」

「わかりません。ただ、そのなにかと、しずくちゃんの連れ去り事件がかかわっていないとは言い切れません」

「はい」と答えてみたが、永澤美衣紗が料理をしなくなったことと、彼女が殺され、しずくが連れ去られたことがどうつながるのか、岳斗はその絵図を描くことができなかった。三ツ矢にはどんな絵図が見えているのだろう。

聞けばいいのだ、と唐突に思う。

三ツ矢が考えていることのほとんどをたぶん自分は理解できていない。だったら、どう考えているんですか？　なにを考えているんですか？　と素直に聞けばいいのだ。頭ではそうわかっていても、自分の無能さと無力さを晒《さら》す気がしてためらいが生まれた。

しかし、以前、三ツ矢は言ってくれた。

――どんどん聞いてください。僕がなにを考えているのか、なにをしようとしているのか。

そうだ、こうも言ってくれた。

――無視をしているつもりはありません。ほんとうです。ただ、僕にはまわりが見えなくなることがよくあるのです。わからないことや知りたいことにぶつかると、それ以外のことは考えられなくなるのです。

思い出した途端、グゥーキュルキュルーググー、と盛大に腹が鳴り、こんなとき
に空腹を訴える自分の体が情けなくなった。

「田所《たどころ》さんはどう思いますか？」

「えっ」

急に聞かれてうろたえた。

「そのなにかはなんだと思いますか？」

「永澤美衣紗さんが変わった理由ですよね。料理をしなくなったり、外見が派手に
なったり」

「はい。どんなきっかけが考えられるでしょう」

「夫に浮気されてなにもかも嫌になった、とか？」

思いつくまま言ってみる。

「あり得ますね」

否定されなかったことにほっとした。

「料理が嫌いなことに気づいた、とか」

「なるほど」

「ちがう自分になりたかった、とか」

「ちがう自分、ですか」

聞き返され、調子にのってしまったのかと焦った。

「変ですかね」

「いえ」

短く答えたきり、三ツ矢はあごに指を添えて考え込む気配になった。

「三ツ矢さんにはこの事件がどう見えているんですか？」

「わからないのですよ」

三ツ矢はあごから指を離して腕を組んだ。

「犯人は背が高くて黒っぽい格好をした男だった、と永澤美衣紗さんは証言しました。先ほど、彼女の証言と一致する人物が防犯カメラに映っているのが確認されましたが、しずくちゃんを連れていませんでした。犯行現場周辺は防犯カメラが少ないこともあって、犯行時間が絞られたにもかかわらず、いまのところ確認できたのはその人物ひとりだけです。犯人がしずくちゃんを連れて車で逃走した可能性を考えると、防犯カメラの解析には数ヵ月はかかってしまいます」

そこで三ツ矢は一度、沈黙をつくった。

「僕がいちばんわからないのは、しずくちゃんを連れ去った理由です」

自分自身に問うような声だった。

不審な人物が映っていた防犯カメラは、事件現場のマンションから六百メートルほど離れた閑静な住宅地にあった。自治体が設置した街頭防犯カメラではなく、マンションのゴミ集積所に設置されたカメラだった。

ゴミ集積所はコの字形のコンクリートの囲いがあり、〈防犯カメラ作動中〉とステッカーが貼ってある。

三ツ矢のスマートフォンに送られてきた映像を見ると、全体的に黒っぽい格好をした背の高い男は事件現場の方向から足早に歩いてきた。ゴミ集積所の前でいきなり立ち止まると、およそ三秒後に立ち去った。三ツ矢の説明どおりしずくは連れておらず、バッグも持っていない。防犯カメラの解像度が低く、街路灯の少ない通りであるため、男の姿は暗闇に溶け込んでいるように不鮮明だった。

この男が捜査線上に浮上したのは、永澤美衣紗の証言と一致した外見をしていることと、犯行当時に犯行現場近くにいたことだけだ。このことからも、事件の手がかりがいかに少ないかがうかがえる。

「どうしてここで立ち止まったのでしょうね」

三ツ矢が周囲に目を配りながら言った。

車一台がやっと通れるほどの細い道路に、一軒家とマンションが並んでいる。道路は三十メートルほどでつきあたり、右に曲がれば落合駅方面へ、左に曲がれば東中野駅方面へ出る。

「事件とは無関係で、単にこの近くの住人かもしれませんよね」

岳斗は、マンションの壁に設置された防犯カメラを見上げながら言った。しずくを連れていないのだから、映像の人物が犯人である可能性は低い。

「もちろんそうです。ただ、この人物がなにかを目撃している可能性があります」

「そうですね」

だからこそ防犯カメラを解析し、この人物の足取りを追っているのだ。

防犯カメラのある場所から永澤美衣紗のマンションまで歩いて七分ほどだった。

事件現場の部屋に入ると生ゴミのにおいが明らかに強くなっており、気のせいかコバエも増えたように見えた。今日中に鑑識がゴミを含めた遺留品を運び出す予定になっているが、まだ来ていないらしい。

三ツ矢はこの悪臭を感じないのだろうか、顔色ひとつ変えない。床に落ちているレジ袋を拾い上げると、躊躇《ちゅうちょ》なく結び目をほどいた。そういえば、昨日も三ツ矢はこうしてレジ袋の中身を見ていた。

「このレジ袋は、ほかのものに比べて食べ残しが多く入っていますね」

三ツ矢はひとりごとのようにつぶやいた。

彼の頭上からレジ袋をのぞき込むと、肉と脂のにおいが岳斗の鼻を刺した。たしかに、食べ残しと思われる生ゴミが紙容器や紙くずなどと一緒に捨てられている。食べ物を残すことは悪だと母親から教育された岳斗は、もったいない、と反射的に思った。

「ほかのレジ袋には漬物や衣の多い揚げ物など、永澤さんが嫌いだったと思われるものが捨てられているのですが、これはハンバーグ弁当でしょうか」

立ち上がった三ツ矢はレジ袋を岳斗の前に差し出し、「まだ腐ってはいないようです」とつけ足した。

レジ袋のなかをじっくり見ると、ハンバーグらしき肉の塊と白米、レタス、目玉焼きが確認できた。

「これ、ロコモコじゃないでしょうか」

「モコモコ?」

「ロ、コ、モ、コです。たしかハワイの料理だったと思いますけど、ごはんの上にハンバーグと目玉焼きをのせた丼です」

モコモコ! モコモコだって! 岳斗は噴き出しそうになるのを堪《こら》えながら答えた。

「なぜこんなに残したのでしょう。ハンバーグもそのままです。ほとんど手をつけていないように見えます」

「おなかがいっぱいだったんじゃないでしょうか」

「だとしたら、きちんと蓋をして取っておくはずです。これは明らかに捨てている状態です」

たしかに、かつてロコモコだったと思われるものたちはほかのゴミと一緒になっており、どう見ても残飯だ。

「じゃあ、まずかったんじゃないでしょうか。それでまるごと捨てたとか」

「それなら、ハンバーグをひと口でも食べているはずです」

「ハンバーグじゃなくて、ご飯がまずかったとか？」

「永澤美衣紗さんはこれを食べることができない状況に置かれたのかもしれません」

三ツ矢はレジ袋のなかを凝視したまま慎重な口調で言った。

食べることができなかった状況。それは事件につながる状況だと考えているのだろうか。

三ツ矢はレジ袋のなかに手を入れた。白手袋をつけた親指と人差し指でつまみ上げたのは、割り箸だった。袋は汁を含んで汚れている。

「この割り箸は使っていませんね。使わずに捨ててあるということは、ロコモコについていたものかもしれません」

三ツ矢は岳斗に割り箸を見せながら「このナカスギデリという店を知っていますか?」と聞いた。

ナカスギデリは中野区と杉並区限定のデリバリーサービスで、岳斗も何度か利用したことがあった。そう伝えると、三ツ矢は小さくうなずき、割り箸を戻したレジ袋を岳斗に差し出した。

「これを鑑識に持っていってください」

「あの、でも指紋はもう採取してますよね」

「念のためにロコモコを食べた形跡があるかどうか、それからいつ頃つくられたものかも確認したいのです」

でも、もうすぐ鑑識が来ますよ。そう言っても無駄なことは知っているから、

「はい」と素直に受け取った。勝手なことをするなと鑑識課員に怒られるのは俺なのだ、と思いながら。

「あの、三ツ矢さんはどうするんですか?」

「引き続き、しずくちゃんを捜します」

「僕、すぐ戻ってきますから」

「はい」

「三ツ矢さんはまだここにいますか？」

「わかりません」

「連絡しますから。今度こそほんとうに電話に出てくださいよ。絶対ですよ」

「わかりました」

何度聞いても、この「わかりました」は信用ならない。

四十分後、予想に反して三ツ矢は電話に出てくれた。

事件現場のマンションにはおらず、中野区野方《のがた》に向かっているという。

「野方？」

なにか進展があったのだという予感に、岳斗の背中がすっと伸びた。

三ツ矢は野方からはじまる住所を番地まで早口で告げた。自分の記憶力を基準にしているのか、簡単に覚えられると思っているらしい。

「コーポ三和、二〇五号室の光部《ひかりべ》治《おさむ》さんです」

「ひかりべ、おさむ？」

はじめて耳にする名前だ。

「ナカスギデリの配達員です。田所さんも急いで向かってください。僕よりも早く着いたら光部さんが在宅しているかどうか確認して連絡をください」

そう言うと、三ッ矢は通話を切った。

三ッ矢はさっき、永澤美衣紗はロコモコを食べることができない状況だったのかもしれないと言ったが、それがナカスギデリの配達員とどう関係しているのだろう。

岳斗は車で向かったが、三ッ矢のほうがわずかに早かったらしい。コーポ三和の二階の外廊下に、ドアをノックしているひょろりとした姿があった。

岳斗がアパートの外階段を駆け上がると、三ッ矢が振り返った。

「インターホンにもノックにも応答がありません。ナカスギデリに確認したところ、光部治さんとは事件当日の夕方から連絡がつかないそうです」

三ッ矢がなにに気がつき、なにを言おうとしているのか、岳斗は理解できなかった。ただ、なにかが大きく動き出した気配をはっきり感じた。

「永澤美衣紗さんはナカスギデリを利用するとき、よく光部治さんを指名していたそうです。あの捨ててあったロコモコは、事件当日の夕方に光部さんが配達したものので、注文日時は三月四日の十六時二十三分とのことです」

三ッ矢が厳しい表情で続けた。

ナカスギデリは、配達エリアが狭いことから百円を払えば配達員の指名ができ、その百円は配達員のチップになる。

「光部さんの部屋のなかを確認します」

三ツ矢は躊躇なく言った。

「でも」

家宅捜索の令状もなければ、本人の了承も得ていない。違法捜査になる。しかし、覚悟を決めたように見える三ツ矢にそんな言葉が通用するとは思えなかった。

「田所さんはどこかに行ってください」

「は？」

「僕と一緒にいると田所さんに迷惑がかかりますので」

「呼び出しといてなんすか？　それ」

三ツ矢に信頼され、距離が縮まったと思っていたのに、これ以上近寄るなと言われた気持ちになった。

「いつも自分ひとりで考えて、大事なことを教えてくれなくて。俺、三ツ矢さんのなんなんすか？　それにいまはそんなこと言ってる場合じゃないですよね。一秒でも早くしずくちゃんを保護するために」

岳斗がまくしたてていると、隣室のドアが開いて三十歳前後の男が出てきた。手ぶらでジャージの上下、近所のコンビニにでも行くような格好だ。

「なにやってんすか？」

好奇心を隠さず彼は聞いてきた。

三ッ矢が警察手帳を掲げ、「お隣の光部さんについてお聞きしたいのですが」と言うと、「おーっ。マジっすか」と興奮した声をあげた。

「光部さんとおつきあいはありますか?」

「全然。名前もいまはじめて知りました。会えば挨拶くらいしますけど。昨日もしたし」

「昨日?」三ッ矢の声が鋭くなった。「昨日、光部さんはここにいたのですね」

ナカスギデリの話では、三日前の夕方から光部治と連絡が取れなくなっている。しかし、昨日まで彼は自宅アパートにいた。昨日といえば——永澤美衣紗が死亡している。

「昨日の何時頃ですか?」

「夜っすね。七時くらいかな。バイトから帰ってきたら、あの人が部屋を出てきたところで。大きめのバッグを持ってましたよ。旅行かどっか行く感じの。キャリーじゃないっすけど」

「今日は見かけていないのですね」

「そうっすね。物音がしないからいないんじゃないかな」

「あなたのお名前は?」

「山本《やまもと》っていいます」

「では、山本さん。お願いなのですが、山本さんの部屋のベランダからお隣のベランダに移らせてもらいたいのです」

「マジっすか」

「マジです」

「なんかあったんすか？」

「それは言えないのですが、お願いします」

「いいっすよ」

山本はあっさり承諾した。

「田所さんは、光部さんの部屋のドアの前で待機していてください」

三ツ矢はそう言い置くと、山本と一緒に部屋に入っていった。

それから二、三分ほどで光部治の部屋のドアが開き、三ツ矢が顔を見せた。

「やはりベランダの鍵が開いていました」

自分の部屋から出てきた山本が、「ですよね。二階だし、野郎だし、俺もベランダはいちいち鍵かけないっすもん」となれなれしく三ツ矢に話しかけ、「でも、言われたとおりこれからはちゃんとかけますわ」と言って階段を下りていった。

「しずくちゃんはいませんでした」

三ツ矢が硬い声で告げた。

「しかし、光部さんが事件に関係している可能性が高くなりました。光部さんは永澤さんにロコモコを届けた直後から連絡が取れなくなりました。そして永澤さんが亡くなったことが報道された頃、大きなバッグを持って部屋を出ています」

大きなバッグ、というところだけ突き刺すように耳に入ってきた。

「まさか、そのバッグに」

岳斗の声がうわずった。

「それよりも僕が気になるのは、光部さんの部屋に配達リュックがないことです」

岳斗は、ナカスギデリの配達リュックを思い出そうとした。はっきり記憶していないが、青くて、かなり大きかった気がする。

三ツ矢がスマートフォンを取り出して耳に当てた。

「三ツ矢です。至急、防犯カメラの解析をお願いします」

三ツ矢は、事件当日の夕方、永澤美衣紗にロコモコを配達した光部治のその後の足取りを追うように告げた。

おそらく三ツ矢は、光部治が永澤しずくを配達リュックに入れて連れ去ったと考えているのだろう。しかし、岳斗は釈然としなかった。

事件当日の二十二時過ぎにしずくの泣き声を聞いた、と同じマンションに住む牧瀬が証言している。つまり、二十二時にしずくは部屋にいたことになる。光部治がロコモコを届けたのはそのおよそ五時間前だ。それに、被害者である永澤美衣紗は、夜の十一時過ぎに知らない男に殴られた、と言っていた。

「でも、光部さんがしずくちゃんを連れ去ったとすると辻褄《つじつま》が合わないですよね。光部さんがロコモコを届けたのは夕方ですけど、夜の十時頃にしずくちゃんが部屋で泣いていたんですから」

岳斗は疑問をそのまま投げかけた。

「その証言は不自然です」

三ツ矢はきっぱりと言った。

「不自然？　じゃあ牧瀬《まきせ》さんとほかのふたりの住人は、そろって嘘の証言をしたということですか？」

ということは、証言した三人の住人はしずくの連れ去りに関係しているということだろうか。

「そうは言っていません」

「じゃあ、どういうことですか？」

岳斗が突っかかるような口調で聞いたとき、三ツ矢の手にあるスマートフォンが着信音をたてた。

「はい」と三ツ矢が耳に当てる。「そうですか……はい……至急向かいます」

通話を終えた三ツ矢が岳斗を見る。

「鑑識からです。断定はできないが、おそらくロコモコには口をつけていないだろうとのことです。それから、つくられたのは事件当日だと考えていいそうです」

つまりそれはどういうことなのだろう。食べずに捨てられたロコモコとナカスギデリの配達員が事件にどう関係しているのか、岳斗は考えが及ばないままだった。

「一刻を争います。急ぎましょう」

そう言ったとき、三ツ矢はもう走り出していた。

しかし、配達リュックにしても大きなバッグにしても、生きている子供がおとなしく入っているとは思えない。

三ツ矢さん、しずくちゃんはもう……。胸で重たく揺れている言葉は、もちろん声にすることはできなかった。


重要参考人として光部治の行方を追うことになった。

防犯カメラの解析と並行して身元の洗い出しが行われた。

彼は現在三十七歳、逮捕歴はない。ナカスギデリの配達員に登録したのは約二年前で、ほぼ同時期に出生地である埼玉県和光《わこう》市から現在の中野区野方のアパートに住所を移している。ナカスギデリの登録時に提示した身分証明書は運転免許証だが、配達手段は自転車だ。結婚歴はなく、家族は両親と姉がひとり。両親は和光市の実家に住んでおり、姉は結婚して山口県にいる。また、父方の祖母は老人施設に入居しており、父方の祖父と母方の祖父母はすでに他界している。なお、ナカスギデリに登録する以前の職歴は不明だ。

永澤美衣紗との個人的なつながりは現時点では見つかっていない。

防犯カメラの映像で、事件当日の十六時五十七分、配達リュックを背負った光部治が、永澤美衣紗のマンションのほうへ自転車で向かう姿が確認できた。そのおよそ三十分後の十七時三十三分、同じ防犯カメラが逆方向へ向かう光部治を捉えている。行きと同様に配達リュックを背負って自転車に乗っているが、配達リュックの形状の変化などはカメラの位置からは判断できなかった。次に防犯カメラで確認できたのは、環状六号線、通称山手通りを北上する姿だった。このときも配達リュックを背負っているが、すでに日が暮れており映像は鮮明ではない。

「あいつ、なにかしでかしたんですか？」

父親の光部政男《まさお》は迷惑そうに吐き捨てた。

「あいつとはもう二年も会ってないし、どこでなにやってるのか知りません。あいつがなにをしたとしても、うちは関係ないですから」

まるで、三ツ矢と岳斗が「あいつ」とでもいうように父親は怒気を込めた声でまくしたてた。

和光市にある光部治の実家に来ていた。インターホンに応対したのは母親だったが、警察であることを告げると父親が玄関を開けた。

「治さんが家を出てから一度も会っていないのですか?」

「会ってません」

父親は帰宅したばかりなのか、スーツにネクタイという格好だ。生え際が薄くなった白髪をぴったりと七三に撫でつけ、威厳を示すように贅肉のついた腹を突き出している。

「お母様はいかがですか?」

三ッ矢は、父親の背後に立つ光部紀恵《のりえ》へと視線を延ばした。

「だから、会ってないって言ってるだろ」

そう答えたのは父親だった。

「僕はお母様に聞いています」

父親はあからさまにむっとしたが、三ッ矢はまったく頓着せずに、「いかがですか? 治さんが家を出てから会ったり連絡を取ったりしたことはありますか?」と続けた。

「何度か電話したんですけど、心配で……」

「なんだとっ」

「お父様は口を閉じていてください」

「でも、電話に出たことは一度もありませんし、顔を見せに帰ってきたこともありません」

「治さんが行きそうな場所に心当たりはありませんか？」

母親は痛みを堪えるような表情で首を横に振った。

「あの子は家にいるときから私たちとは口をきいてくれなかったので。だから、なにもわからないんです」

言い終わった母親は、あの、と意を決したように声を張り上げた。

「治はなにをしたんですか？」

「聞かなくていい！　関係ないんだから！」

父親が振り返って怒鳴る。

「知りたくないのですか？」

三ツ矢が聞いた。

「知りたくない！」

「そうですか。では、家のなかを確認させていただけますか？」

「なにっ？　俺たちがあいつを匿《かくま》っていると言うのか？」

「そうなのですか?」

「そんなわけないだろう」

「ですから、確認させてくださいとお願いしています」

言葉づかいも物腰も丁寧なのに、三ツ矢は相手をねじ伏せるような威圧感を放っている。

「令状は? 令状はどうした? こういうときは令状が必要だろう」

父親がしどろもどろに言う。

彼は家のなかを確認されるのが嫌なのではなく、自分より年下の刑事の言いなりになりたくないように見えた。

「もちろん令状を取ることもできます。ですが、そうなるとものものしい雰囲気になりますが、それでもよろしいですか?」

父親が喉を詰まらせたような顔になった。

どうぞ確認してください。きっぱりとそう言ったのは母親だった。


夜の八時を過ぎた。

岳斗が運転する車は、両側に民家と畑、工場や倉庫が混在する道を走っている。

明るさを放っているのは場違いに現れたコンビニだけで、すでに寝静まっているような風景だ。

目的地までは十五分ほどで着くはずだ。アクセルを踏む岳斗の足に力が入った。たったいま、光部治の実家を辞去したところだ。

家のなかを確認した三ッ矢と岳斗に、父親は「だから言っただろ」と勝ち誇ったように胸を張った。

三ッ矢はそんな父親を完璧に無視して母親に聞いた。

「治さんと親しい人はいませんか？」

母親は悲しそうに首を横に振り、「あの子は子供の頃から引っ込み思案で、中学生の頃にはもう不登校になっていたので」と答えた。

「不登校になったきっかけに心当たりはありますか？」

「たぶんおばあちゃんだと思います」

治は幼い頃からおばあちゃんっ子だった、と母親は言った。父親に叱られたり学校で嫌なことがあったりすると逃げるように祖母のところへ行ったという。治が中学生のときに祖母は認知症になった。祖母が自分をわからなくなったことに治は大きなショックを受けたらしい。

祖母は現在九十二歳。和光市に隣接する朝霞《あさか》市にある〈ボヌールあさか〉という老人施設に入居している。そのボヌールあさかには現在、別の捜査員が向かっている。

岳斗たちが向かっているのは、朝霞市の北部、荒川に近い場所にある〈光部造園〉の跡地だ。

そこは光部治の祖父が営んでいた小さな造園会社で、彼の死後は継ぐ者がいないまま放置されているという。子供の頃の光部治は、庭木が茂る光部造園を隠れ家のようにしていたらしい。

光部治がしずくを連れ去ったとすると、強盗殺人事件の被害者である五十嵐善男《いがらしよしお》となんらかのつながりがあるのだろうか。それとも、しずくの連れ去りと、〈私は人殺しです。〉という手紙は無関係なのだろうか。

しかし、その疑問を岳斗は口にはできなかった。どんな言葉も口にできなかった。助手席の三ツ矢からは殺気に似た張りつめた気配が感じられ、まるで喉もとに刃物を当てられているように呼吸することもはばかられた。

川にかかる橋を渡ると、ヘッドライトが照らすその正面に電波塔が見えた。資材置き場や倉庫、工場などが並ぶ寝静まった通りを走る。電波塔の横を抜けて道なりに進み、ひとつめの信号を右に曲がった。

「そこの左側です」

五百メートルほど進んだところで三ツ矢が言った。周囲は畑と空き地が多く、そのあいだにいくつかの倉庫が建っている。

「ここです」という三ツ矢の声に、岳斗はブレーキを踏んだ。

車が停まり切る前に三ツ矢が助手席から飛び出した。

岳斗も急いで車を降りたが、すでに三ツ矢の姿は見えなかった。

光部造園の建物は体育館ほどの大きさで、窓や出入口を含め全体をトタンで補強してあった。建物の裏にかつての庭園があるようだ。

ガシャンガシャン、とトタンがぶつかる音が響いた。岳斗の全身に緊張が走る。

心臓がせり上がるのを感じながら建物の裏にまわった。三ツ矢さん？　と呼びかけようとしたとき、突然、目の前に黒い人影が飛び出してきた。

「あっ」という声を聞いた気がするが、それを発したのが自分なのか相手なのかはわからなかった。

出会い頭にぶつかり、もつれ合って転んだ。岳斗は反射的に相手の腕をつかんだ。

一瞬、三ツ矢か、と思ったがちがう。男は岳斗の腕を振り払おうともがいた。岳斗は無我夢中で男をうつ伏せに押さえ込んだ。

抵抗をやめた男の体から力が抜けるのを感じた。

「光部治さんですね」

頭上から三ツ矢の声がした。

「しずくちゃんはどこですか？　どこにいるのですか？　早く答えてください」

「うめ、た」

「埋めた？　どこに？」

「……じゅう……のと……」

「どこですかっ？」

「ごじゅう、の……とう」

五重塔？

三ツ矢は草木が茂る敷地の奥へと駆け出した。

「三ツ矢です。至急、応援願います。光部造園跡地。住所は……」

応援要請の声は途中で聞こえなくなった。

岳斗は子供のように嗚咽《おえつ》をあげる男を押さえ込んだまま、三ツ矢が走っていった方向に首をひねった。

五重塔を模した、傾いた灯籠が目に入った。その向こうにはこの場所の主のような存在感を放つ柳桜の黒いシルエット。その折れ曲がった枝が魔女の手のように見えた。

全速力で走る三ツ矢のひょろりとした後ろ姿が、とても小さく感じられた。

十一章

1995年4月　北海道鐘尻島

四月三日。雪解けとともに、〈アトリエカフェかもめ〉の石橋純世《いしばしすみよ》が島に戻ってきた。

駐車場に彼女の品川ナンバーの車が停まっているのを見たとき、常盤由香里《ゆかり》は嬉《うれ》しさよりも安堵を覚えた。

純世はいつも四月から十月まで島で暮らし、冬から雪解けまでは東京にある本宅で暮らしている。アトリエカフェかもめは、彼女の別荘のようなものだった。

しかし、昨年は本格的な観光シーズンを迎える前に東京へ帰ってしまった。

――この島、呪われてるんじゃない？　なんだか怖くてもうここにはいられないわ。

という言葉を残して。

彼女が早くに島を去った理由は、〈帰楽亭〉の小寺忠信が殺されたことだった。

忠信を思い出すとき、由香里の脳裏には光と影がちらちらと揺れるように対照的な顔が現れる。光のなかにいるのは内装が完成した〈帰楽亭別邸〉を案内してくれたときの誇らしそうに笑う忠信。影のなかにいるのは酔いつぶれた彼だった。

忠信の死を知ったとき、由香里は鉄塔で首つり死体が発見されたときのことを思い出した。

――これでは終わらない。もっとたくさん人が死ぬ。

あのときの暗いひらめきがよみがえり、あの予感はこれだったのだと身震いした。

忠信は貧乏神に取り憑《つ》かれたのだと由香里は思っている。

借金をして帰楽亭別邸を建て、しかしリンリン村が開発中止になり、それでもなんとかオープンにこぎつけようとした矢先、原因不明の火事に遭った。そして、それから一ヵ月もしないうちに殺されてしまった。わずか二、三年のうちにこれだけの不幸に見舞われる人がいるだろうか。

忠信と親しかった夫は憔悴《しょうすい》し、なにをしていても上の空だった。由香里でさえ、知り合いが殺されることが現実にあるのかと呆然《ぼうぜん》とした。小さな島だから、人々の衝撃と動揺は目で見え、耳で聞こえ、肌で感じられた。ひとりひとりの思考や感情までもが潮風に溶け込み、島の空気はさらに陰鬱になった。由香里には、この島が灰色の空と海に閉じ込められたように感じられた。

「店を閉めることにしたの」

回覧板を持っていった由香里に純世は言った。

えっ、と声が出たきり、由香里は少しのあいだ言葉を探せなかった。目の前でドアが勢いよく閉ざされた感覚だった。

「どうしてですか？」

そう聞いた由香里に、純世はいつもそうするように「コーヒー飲んでいくでしょ」とカウンター席をすすめた。

この島全体なのか、この地区だけなのかはわからないが、回覧板は毎週のようにまわってくる。最初は鬱陶しかったが、アトリエカフェかもめができてからは、回覧板を届けたついでに純世とおしゃべりするのが息抜きになった。

アトリエカフェかもめは、絵画や陶芸品、ガラス製品、雑貨など、全国の作家の作品を展示販売し、純世自身も石やビーズを使ったアクセサリーをつくっている。店内はテーブル席が四つと、五人座れるカウンターがあるだけで、メニューは飲み物しかない。

「この島、なんだか不吉じゃない？」

純世は、由香里の隣に座って言った。コーヒーに口をつけ、ちょっと薄いかな、とひとりごとを言ってから、「ごめんなさいね、島の人の前でこんなこと言って」

と続けた。

島の人？ それが誰のことなのか、由香里はすぐに理解できなかった。理解した瞬間、突き落とされたような衝撃を受けた。由香里はずっと自分のことを純世と同じ島の外の人間だと思っていたが、純世はそうは思っていなかったのだと知らされた。

「私、島の人間じゃないですよ」

つっかかる口調になったのを自覚した。

「島に来たのは五年前だし、まだ全然慣れないし、ずっといるつもりもないし」

「あら、そうなの」

「いまは結唯《ゆい》がまだ小学生だから仕方なくここにいますけど、子供の将来のことを考えたら、なるべく早く島を出たほうがいいかなって。やっぱり結唯にはちゃんとした教育を受けさせたいですしね」

「そうねえ。ここにいてもこの先いいことないものねえ」

ためらいなく言い切った純世が、この島を出たいという由香里の気持ちを正当化してくれたように感じた。

「土地が悪いのかもしれないわね、この島」

純世は頬杖をつき、思案する顔つきで続ける。

「こんなに小さな島で、次から次へと不幸ばかり起こるなんて変だもの。私、この島に来るとき、リゾート村ができるから活気があって開放的で、海外からの観光客とも交流できると思ってたのよね。だから、こんなふうになっちゃってがっかりだわ」

純世も、自分と同じような将来を描いていたのだと知った。ちがうのは、純世には帰る場所があるということだ。

「お店はいつ閉めるんですか？」

「ゴールデンウィークが終わってからにしようと思ってるの」

「せめて夏までいられないんですか？」

純世がいなくなれば、由香里と東京をかろうじてつないでいたものがなくなってしまう。

「いやあよ。そんなに我慢できないわ」純世は笑った。「私も歳《とし》だし、これからは伊豆《いず》のほうで暮らそうと思ってるのよ」

都合よく年寄りアピールすると、純世はふっと真顔になった。

「それに、このあたりって島のなかでも特に場所が良くない気がするのよ。リンリン村跡地で自殺者は出るし、別邸さんは火事になるし、若旦那は殺されちゃうし。なんだか幽霊を見そうな気がして気持ち悪いのよね」

この地区で暮らす由香里のことなど念頭にないような言葉が続いた。

「それに、別邸さんの火事。あのときは、うちにまで燃え移るんじゃないかと心配したけど、あれって若旦那が火をつけたんじゃないかって島の人たちは言ってるでしょ」

「そうなんですか？」

「ええっ、知らないの？　あ、そうか。由香里さんのご主人、若旦那と仲がよかったものね。だから、みんな由香里さんたちの前では言わないのよ。若旦那ね、あの別邸建てるのにかなり借金したそうじゃない？　それで、火災保険目当てで放火したんじゃないか、って」

由香里の脳裏に、赤黒い顔をほころばせて誇らしげに笑う忠信が浮かんだ。あれは、帰楽亭別邸が火事になる数日前、内装工事が終わった店内を案内してくれたときだった。あんなふうに笑っていた人が自分で火をつけるはずがない。そう思ったが、異議を唱えたら仲間外れにされてしまう気がして黙っていた。自分がなんの仲間になりたがっているのかはわからないままに。

「それから、若旦那が殺されたことも……」

ふたり以外に誰もいないのに、純世は内緒話をするように声を落とした。

「あれは、若旦那が喧嘩《けんか》をふっかけて殺されにいったようなものだ、保険金とか慰謝料とかをもらうためだったんじゃないか、って。ほんとうは怪我《けが》程度で済まそうと思ってたのに、計算が狂って殺されちゃったんじゃないか、って言ってる人もいたわね。刺しちゃった殿川さんのほうが被害者だ、なんて声もあるわよ」

「どうしてそんなに詳しく知ってるんですか？」

「だってみんな言ってるもの」

純世が島の人たちと親しいことに、そして自分が「みんな」から弾《はじ》き出されていることに、由香里はショックを受けた。

「東京に戻ってからも仲良くしてくれますよね？」

すがるような声音《こわね》になっていないか気になった。

「もちろんよ。これからもよろしくね」

「結唯を東京の大学に行かせるからいろいろ情報が欲しくて。できれば、高校から東京に行かせたいんですけど」

言葉にすればするほど、思い描く将来に現実が近づく気がした。

「あの子、将来は外交官になって世界を飛びまわりたいなんて言ってるんですよ。だから、毎週日曜日に、わざわざ札幌まで連れていって英会話を習わせてるんです」

「外交官？」

すごいわね、と感嘆してくれると思ったのに、紗世は訝《いぶか》しげな表情になった。外交官は自分が思っているよりもレベルの高い職業ではないのだろうか、と由香里は不安になった。

「結唯ちゃんが外交官になったら何年も会えなくなるんじゃない？　ひとりっ子でしょう。さびしくならない？」

あっ、と由香里は声をあげそうになった。外交官になった結唯と一緒に自分も世界を飛びまわっているイメージを抱いていたのだ。

「そうか、そうですよね。女の子ひとりで海外に行かせるなんてやっぱり心配ですよね」

「そうよ。女の子は手もとに置いておいたほうがいいわよ」

「じゃあ、考え直すように言っておきます。ママと会えなくなってもいいの？　って。なんて、まだ小学生ですけど」

「でも、結唯ちゃんも小学六年生になるんでしょう？　あっというまよ。うちの息子は付属の中学から大学までエスカレータで進んだから、小学生の頃から受験勉強してたわよ。田舎《いなか》と東京じゃ教育レベルがちがうから、結唯ちゃんも相当がんばらないとね」

「はい、がんばります」

自分が受験するような錯覚に陥りながら由香里は答えた。漠然とした意欲と使命感が胸に芽生えた。

一時間ほど純世と話してから家に帰ると、春休み中の結唯は食卓で算数ドリルをやっていた。

「どこまで進んだ?」

由香里がのぞき込むと、結唯は算数ドリルを隠すように体をまるめた。食卓には消しゴムのかすが大量に散らばっている。

「なんで隠すの」

「隠してないけど」

結唯が解いているのは、由香里が回覧板を届けに行く前と同じ問題だった。

「一時間もたったのに進んでないんでしょ!」

小学五年生の算数ドリルだ。六年生に進級する前にひととおり復習をさせておこうと、四教科のドリルを買い与えたのだ。いちばん苦手な算数からはじめさせたが、春休みの半分を過ぎてもまだ終えていなかった。

「図形、苦手だから」

消しては書くを繰り返したのだろう、解答欄はよれて黒ずんでいる。

「バカ！　苦手だから勉強するんでしょ」

うーん、と結唯は気の抜けた声を出した。問題を解けないことを恥じてもいないし、焦ってもいない。

結唯は勉強が得意ではない。成績は悪くはないが良くもなく、至って平均レベルだ。こんな田舎の島で平均なら、東京では落ちこぼれになってしまう。

「算数はあとにして国語からやったらだめ？」

「だめ！」

「どうしてもわかんないんだよね」

結唯は助けを求めるような目で母親を見上げた。

結唯が解いているのは、ふたつの三角形が合同である理由を述べろという問題だ。由香里は、結唯が小学四年生になった頃から算数と理科を教えることができなくなっている。わからないことを悟られないように取り繕うのが大変だった。

「五年生の問題だよね。こんな簡単な問題、なんでわかんないの」

「うーん」

結唯は他人事《ひとごと》のように首をかしげた。来週から小学六年生になるとは思えないほど、幼くてのんびりしている。島の子供たちはみんなこうだ。将来のことなどまったく考えずに、目の前にある楽しいことしか見ていない。

「塾に行かないとだめだね」

「えっ」

結唯は弾かれたように母親を見つめ直し、「塾？」とおずおずと聞いた。

「しょうがないじゃない。あんたバカなんだから。このままじゃ東京の大学に行けないよ」

「塾って札幌の？」

「あたりまえでしょ。この島に塾なんてないんだから。パパに聞いてくるから、それまでにその問題解きなさいよ」

スイミングスクールは昨年でやめさせた。よく考えたら、スイミングがいくら上達してもオリンピック選手にでもなれなければなんの役にも立たないことに気づいたからだ。

あと数分で二時半になる。客が居座っていなければ、ランチタイムを終えた店は一度閉めているはずだ。

裏口から入ると、客もパートもおらず、照明が落ちた店内には夫がいるだけだった。店内に設置された公衆電話で話し中だった夫は、由香里に気づくと、「じゃあ、また。よろしく」と言って受話器を置いた。

「誰？」

「業者さん」

夫はそっけなく答えて厨房に入っていった。

最近、夫は休憩時間になっても二階に戻らないことが多くなった。心ここにあらずといった雰囲気で、ますます口数が少なくなり、表情は乏しくなっていった。親しかった小寺忠信があんな形で死んでしまったことが尾を引いているのだろう。

「あのね、結唯が札幌の塾に行きたいんだって」

夫の背中に向かってひと息で告げた。

「あの子、去年スイミングやめたでしょ。今度は塾に行きたいんだって。どう思う？」

夫はゆっくりと振り向き、「いいんじゃないか」と平坦《へいたん》に答えた。他人事のような言い方が癇《かん》にさわったが、文句を言いたい気持ちをぐっと堪えた。

「それで、塾を見学するために今度の日曜日、札幌に一泊したいんだけど、いいかな？」

「いいんじゃないか」

夫は繰り返した。

「いいの？」

そんな贅沢《ぜいたく》を夫が許すはずがないと思っていたから驚いた。

「たまにはゆっくりしてきなよ」

そう言って夫は淡くほほえんだ。

こんなふうにやさしく笑う夫を見るのはひさしぶりだった。驚きと歓《よろこ》びが胸のすみずみまで広がっていった。


島が猛スピードで近づいてくる。まるで高速船めがけて突進してくるようだ。

いつもなら島に帰るときは茫洋《ぼうよう》とした絶望感に苛《さいな》まれるのに、その午後、由香里の心は晴れやかだった。由香里の心と呼応するように四月の空は澄み切った薄青で、陽射《ひざ》しが穏やかな海をきらめかせている。

前日の日曜日は、結唯が英会話スクールに行っているあいだに近隣の学習塾をまわってパンフレットをもらった。そのあと、結唯と一緒にファミリーレストランで食事をし、ウィンドウショッピングをしながら結唯のワンピースと自分のブラウス、夫の靴下を買い、札幌駅近くのホテルに泊まった。

札幌に一泊するだけで、体から余分な力みが抜けて深い呼吸ができた。島にいるときはいつも神経が硬く尖っていることに改めて気づかされた。

「結唯。着いたよ」

熟睡している結唯は、声をかけても目を覚まさない。

「結唯。着いたよ。起きなって」

由香里が肩を揺さぶると、ぱちっと音がしそうな勢いで目を開けた。その直後、自分が寝ていたことに気づき、はっとして母親を見上げた。

「降りるよ。シュークリーム忘れないでね」

母親が怒っていないと知った結唯は安堵した様子で「はあい」と答え、洋菓子店の紙袋を大事そうに抱えた。

今日はホテルをチェックアウトしたあと、結唯と一緒にオープン前から並んで人気洋菓子店のシュークリームを買った。テレビや雑誌でも取り上げられ、あっというまに売り切れるという幻のシュークリームを料理人の夫に食べさせたかった。

月曜日はビストロときわの定休日だ。結唯の始業式は明日だし、ひさしぶりに家族三人でシュークリームを食べながらゆっくり過ごすのもいいかもしれない。そう考えると、胸がじんわりと温かくなった。

だからこそ、いつもなら島に帰るときはフェリーを選ぶのに、この日は半分の時間で着く高速船を選んだ。札幌に一泊しただけでこんなに晴れやかな気持ちになれることが不思議だった。

しかし、それも高速船を降りるまでだった。

桟橋に足をつけた瞬間、潮風に搦《から》め取られる感覚がした。自分の体が急激に縮み、この島の一部になってしまうようでもあった。

由香里は、一瞬のうちに自分の細胞が入れ替わるのを感じた。さっきまでの晴れ晴れと透きとおった気持ちは幻のように消え、胸のなかは灰色の靄《もや》でいっぱいになった。

「帰ってきたー」

この陰鬱な空気を感じないのだろうか、桟橋にぴょんと飛び降りた結唯は嬉しそうな声を出した。

「ママ、ちょっと待って。靴のひもが取れちゃった」

結唯がしゃがみ込んだ。ピンク色のリュックのファスナーが閉まり切っておらず、ペンケースが落ちそうになっている。

それだけのことで由香里の神経は逆立ち、はあぁぁあ、と無意識のうちにため息をついていた。

六年生にもなるのに、この子はどうしてこんなにぼんやりしているのだろう。リュックのファスナーもきちんと閉められないのだろうか。

「あのさ」

結唯を叱ろうとしたとき、「あれ。ときわの奥さん？」と高速船から声がかかった。

顔を上げなくても船長の熊見《くまみ》だとわかった。彼はビストロときわの常連だ。

「なんだ、乗ってたのかい。結唯ちゃんも」

高速船の甲板から熊見は気さくに話しかけてきた。

「札幌に一泊してきたんです。昨日は結唯の英会話スクールだったので」

「へぇ。じゃあ旦那と入れ違いだね」

熊見はさらりと言った。

その意味が理解できず、「はい？」と聞いた。熊見の後ろに傾きかけた太陽があり、由香里はまぶしさに目を細めた。

「旦那、朝いちばんの船に乗ってったからさ。札幌で会ったのかい」

「え？　今日ですか？」

「うん。今日」

そんな話は聞いていなかった。

朝いちばんの高速船は五時三十分発だ。そんな早い時刻に乗る人はめったにおらず、それでも出航するのは小樽《おたる》に朝刊や郵便物、仕入れの商品などを取りに行くためだ。

「主人、なにか言ってませんでしたか？」

不幸かなにかあったのかもしれない。そんな考えが頭をよぎった。

「いや。こんな早くどうしたのさ、って声かけたら、ちょっと用事が、って答えただけだったなあ」

逆光で熊見の輪郭は金色に縁どられ、顔は陰になっていた。

「しっかし、今日は珍しいな。いつもは朝一の高速船に乗る島の人間なんてゼロなのに、今朝は則ちゃんも乗ってたんだからさ」

則ちゃん――。

そこだけが特別な意味を持つように鮮明に響いた。由香里の心臓がなにかを察知したように不穏な音を刻みはじめた。

「パパ、どうしたんだろうね」

結唯ののんきな声が場違いに感じられた。

由香里はわけのわからない胸さわぎを覚えながらも現実的に考えようとした。

夫はなぜ朝いちばんの高速船で出かけたのか。もっとも可能性が高いのは、夫の両親になにかあったということだろう。そうだ、どちらかが倒れたのかもしれない。夫の実家は水戸《みと》市にあり、夫婦で年金暮らしをしている。どちらも七十歳前後だ。もし、介護や同居が必要になったとしても、近所に住んでいる長男夫婦がなんとかするはずだ。

このときばかりは、次男である夫と結婚してよかった、遠い北の島で暮らしていてよかった、と思った。

「パパ、どこに行ったんだろうね」

助手席で結唯が言った。車の揺れからシュークリームを守るように紙袋を抱えている。

「今日、帰ってくるかなあ。ポケベル持ってればよかったのにね」

由香里は返事をしなかった。無視したのではなく、心がどこか遠くのほうへ飛んでいた。

鐘尻山の頂に残る雪が陽射しを浴びて輝いている。雪解けが進む山は、頂から麓《ふもと》にかけて白と灰色と茶色がグラデーションのようになっている。

緩やかな右カーブを過ぎると、リンリン村跡地の鉄塔とホテルが視界に飛び込んできた。

リンリン村のせいで自分はここにいるし、小寺は死んだのだ。

ふと、そんな考えが頭に浮かび、貧乏神に取り憑かれたのは小寺ではなくこの島なのかもしれないと思い直した。

急《せ》き立てられるようにアクセルを踏み、店の裏に車を停めた。

玄関の鍵は開いていたが、それはこの島では日常のことだった。

夫が今朝、出かけた理由はなんだろう。面倒なことにならなければいいけれど。

そう考えながら、リビングダイニングのドアを開けた由香里の目が食卓の上でとまった。

夫はメモを残していったらしい。

その紙には夫の文字があったが、行先を告げるものではなかった。

「なにそれ？」

結唯が食卓をのぞき込んだ。

由香里はとっさにその紙をひったくった。

真空になった頭の一部分が奇妙に冴《さ》え渡っていたが、その部分でなにを感じ、なにを考えているのかがつかめなかった。一瞬のうちに体が熱くなったり冷たくなったりし、背骨に鈍い痺《しび》れが走った。

自分の見ている光景を、自分が置かれている状況を、現実のものとして受け入れることができなかった。

夫はどこかに隠れているのではないか。こっそりのぞいてほくそ笑んでいるのではないか。

そんなことをする人ではないと知っているのに、そう考えるのをやめられなかった。

夫の寝室に入り、クローゼットを開けた。衣類が減っている。スーツケースもない。

「ママ、どうしたの？」

背後から結唯が話しかける。神経を引っかく耳障りな声だ。

「ねえ、ママ？」

「うるさい！」

由香里は振り返りざまに怒鳴った。

取り乱した自分を、冷静なまなざしで俯瞰《ふかん》しているもうひとりの自分がいた。もうひとりの自分は、結唯に怒ってはいけない、結唯のせいじゃない、と告げていた。

「あんたのせいだよ！　あんたがバカだから！」

なぜ思ってもいないことを口走るのか混乱しながらも、由香里の体は両手で丸めた離婚届を結唯の顔に向かって投げつけた。

結唯の顔に当たったそれが床に落ちて乾いた音をたてた。

その瞬間、これは現実なのだと認めてしまった。

十二章

永澤しずくは、配達リュックのなかから見つかった。リュックは灯籠の近くに埋められており、その場で死亡が確認された。

捜査本部は重苦しい空気に包まれた。

永澤しずくが遺体で発見されたという報せに、デスクを叩く者や椅子を蹴る者、チクショウと叫び声をあげる者がいた。その後、捜索を開始したときにはすでに死亡し、遺棄されていたことが判明すると、憤りとやるせなさに加え、しずくの生存を願いながら三日にわたって捜索し続けた徒労感が捜査員たちにのしかかり、あちこちで力ない舌打ちやため息が聞かれた。

光部治は死体遺棄については認めたが、永澤しずくと美衣紗のどちらの殺害も否認した。

ロコモコを届けたときすでにしずくは死んでいた。美衣紗に頼まれてしずくの遺体を遺棄した。そう供述した。

光部の取り調べは、身柄を確保した当初は岳斗と三ツ矢が行うことになっていたが、なぜか急遽《きゅうきょ》、三ツ矢の上司である切越《きりこし》が仕切ることになった。

本格的な取り調べは、逮捕から一夜明けた今日からはじまる。

光部本人が否認しているとおり、美衣紗の殺害は彼には不可能であることが昨夜のうちに明らかになった。永澤美衣紗が襲われた三月四日の二十三時過ぎ、朝霞市にあるコンビニエンスストアの防犯カメラが彼の姿を捉えていた。そもそも被害者である美衣紗が、犯人は見知らぬ男で、背が高くて黒っぽい格好をしていたと語っていた。光部の身長は一六〇センチほどだ。

まずは永澤しずくの殺害と死体遺棄についての取り調べになるだろう。

検視官によると、しずくの遺体には嘔吐《おうと》の跡が見られたという。また、保冷温機能のある配達リュックに入れられていたため死亡推定時刻に幅があり、死後四日程度とのことだった。詳細は司法解剖の結果を待つことになる。

光部治の供述では、事件当日の十六時頃、永澤美衣紗からスマートフォンにSNSのメッセージが入り、これからナカスギデリに注文したら配達に来られるかと聞かれたという。そんなことははじめてだったため奇妙に思ったが、詳しいことは聞かずに行けるとだけ返した。そして十六時二十三分、彼女は光部を配達員に指名し、ナカスギデリにロコモコを注文した。

光部がロコモコを届けると、美衣紗はうろたえた様子で子供が死んでいると告げた。部屋に上がると、奥の部屋のベビーベッドでしずくが死んでいた。美衣紗は、このままだと自分が子供を殺したと思われる、刑務所に入れられるなどと言い、遺体の遺棄を頼んだ。

はじめて配達をしたとき、光部は美衣紗に一目惚《ひとめぼ》れした。指名料の百円は返すからこれからは自分を指名してほしいと頼むと、彼女はそうしてくれた。それ以降、配達したときにいろいろと話をするようになり、ますます夢中になった。

しずくの遺体を遺棄してくれたらどこか遠いところに行ってふたりで暮らそうと言われ、光部の心は決まった。祖父の造園会社に埋めれば、当分のあいだ掘り起こされることはないと考えた。配達リュックにしずくを入れ、自転車で一時間ほどかけて朝霞市の〈光部造園〉に行った。そこで夜が深まるのを待ってから、五重塔の灯籠の近くに配達リュックごとしずくを埋めた。

永澤美衣紗が襲われた二十三時過ぎは、しずくを遺棄した光部が帰路につく途中だった。水を買うために朝霞市内のコンビニに立ち寄ったことでアリバイが証明されることになった。

光部治が、美衣紗が何者かに襲われ、しずくが連れ去られたというニュースを目にしたのは翌日の三月五日の午後だった。なにが起こっているのかわからずに混乱したが、確かめる術《すべ》はなかった。そして、その翌日の三月六日の午後、美衣紗が亡くなったことをニュースで知り、逃げたほうがいいと考えてとりあえず光部造園に潜伏することにした。

なお、五十嵐善男という人物に心当たりはないと光部は供述している。

以上のことが朝の捜査会議で報告された。

「大丈夫ですか？」

捜査会議が終わって立ち上がった岳斗の顔を、突然、三ツ矢がのぞき込んだ。

「ななな、なにがですか？」

なぜどもるのか自分でもわからないまま岳斗は聞き返した。

三ツ矢は無言で自分のくちびるの端を人差し指でさした。

「あ、だ、大丈夫です！」

岳斗は無意識のうちにくちびるに手をやった。昨夜、光部治を確保したときにできた傷だった。揉み合った際に彼の手が当たったらしく、くちびるの端が切れて出血し、上くちびるが腫れている。

それよりも。

——大丈夫ですか？

そう聞きたいのは岳斗のほうだった。

永澤しずくが遺体で発見されてから、三ツ矢はほとんど口を開かなかった。くせのある前髪が落ちた目はうつむきがちで、黒い瞳はどこか一点を鋭く見据えているようなのに、それでいてなにも映していないようにも見えた。

いまの捜査会議でもそうだ。いつもなら被害者や関係者に敬称をつけない報告には、まちがいを指摘するように小声で「さん」とつぶやくのに、今日は押し黙ったままだった。

――しずくちゃん！　しずくちゃん！

暗闇の向こうから聞こえた三ツ矢の声が鼓膜にこびりついている。

光部を押さえ込んでいた岳斗に彼の姿は見えなかったが、その祈りを込めたような切実な声ははっきりと届いた。

三ツ矢は最初、素手で土を掘っていたらしい。しずくの生存を信じているように、その名を必死に呼びながら。

昨夜のことを思い出した岳斗は、涙ぐんだことに気づかれないよう三ツ矢から目をそらした。

車に乗り込むまでふたりとも言葉を発しなかった。

大丈夫ですか？　とほんとうは聞きたかった。しかし、聞けば三ツ矢は、なにがですか？　と聞き返すだろう。そのときにどう答えればいいのかわからなかった。

そこまで考え、三ツ矢の返事を確信している自分に気づいた。あうんの呼吸、以心伝心、と言葉が浮かぶ。ほんとうに三ッ矢は、なにがですか？　と聞き返すだろうか。

岳斗は、シートベルトを締める助手席の三ッ矢を横目で見た。

いつものように感情の見えない曖昧なまなざし。ほとんど寝ていないのだろう、顔は蒼白《そうはく》で、目の下に薄い影ができている。

「行きましょう」

なかなかエンジンをかけない岳斗に三ッ矢が言った。

これから光部治の供述の裏付け捜査のためナカスギデリへ行く。情報開示を要請する捜査関係事項照会書はすでに送付済みで、アポイントメントも取ってある。

岳斗はエンジンをかけてから、また三ッ矢にちらっと目を向けた。

表情はいつもどおり捉えどころがなく、シートに預けた薄っぺらな体にはエネルギーが残っていないように見えた。

三ッ矢は大丈夫なのだろうか。確かめなければいけない気がした。

「三ッ矢さん」

「はい」

「だっ……」

たった一音で詰まった岳斗を、三ッ矢は首を傾けるようにして見た。

「大丈夫ですよ」

「え？」

「僕なら大丈夫ですから車を出してください」

ぽっかり開いた目と口をもとに戻すのに苦労した。

「あ、は、はい」

なぜわかったのだろう。伝わったというより、頭のなかを透かし見られた感覚だった。それでも、あうんの呼吸、以心伝心であることにまちがいはないはずだ。そう思ったところで、三ツ矢の返事が、なにがですか？　ではなかったことに気づき、調子にのるな、俺、と自分を叱咤《しった》した。

駐車場を出てから、岳斗はずっと気になっていたことを聞いた。三ツ矢と会話をしていたい気持ちもあった。

「あの、子供の泣き声のことなんですけど、マンションの住人が聞いた泣き声はしずくちゃんじゃなかったってことですよね。でも、三人とも一〇一号室からはっきり聞こえたって言ってましたよね」

子供の泣き声が聞こえたのは、事件当日の十九時半頃、二十時過ぎ、二十二時過ぎの三回だ。しかし光部は、しずくを配達リュックに入れて運び出したのは十七時半頃だと供述しており、防犯カメラにも十七時三十三分に自転車を漕《こ》ぐ彼の姿が映っている。

別の子供の泣き声だったのだろう。そう思いながらも岳斗は釈然としなかった。

「しずくちゃんか、しずくちゃんじゃないかはわかりません。ただ、マンションの住人が聞いたという泣き声はスマートフォンなどで流した音声だと思います」

「なんでそんなことわかるんですか？」

「不自然だからです」

そういえば、昨日も三ッ矢は三人の証言を不自然だと言った。その理由は聞きそびれたままだった。

「どこが不自然なんですか？」

「偶然が多いのが不自然です」

偶然が多いのが不自然、と岳斗は胸のなかで丁寧に復唱した。しかし、そこから生まれるひらめきはなかった。

三ッ矢が説明を続ける。

「子供の泣き声を聞いたという三人全員が、ちょうど永澤さんの部屋の前を通りかかったときに聞いたと言っています。そして、すぐにやんだ、と」

「はい」

岳斗が直接話を聞いたのは三階に住む牧瀬だけだが、たしかにそう言っていたし、ほかの二名の証言も同様であることは捜査会議で報告されていた。三ッ矢がなににについて偶然であり不自然であると言っているのかがまだわからない。

「さらに三人全員が、あーんあーんあーんという子供の泣き声を聞いた、と言いました」

あーんあーん、でも、えーんえーん、でもなんでもいいじゃないか、と突っ込みたくなる。とにかく子供が泣いていたということだ。

「三人が聞いたのは同じ泣き声なのですよ。あーん、あーん、と二回だけ。しかも、一〇一号室のドアのすぐ向こうから。そして、泣き声以外の声や物音はいっさい聞こえなかったと言っています。まったく同じ状況で、まったく同じ泣き声を聞いている。この偶然は不自然です」

事件が発覚した夜、三ッ矢は捜査会議に出ずにマンションの住人から直接話を聞いている。おそらくそのときに詳しいことを聞き出したのだろう。

「永澤さんの部屋のキッチンは、マンションのエントランスのドアの音や、ポストを開閉する音が聞こえます」

それは岳斗も知っている。三階の牧瀬が帰宅したとき、その音を聞いて三ッ矢とともに部屋を出たのだから。

「ここからは僕の想像になりますが、しずくちゃんがその時間まで生きていたと思わせたかったのでしょう。そうすれば、光部治さんのアリバイが偽装できて、死体遺棄が発覚しないと考えたのだと思います。マンションの住人に聞かせるためにドアのすぐ近くで泣き声を再生した。おそらく永澤美衣紗さんが」

説明されると、そうとしか思えなくなる。まるで、自分もはじめからそう思っていたように。しかし、岳斗は三人の証言にまったく違和感を抱かなかった。

三ツ矢の言うとおりだとしたら、永澤美衣紗はしずくの死にかかわっていたということだ。

どういうかかわり方をしたのかはまだ不明だが、自分の子供が死んだというのに救急車や警察を呼ぶこともせずに偽装工作をした。そして、自分を殴った犯人がしずくを連れ去ったと思わせる証言をした。

いや、それ自体が自作自演の可能性もある。

「三ツ矢さん。永澤美衣紗は男に殴られてなんかいないんじゃないですか？」

思いついたことをそのまま口にした。

「永澤美衣紗さんが嘘をついたということですか？」

そう聞き返した三ツ矢は、「さん」の部分にアクセントを置いていた。

やっちまったー。岳斗は頭のなかで天を仰いだ。三ツ矢の前では誰のことも呼び捨てにしないように気をつけていたのにうっかりしてしまった。

「すみません。永澤美衣紗さん、です。彼女の自作自演だとは考えられませんか？」

「もちろん考えられます」

三ツ矢はあっさりと同意した。

「ですよね！」

「ただその場合でも彼女ひとりでは無理です。電気ケトルで自分の頭を何度も打ちつけて、指紋をきれいに拭き取ってから意識不明になる。そのようなことは不可能なので、共謀者がいることになります。おそらく光部治さん以外の共謀者が」

「三ツ矢さん、あの防犯カメラの男……」

岳斗の声はうわずり、鼓動が速くなったが、助手席の三ツ矢は静かな気配をまとったままだった。

「現時点では断定することはできません。光部治さんがしずくちゃんを殺したのか、それとも彼の供述どおり殺していないのか。それから、永澤美衣紗さんが男に殴られたのか、それとも狂言なのかも。しずくちゃんの死因と死亡推定時刻が判明すれば、明らかになることもあるでしょう」

いずれにしても永澤美衣紗はしずくの死を隠蔽しようとした。岳斗のみぞおちが沈むように重たくなった。

翌朝の捜査会議では、まず永澤しずくの死因が報告された。

彼女の死因は、嘔吐物を喉に詰まらせたことによる窒息死だった。そして、彼女の体内からは睡眠薬が検出された。彼女は薬物中毒を起こして嘔吐したと考えられた。

しずくの死亡推定時刻は、三月三日の二十二時から二十四時のあいだだ。つまり、永澤美衣紗が何者かに殴打されるほぼ一日前だ。

このことから、ロコモコを配達したときすでにしずくは死んでいた、という光部治の供述に矛盾がないことになる。

しずくが睡眠薬を摂取した経緯は不明だ。事件現場から睡眠薬は見つかっていない。彼女自身があやまって口に入れたのか、母親の美衣紗か光部治、あるいは別の第三者が飲ませたのかは、今後の捜査と光部の取り調べで明らかになるはずだ。

また、子供の泣き声に対する三ッ矢の推測は正しかった。

マンションの住人が聞いたという泣き声は、美衣紗のスマートフォンに保存してあったしずくの動画を流したものだ。光部がそう供述した。

しずくの遺体を遺棄するように頼まれた光部は、最初、断った。すると美衣紗は、光部に疑いの目が向かないようしずくの泣き声を住人に聞かせてアリバイをつくる、と言った。それは、つかまり立ちしようとしたしずくが尻餅をついて、あーんあーん、と泣いたところで終わる短い動画だったという。

続いて、光部の所持品についての報告があった。

彼が逃走の際に持ち出したバッグは、光部造園の建物内にあった。バッグには財布と数点の着替えが入っており、スマートフォンはなかった。光部によると、スマートフォンは逃走途中の川に投げ捨てたという。その理由をGPSで居場所を知られないため、と語った。

そこまで報告が済んだとき、ドアが開いて三ツ矢が会議室に現れた。捜査会議がはじまってからすでに十五分たっていた。

なにしてたんだよ、もう！　また遅刻かよ、もう！　と岳斗は胸のなかで文句を言った。

三ツ矢とは昨日の午前、ナカスギデリへ聞き込みをする直前に別れたきりだった。防犯カメラを確認する人員が足りず、岳斗だけ捜査本部に呼び戻されたのだ。若いおまえは目も若い、という理由で、犯行当日の光部の足取りを確認するためにモニタと向き合うことを課せられた。まぶたの奥に鈍痛があり、目は涙も出ないほど乾いている。まばたきをするたび、パキパキと音がしそうだ。

自分がモニタを見つめ続けているあいだ三ツ矢はなにをしていたのだろう。そう考えると、三ツ矢さん、もう！　と中身のない愚痴をぶつけたくなった。

三ツ矢は岳斗のいる中央ではなく前方へと歩いていく。当然、自分の隣に座ると思っていた岳斗は、置き去りにされた気持ちで彼の後ろ姿を見つめた。

三ッ矢は、彼の上司である切越の横に立つとなにか耳打ちをした。

捜査一課殺人犯捜査第5係の係長である切越は五十歳くらいだろう、スキンヘッドの強面、背は高くないがプロレスラーのような体型をしている。岳斗はまだ一度も話したことがないが、目が合っただけですみませんとあやまりたくなる迫力だ。

捜査本部に沈黙が下り、誰もが三ッ矢と切越に注目している。

「どうした、切越」

前の席にいる捜査本部長である管理官が声をかけた。

こんなときでも咎《とが》められたり声をかけられたりするのは三ッ矢ではないらしい。

切越が立ち上がり、「えー」と低くしゃがれた声を出した。「今日の取り調べは三ッ矢にも担当させます」

捜査本部がざわついた。

単独行動をした昨日、三ッ矢はなにかをつかんだのだ。岳斗は体が熱くなるのを感じた。

捜査会議が終わると、三ッ矢は管理官や鑑識課長、切越と円陣を組むようになにやら話しはじめた。岳斗に声をかけるどころか、目を向けようともしない。

俺は無視かよ！　岳斗は胸のなかで愚痴った。ペアを組んでいる俺にはなにも教えてくれないのかよ。

役立たず、能なし、と言われている気がしていたたまれなくなる。怒りよりも、さびしさと自分自身へのふがいなさ、そしてなぜか嫉妬にも似た焦りを感じた。

三ツ矢といるとこんな思いをしてばかりだ。

岳斗は早足で捜査本部を出て、もよおしてもいないのにトイレの個室に入った。便座に座り、規則正しい呼吸を意識して心が鎮まるのを待った。

一分もたたないうちに、こんなことでふてくされたりいじけたりしている自分がバカみたいに思えてきた。すると、悲しさとやるせなさ、そして明確な怒りが腹の底からこみ上げてきた。生後十ヵ月の永澤しずくがあんな形で命を奪われたことへの感情だった。

彼女はなぜ死ななければならなかったのだろう。

そう考えたとき、頭のなかがクリアになった。

ああ、そうか、と腑《ふ》に落ちた。

三ツ矢もそう考えているのだ。いや、それしか考えていないのかもしれない。

彼女はなぜ死ななければならなかったのだろう、と。それはしずくだけではなく、美衣紗に対してもだろう。

俺は結局、自分のことを優先しているのだ。だから、些細《ささい》なことでふてくされたりいじけたりしてしまうのだ。なにやってんだ、俺は。

よし、と気合いを入れて個室を出ると、五分刈りの銀髪頭が洗面台の前にいた。鏡に向かってあっかんべーをするように指でまぶたを下げているのは加賀山《かがやま》だった。鏡越しに目が合った。

「あ、加賀山さん。お疲れ様です」

岳斗は頭を下げた。

加賀山は、岳斗の警察学校時代の職場実習で指導してくれた大先輩で、今月末で定年になる。現在は地域課だが、刑事課の経験も長く、今回の捜査本部に応援で駆り出されている。三ツ矢に母親が殺された過去があることを教えてくれたのは彼だった。

「お疲れさん」

「なにやってるんですか?」

「まつげが目に入ったみたいなんだよ。ああ、取れた取れた」

加賀山は人差し指を見つめ、「まつげじゃなくて、こりゃ髪だな」とつぶやいた。

「しかし、滅入《めい》るな」

ため息をつくような口調に変わった。

永澤しずくのことだと察した岳斗は、「はい」とだけ答えた。

「定年まで一ヵ月を切ったのにこんな事件が起きるとはな。なんとか解決して終えたいもんだよ。といっても、定年間近の俺はぱしりをやらされてるから、できることなんてたかがしれてるけどな。それにしてもよくやったな。おまえが光部を逮捕したんだってな。名誉の負傷だな」

そう言って、加賀山は自分のくちびるの端を指さした。

「たまたまです」

飛び出してきた光部とぶつかって転んだ拍子に押さえ込んだだけだ。光部の手が岳斗の顔に当たったため、まずは公務執行妨害の現行犯で逮捕できたのだった。

「そうだ。三ツ矢がおまえを捜してたぞ」

「えっ。いつですか？」

「さっきだな」

「僕、どのくらい個室に入ってました？」

「知らねえよ」

加賀山は笑い、すぐに真顔になった。

「がんばれよ」

ダミ声で言う。

「はい」

「三ッ矢からたくさん学べよ」

「はい」

「そして、あいつを支えてやれよ」

「え？」

三ッ矢さんを支える？　俺が？

加賀山に背中を押されて岳斗はトイレから出た。

捜査本部をのぞいたが、すでに三ッ矢の姿はなかった。

光部の取り調べをはじめたのかもしれない。岳斗は取調室へ急いだ。

取り調べは、可視化の一環として基本的にドアを開けて行う。しかし、そのままだと外から丸見えになるためパーティションを置いて目隠しをする。

取調室の隣の部屋をのぞくと、管理官や鑑識課課長、取り調べ監督官である警務課長をはじめとするお偉方数人がマジックミラー越しに取り調べの様子を見ていた。

そのなかに加わる勇気が出ず、岳斗はパーティションのあいだから取調室をのぞき見ることにした。

光部とデスクを挟んで三ッ矢が座り、別のデスクには切越がノートパソコンを前にして座っている。

「……時間帯が変わったのが気になったのです」

三ッ矢が光部に話しかけている。

「永澤美衣紗さんにはじめて配達した直後から、あなたは十八時以降の注文を受け付けなくなりましたね。その前までは夜のほうがたくさん仕事をしていたのに。なぜ仕事の時間帯を変えたのですか？」

「別に。なんとなくです」

グレーのスウェットの上下を着た光部は小さく貧乏ゆすりをしている。正面の三ッ矢から目をそらすようにうつむき加減になり、妙に黒々としてツヤのある髪が横顔にかかっていた。

「十八時というと、永澤しずくちゃんが美衣紗さんと一緒に保育園から帰ってくる時間帯ですね」

「そうなんですか」

「光部さん、鍵はどうしました？」

「え？」

いきなり話題を変えた三ッ矢に、光部は動揺して目を上げた。

「あなたの部屋の鍵です。光部造園にあったバッグには入っていませんでした」

「ちょっと、わかりません」

光部の声は小さいのにかん高く響き、岳斗の耳にはっきり届いた。

「わからないのではなく、捨てたのですよね。キーホルダーには、自分の部屋の鍵のほかに永澤さんの部屋の鍵もついていたはずですよ。あなたはそれを隠すために慌ててキーホルダーごと捨てたのではありませんか？」

永澤さんの部屋の鍵？　どういうことだ？　光部はなぜ永澤美衣紗の部屋の鍵を持っていたのだろう。

「あなたが二ヵ月ほど前、中野リペアショップという店で合鍵をつくったことがわかりました。かなり急いでいたそうですね。店の人が覚えていました」

三ツ矢は昨日、単独行動をしているときにそれを突き止めたのだと理解した。

――時間帯が変わったのが気になったのです。

さっきの三ツ矢の言葉が頭のなかで再生された。

三ツ矢は、永澤美衣紗にはじめて配達した直後から光部が仕事の時間を変えたことが気になったと言った。そのひとつの疑問から、考えられる可能性をひとつずつ辿《たど》っていったのだろうか。

「つくってない」

光部が絞り出すようにつぶやいた。キーキーとした耳障りな声だ。

「いいえ。つくりました」

「ちがう」

光部から発せられたのは、意味を持たない苦し紛れの言葉に聞こえた。

光部さん、と三ッ矢が声を新しくした。

「永澤美衣紗さんが何者かに殴打された三月四日、あなたは午後五時頃にロコモコを届けた。しかし、その前日の三月三日の夜にも永澤さんの部屋を訪ねていますね。ただし、ナカスギデリの配達とは関係なしに。永澤さんのマンションの方向へ自転車で向かうあなたが防犯カメラに映っていました。あなたはこっそりつくった合鍵で、永澤さんが不在の部屋に侵入しましたね」

「……ちがう」

光部は両手を腿《もも》のあいだに挟み、体をぎゅっと縮めた。そうすれば、その場からいなくなれるとでもいうように。

「なにがちがうのですか？」

「近くを、通りかかっただけだ」

三ッ矢は、光部の返答を無視した。

「三月三日だけではありません。三月一日にも、二月二十五日にも、二月二十一日にも。もっと言いましょうか？」

事件当日から何日も遡って防犯カメラを確認したからまちがいない、と三ッ矢は言った。そして、その防犯カメラは光部だけではなく永澤美衣紗の姿も捉えていた、と続けた。

三ッ矢はいったい何日分の、何百時間分の映像を確認したのだろう。自分が導き出した事実が正しいかどうか、おそらく不眠不休で確認作業をしたはずだ。捜査会議に遅れてきたのもぎりぎりまでモニタを観ていたからにちがいない。

「永澤美衣紗さんは、夜にしずくちゃんを置いてひとりで外出することがあったようです。あなたは、美衣紗さんが不在の夜に合鍵で彼女の部屋に侵入していたのです。その目的はなんですか?」

光部の貧乏ゆすりが激しくなっている。

「あなたは逮捕後の取り調べで、永澤美衣紗さんに一目惚れしたと供述しました。けれど、それは嘘です。あなたが好意を抱いた相手は美衣紗さんではありません。しずくちゃんです」

三ッ矢の言葉に、岳斗は平手打ちされたような衝撃を受けた。その二、三秒後、血の気が引いていく感覚のなか、どこからかはわからないが音になり切らないどよめきを聞いた気がした。

「光部さん、あなたははじめて永澤さんのお宅に配達してから十八時以降の注文を受け付けなくなりましたね。十八時以降というと、しずくちゃんが保育園から帰ってくる頃です。そして、美衣紗さんがしずくちゃんを置いてよく外出していた時間帯です。あなたはそれを知っていましたね。あなたは部屋に残されたしずくちゃんに会うために、合鍵を使って忍び込んでいたのです」

「……ちがう」

「光部さん、すべてわかることなのですよ。あなたは昨日、スマートフォンを川に捨てたと供述しました。その理由は、GPSで見つかると思ったから。それはほんとうでしょう。ただし、それは逃走経路ではなく、GPSの履歴で永澤さんのマンションに行ったことがわかってしまうからではないですか。それに、もしかしたらスマートフォンにしずくちゃんの写真が保存されているかもしれませんね」

光部は体を縮めたまま、貧乏ゆすりを続けている。

「ほかにもあなたは嘘をつきました。スマートフォンを捨てた場所です。あなたは昨日、スマートフォンは光部造園近くの新河岸《しんがし》川に捨てたと供述しました。あなたがそう言ったということは、そこではないということです。スマートフォンと鍵を捨てたのは光部造園の近くにある別の川、荒川ではないですか。荒川を捜索すれば、スマートフォンや鍵のほかに、パソコンや違法なDVDなどが見つかるかもしれませんね。あなたが持っていたバッグは、その大きさに比べて中身が少なすぎます。逃走する際、財布や着替えのほかにも持ち出したものがあるはずです。それは人には見せられないものではないですか」

光部さん、と三ツ矢は声をワントーン落とした。首を伸ばすようにして顔をわずかに光部に近づける。

「調べればすべてわかるのですよ。しずくちゃんの体からは睡眠薬が検出されました。その睡眠薬を入手したのが、永澤さんなのか、それともあなたなのかも、調べればわかることなのです」

「あの女が悪いんだよ！」

光部はぱっと顔を上げて怒鳴った。さっきまで色のなかった顔が上気している。

「全部あの女が悪いんだ！　だってあの女、母親のくせにしずくを置いて夜遊びしてたんですよ。しずくを眠らせておくために睡眠薬を飲ませて！　そのうえ、僕に好かれてると勘違いしてお金を貸してくれなんて言い出したんです」

光部は非難する口調でまくしたてた。

「貸したのですか？」

「貸すわけないじゃないですか」

「あなたと永澤美衣紗さんは親しかったのですか？」

まさか、と鼻で笑う。

「はじめて配達に行ったとき、しずくが僕にものすごくなついたんです。にこにこ笑いかけてきて服を引っ張って放さなくて。それで、かわいいですね、って言ったら、全然、って。あの女、全然、って答えたんですよ。こんなはずじゃなかった、実家に預けるつもりだ、って。せめておとなしくひとりでいてくれたらいいのに、って。だから、僕が処方された睡眠薬を分けてあげたんですよ。ね、ひどい女でしょ。あの女は、あんなにかわいい子を、あんなにかわいい子を。僕はしずくが心配で様子を見に行っただけなんだ」

「合鍵はどうやってつくったのですか？」

光部は短く笑った。

「あのバカ女、鍵穴に鍵を挿したまま出かけたことがあったんですよ」

「あなたは三月三日の夜、永澤さんが外出したのを知って、いつものように合鍵を使って侵入した。そのあとになにが起こったのか説明してください」

「だから、ベビーベッドでしずくが死んでたんです」

「三月三日の夜八時頃ですね。そのときにはしずくちゃんはまちがいなく亡くなっていましたか？」

「はい。かわいそうに吐いてました」

「もしそうであれば、あなたはしずくちゃんの遺棄を引き受けたりはしないはずです。あなたと永澤さんは親しくなかったし、あなたは永澤さんに好意を抱いていなかったのですから。なぜあなたが遺棄を引き受けたのか。それは、あなたが部屋に侵入したとき、しずくちゃんは生きていたからです。おそらくあの夜は、しずくちゃんが起きてぐずったり泣いたりしたのでしょう。それで、あなたが睡眠薬をさらに飲ませたのです」

「ちがう。しずくはもう死んでた。あの女が殺したんだ」

「それはあり得ません。あなたが永澤さんの部屋に侵入したとき、しずくちゃんは生きていました。それは、しずくちゃんの死亡推定時刻が物語っています」

三ッ矢の言葉の意味がわからなかったらしく、光部はぽかんとした顔になった。

「三月三日、あなたが永澤さんの部屋に侵入したのは、防犯カメラに記録された時刻から計算すると、夜の七時五十分から八時のあいだです。しずくちゃんの死亡推定時刻は、夜の十時から十二時なのです」

おそらく光部はまだ三ッ矢の言葉を正しくは理解していない。ただ、言い逃れができない状況になったことだけは悟ったようだった。貧乏ゆすりをしたまま、くちびるをへの字にした不満げな表情で首をかしげた。

「でも、悪いのはあの女だから」

やがて、宙の一点を睨みつけながらつぶやいた。

「最低ですよ。自分の子供が死んだのに、僕に捨てられたなんて言うんだから。あのバカ女、遠いところに行ってふたりで暮らそうなんて、なにを勘違いしてるんだか。僕があんな女、好きになるわけじゃないですか。だって、母親のくせに夜遊びするような女ですよ。あんな派手な茶髪にして、爪をごちゃごちゃ飾り立てて、短いスカートなんかはきやがって。部屋だって見たでしょう？　あんなゴミだらけにして、母親のくせに信じられませんよ。悪いのはしずくをほったらかしにしたあの女なんだ。僕はしずくの面倒を見てやっただけなんだ」

三ッ矢は声を返さずに、目の前の光部を見つめている。動じないそのまなざしから彼の内面はうかがえない。

沈黙に耐えられなくなったのか、光部がゆっくりと三ッ矢に目を向けた。

「僕、罪になりますか？」

三部

あなたが殺したのは誰

十三章

永澤美衣紗《ながさわみいさ》の生前の行動が少しずつ明らかになっていった。

三月三日、光部治《ひかりべおさむ》がしずくを死に至らしめたその日、永澤美衣紗は九時頃にしずくをベビーカーに乗せて保育園に送り届け、十八時前に迎えに行った。途中でコンビニに寄り、冷凍ドリアや菓子パン、プリン、缶チューハイなどを買って帰宅。そのおよそ一時間半後の十九時二十八分、美衣紗がひとりで出かける姿が防犯カメラに映っていた。しずくの送迎時はダウンベストとワイドパンツ、スニーカーという格好だったが、このときはライダースジャケットにミニスカート、ヒールの高いショートブーツだった。

その三十分後に光部治が合鍵で自分の部屋に侵入し、しずくが命を落とすことを知らない彼女は、肩にかけた小さなバッグを揺らしながら弾むような足取りで歩いていた。

その後、最寄り駅である東中野駅からJRに乗り、新宿駅で下車。そこから向かったのは、歌舞伎町二丁目にあるホストクラブ〈クラブバリアス〉だった。

「え。うっそ」

永澤美衣紗が殺されたことを告げると、月矢《つきや》――本名、山根孝介《やまねこうすけ》はそう言ったきり絶句した。

山根は開店から三十分が過ぎた十九時半に、女性を連れて出勤した。まだ早い時間のせいか、客は山根が連れてきた女性のほかにふたりいるだけだ。

岳斗《がくと》と三ツ矢《みつや》は、奥まったテーブル席で山根から話を聞くことになった。

岳斗はホストクラブに足を踏み入れるのははじめてだった。イメージしていたのは、天井からシャンデリアがジャラジャラと垂れ下がり、床はピカピカの黒い大理石、シャンパン色の照明が店内を輝かせているといったものだったが、クラブバリアスはシックなカフェのような雰囲気だった。薄いピンク色のソファがあり、白いテーブルを挟んでソファと同じ色の丸いスツールがある。間接照明がメインだが、思っていたよりも明るい。

「永澤さんの事件をいままで知らなかったのですか？」

三ツ矢が聞くと、山根は「知りません、知りません」と両手を胸の高さに掲げて首を横に振った。降参するような仕草だった。

彼は美衣紗と同じ二十三歳で、クラブバリアスでホストとして働きはじめてからもうすぐ二年になるらしい。短めの黒髪を無造作に立たせた彼は、個性のないスーツを着ていることもあり、新入社員のような雰囲気だ。

「美衣紗ちゃんはいつ殺されたんですか？」

「ほんとうに知らなかったのですか？」

「ほんとです。ほんとに知らないです。俺、ニュースとか全然見ないんで。それ、いつのことですか？」

三ツ矢は山根の質問を無視して言葉を重ねる。

「永澤さんが最後に来店したのは三月三日の夜ですね。先ほどマネージャーの方に確認しました」

「マネージャー。あ、リョウジさんですね」

山根はスマートフォンを取り出し、「三月三日。あ、そうですね。ひな祭りのイベントがあった日だ」と言った。

三ツ矢は無言で山根を見据えている。

「それで、美衣紗ちゃんが殺されたのっていつなんですか？」

山根はスマートフォンを操作しながら、ちらちらと三ツ矢を見ながら聞いた。

「永澤美衣紗さんのことを教えてください」

三ツ矢《みつや》はまた山根の質問を無視した。何日もまともに寝ておらず、防犯カメラの映像を観続《みつづ》けたせいか目の鋭さが際立っている。

「え？　俺がですか？」と、山根は自分を指さした。

「はい。あなたがです」

「ええっと、どんなことを」

「知っていることをすべてお願いします」

「知っているといっても、客のひとりなので」

そう言って、またスマートフォンに目を落とした。

こんなときなのに営業メールを打っているのだろう。客とホストという関係でも、知り合いの女性が殺されたのだ。それなのに売上のほうが大事だと言わんばかりの態度に、岳斗はため息をつきたくなった。

三ツ矢も注意すればいいのにと思ったとき、山根が同伴した三十歳くらいの女性が離れたテーブルからこちらを睨《にら》みつけているのが目に入った。別のホストふたりが彼女の相手をしているが、山根でなくては嫌なのだろう。白いブラウスとベージュのスカートというシンプルな服装で派手さは感じない。ごく普通のOLといった雰囲気だが、ホストクラブに通う金はどこから捻出しているのだろう。

クラブバリアスの料金システムは、さっきマネージャーから聞いた。

セット料金という席料が二時間で一万円前後、延長すればその分料金はプラスされる。指名料が三千円から一万円、自分の飲み物のほかにホストの飲み物にもお金がかかる。初回は特別料金が適用されるため安く利用できるが、二回以降は一万円で収まることはない。渋い客でも二万円、とマネージャーは言った。

「さっきからスマートフォンを見ているのは、永澤さんの事件について調べているからですね。永澤美衣紗、殺人、で検索しましたね」

三ッ矢が言った。

え？ と反応したのは山根だけではない。岳斗も眉がぴくっと上がった。営業メールを送っているとばかり思っていたが、そうではなくネットニュースを検索していたのか。たぶん三ッ矢は、山根の指の動きを読み取ったのだろう。

「いや、ええ、まあ」

しどろもどろに答えることで時間稼ぎをしているように見えた。

「永澤さんのことを教えてください」

三ッ矢が繰り返した。

「俺じゃないですよ！」

いきなり山根が声を張った。

思いがけず大声が出たらしく、はっとしてまわりを見てから声をひそめ、「俺じゃないです。俺、殺してないです。俺、疑われているんですよね。でも、俺じゃないです。ほんとです」と早口で言った。

「どうして疑われていると思うのですか？」

「だって疑ってるじゃないですか」

山根は泣き出しそうな顔になった。

「永澤さんについてあなたが知っていることをすべて教えてください」

三ツ矢の抑揚のない口調は、もう後はないぞ、という宣告に聞こえた。

「美衣紗ちゃんの事件って三月四日の夜に起きたんですよね。それで、六日に死んじゃったんですよね。俺、美衣紗ちゃんが襲われたその日、昼過ぎまで彼女と一緒にいました」

「最初から説明してください」

山根を見つめる三ツ矢の目がすっと狭まった。

永澤美衣紗がはじめてクラブバリアスに来たのは五ヵ月ほど前だった、と山根は説明した。彼女はひとりで来店したという。

「美衣紗ちゃん、腹いせに遊んでやろうと思って来た、って言ったんですよ。なんの腹いせ？　って聞いたら、彼氏が浮気してるみたいだ、って。だから、そんな彼氏とは別れなよ、俺なら美衣紗ちゃんみたいなかわいい彼女がいたら絶対に浮気しない、って言ったんです。そしたら、ほんとにそのあと別れたみたいで」

五ヵ月前というと、彼女はまだ離婚していない。浮気している「彼氏」とは

「夫」のことだったのだろう。

「その二週間後くらいかな、また来てくれて。そのときにプレゼントをもらったんですけど、普通、時計とか財布とかアクセサリーとかじゃないですか。でも、美衣紗ちゃんは商品券だったんですよ。一万円分。しかも、デパートの。俺、それでウケちゃって。彼女、遊び慣れてなくてよ。すすめるとどんどんお酒頼んでくれちゃって。ありがたいですけど、ちょっと心配になったんですよね。この世界、十万、二十万はあっというまですから。そのときも、結局十万くらいになったのかな」

永澤美衣紗がはじめてクラブバリアスを訪れたのは、離婚する二ヵ月ほど前ということになる。それ以降、二週間に一度のペースで早い時間に来店し、一時間ほどで帰っていた。そんな彼女が頻繁に来店するようになったのは、三ヵ月ほど前からだという。そのタイミングは、離婚してしずくと一緒に東京に越してきた時期と一致する。

「最初の頃の美衣紗ちゃんは、よく言えば清楚《せいそ》系で、悪く言えばダサくて真面目《まじめ》な女の子って感じだったんですけど、だんだんおしゃれになっていったっていうか、髪を染めたり、ネイルしたり、メイクもがっつりするようになって。それって俺が、生活感のない女が好きだ、って言ったからかもしれないんですけど。俺、所帯じみた女が苦手なんですよ。ほら、いるじゃないですか。ぬか漬けつくったり、すっぴん晒《さら》したり、ナチュラルとか言って髪とか爪のケアをしなかったり。特に、料理が好きなんて言う女は、俺、絶対に信用できないんですよね」

「それを永澤さんに言いましたか？」

三ツ矢が聞いた。

「それって？」

「料理が好きなんていう女は絶対に信用できない、です」

「あー、話の流れで言ったような気がします」

永澤美衣紗が急に料理をしなくなった原因は、山根のこの言葉にあったのではないか。そう考えると、なにげないひとことが他人の人生を狂わせることがあるのだと改めて思い知らされ、岳斗は無意識のうちにくちびるをきつく結んでいた。

「そういえば、美衣紗ちゃん、前は煙草《たばこ》を吸わなかったのに吸うようになったんですけど、それって俺に火をつけてもらえるからって言ってました。自分で火をつけた煙草と、俺が火をつけた煙草は味がちがうなんてことも言ってたなあ」

山根はなつかしそうな表情になったが、彼女が死んだという実感が抜け落ちているように見えた。ネットニュースを見ただけでは、彼女の死と現実が重ならないのかもしれない。

「では、三月四日のことを教えてください。その日、あなたは昼過ぎまで永澤さんと一緒だったのですね」

三ツ矢の言葉に、山根の背筋が伸びた。ふっと短く息を吐くと、覚悟を決めたようにひと息で告げた。

「ホテルに行ったんです」

三ツ矢は表情を変えずに山根を見据えている。

「近くのラブホです。その前日の三月三日の夜に彼女が店に来てくれたんですけど、俺、ひな祭りだからなにかお礼をするよ、なにがいい？って聞いたんです。そしたら、ふたりきりになりたい、って言われて。それじ、先にラブホで待っててもらって、俺は仕事が終わってから行きました。彼女とそういうことになったのはその日がはじめてです」

「永澤さんとは三月四日の何時まで一緒にいたのですか？」

「昼の一時半くらいです。昼前にラブホを出て、一緒にパスタ食って、新宿駅の前で別れました」

「その日の夜の十一時頃、山根さんはなにをしていましたか？」

「ここで仕事してました。みんなに聞いてもらってもいいです。あ、でも、彼女とそういうことになったのは言わないでもらえますか」

すでに山根のアリバイは確認済みだった。

一拍置いてから、あの、と山根が前のめりになった。真剣な顔つきだ。

「美衣紗ちゃんって子供がいたんですね」

「知りませんでしたか？」

「彼女、独身だって言ってたし、子供がいるなんて聞いたことないです。さっきネットニュースを見たら子供が遺体で見つかった、って。美衣紗ちゃんが日常的に睡眠薬を飲ませていた疑いがあるって書いてあったんですけど」

三ツ矢は無言で山根が続けるのを待っている。

「もしかしたら俺のせいかもしれないっす」

思い切ったような口調だった。

「俺、子供は嫌いだ、無理だ、って何度か彼女に言ったことがあるんです。ほんとに子供、だめなんですけど。なんか子供って甘ったるいにおいがするじゃないですか。あのにおいを嗅ぐと気持ち悪くなる、なんて言っちゃったこともあって。もしかしたらそのせいで……」

山根は最後まで言わなかったが、彼がしずくの死に多少なりとも責任を感じているのは伝わってきた。彼は言わなくてもいいことを言った、隠しておけることを言った。彼の話は信じていいだろうと岳斗は考えた。

「永澤さんはいつもひとりで来店したのですか？」

「はい。ひとりでした」

「いつもあなたを指名したのですか?」

「ホストクラブって一回指名したら、ずっと同じホストを指名するのがルールなんですよ。だから、いつも俺でしたね。一度、俺、ノロウイルスにやられて休んだことがあって、そのときだけはちがうホストがつきましたけど」

「永澤さんは一回でどのくらいの金額を使ったのですか?」

「最初の一、二ヵ月は細客でしたね。一日三、四万かな」

「細客、というのは?」

「あまり金を使わない客のことです。でも、三ヵ月くらい前から急に落としてくれるようになって、一日で十万とか二十万とかかな。それで週に三、四日来てくれたから、俺にとっては極太客でしたよ。あ、極太客っていうのはたくさんお金を使う客のことです」

永澤美衣紗が急に大金を使うようになったのは、離婚した時期と一致した。彼女の通帳にはほとんど残高がなかった。離婚時に慰謝料として受け取った五百万円はホストクラブ通いに使ってしまったのかもしれない。

「でも、急に使うようになったから、逆に飛ばれるんじゃないかって心配しましたよ」

「飛ばれる、とはどういうことですか？」

「ツケを払わないで逃げられることです」

「永澤さんはツケで払っていたのですか？」

「一時期だけですけど。でも、けっこうな額になってたし、彼女バイトを辞めるとか辞めたとか言ってた時期だったから俺もビビっちゃって」

「永澤さんはどんなバイトをしていると言っていましたか？」

「ファミレスです。でも、お金にならないから辞めたみたいですね。今度は夜の仕事にしようかな、なんて言ってたけど、まだ働いてなかったんじゃないかな」

「永澤さんはツケを払ったのですね」

「はい、一括で。だから、疑って悪かったなって思ってます」

永澤美衣紗は、山根と出会ったことで離婚を決意したのだろうか。そして、母娘《おやこ》ふたりで東京に引っ越した。誰にも連絡先を伝えなかったのは、ホストクラブ通いを知られないためだったのか、それとも山根さえいればいいと思ったのか、あるいは両方か。

そこまで考えた岳斗の脳裏に、彼女の部屋が立ち上った。

コバエが飛び交うキッチン。弁当の容器やパンの袋、ヨーグルトのカップなどが捨てられたシンク。使われていないコンロ。ペットボトルやチューハイの空き缶が置かれた調理台。ゴミが散乱した床。

彼女はいまの自分を、しずくに睡眠薬を飲ませてホストクラブに通っている自分を、誰にも知られたくなかったのかもしれない。

彼女はなぜそんなにも山根にのめり込んだのだろう。

岳斗は、彼女の元夫の菊畑聖人《きくはたまさと》と彼の母親の喜子《よしこ》を思い出した。浮気をしている夫と威圧的な姑《しゅうとめ》。彼女の結婚生活は幸せなものではなかったのだろうか。それとも、山根に出会ったことで幸せではないと気づいたのだろうか。


クラブバリアスを出たときには二十一時を過ぎていた。

夜の捜査会議まで一時間を切っている。

光部治が永澤しずくを死に至らしめたことを突き止めてから、三ッ矢は遅刻することなく朝も夜も捜査会議に出席している。

「三ッ矢さん。永澤美衣紗さんが料理をしなくなったのって、ホストの山根さんの言葉が原因だったんでしょうか」

「そうですね」三ッ矢は自問するような沈黙を挟んでから「そうかもしれませんね」と続けた。

「でも、山根さんだって悪気はなかったんですよね。話の流れで言った、って言ってましたから」

「それでも、永澤さんにとってその言葉は強迫観念のようになってしまったのかもしれませんね」

「三ツ矢さんは、ホストの山根さんが永澤さんを襲ったと思ったんですか?」

しかし、山根にはアリバイがある。

「事件があった日に一緒にいた可能性は高いと思いました」

「どうしてですか?」

「永澤さんの事件を伝えたとき彼は、いつですか? と聞きました。三度もです。どうしてですか? でも、誰が殺したんですか? でもなく、いつですか? と。彼がそう聞いたのは、自分が犯人だと疑われる心当たりがあるからだと考えました」

淡々と答えた三ツ矢の横顔に、点滅するネオンの赤い光が当たっていた。

通りの両側には原色のネオンが派手さを競うようにともり、サラリーマンの話し声や笑い声、若い女の嬌声《きょうせい》がひとつのノイズになって耳を流れていく。焼き鳥、焼き肉、ラーメン、ハンバーガー、と鼻腔《びこう》に入り込むにおいは刻一刻と変わり、通り全体にアルコール臭が沈殿しているようだ。今日は車での移動ではないため、戸塚警察署まではJRで帰る。

「三ツ矢さんはどう思いますか？　永澤美衣紗さんが襲われたのはほんとうだと思いますか？　それとも、彼女の自作自演だと思いますか？」

「僕はほんとうだという前提で捜査をしています」

三ツ矢は即答した。

「どうしてですか？」

「前にも言いましたが、しずくちゃんが亡くなったことを偽装するための自作自演だとすると共謀者が必要です。共謀者が知り合いならあれほど強く何度も殴らなかったはずですし、闇サイトなどで見ず知らずの人に依頼したとも考えにくいからです。どちらの場合も、共謀者はかなりのリスクを背負うことになります。簡単には引き受けられることではないし、短時間で見つかるとは思えません」

もし永澤美衣紗の自作自演だとしたら、防犯カメラに映っていた不審な男が共謀者かもしれない。岳斗はそう考えていたが、彼の足取りはまだつかめていない。

三ツ矢は数秒の沈黙をつくってから、「なによりも」と続けた。

「私は人殺しです、と書かれた五十嵐善男《いがらしよしお》さんの手紙が事件現場にあったことです」

岳斗は反射的にうなずいていた。

永澤しずくの捜索を優先していたため、〈私は人殺しです。〉と書かれた五十嵐善男の手紙については進展がないままだ。これまでの聞き込みでは、五十嵐善男を知っている人はひとりもいなかった。あの手紙はなぜ事件現場にあったのか、永澤美衣紗と五十嵐善男に接点はあるのかどうかも明らかになっていない。

「永澤さんが襲われた事件と五十嵐善男さんの手紙は分けて考えてはどうか、と以前、田所《たどころ》さんは提案しましたね」

「はい」と岳斗は素直に認めた。

あのとき三ツ矢は、それなら手紙以外のことも積極的に調べようと屁理屈《へりくつ》をこねたのだ。

「けれど、事件と手紙はやはり関係していると思えます。あの便箋は汚れていませんでした。以前から永澤さんが持っていたとは考えにくいのです」

たしかにそうだ。手紙には折りじわがあり、よれてもいたが、ゴミが散乱したキッチンにあったにもかかわらず食べ物や飲み物などの汚れは付着していなかった。

「点のままですね」

自分自身に問うように三ツ矢が言う。

「永澤美衣紗さんと五十嵐善男さん。ふたりの接点がまったく見えません。五十嵐さんの手紙はなぜ永澤さんの部屋のキッチンにあったのか。田所さんはどう思いますか？」

「はいっ？」

ひとりごとの延長だろうと思って聞き入っていた。三ツ矢に見えないものが自分に見えるわけがない。そう思ったとき、

──支えてやれよ。

加賀山《かがやま》の声がよみがえった。

──あいつを支えてやれよ。

岳斗は目の奥にぐっと力を入れ、考えることに集中した。

〈私は人殺しです。〉と書かれた便箋が、なぜ永澤美衣紗の部屋のキッチンにあったのか、と三ツ矢は聞いている。

試されている気がして緊張した。

岳斗の人生でもっとも緊張したのは警察官採用試験の面接だった。しかし、三ツ矢に会ってからは、彼になにかを任されたとき、そしてどう考えているのかを聞かれたときがもっとも緊張する瞬間になった。

三ツ矢に自分の考えを述べるとき、岳斗は正直に徹することにしている。嘘《うそ》やごまかし、見栄《みえ》や虚栄は簡単に見抜かれ、軽蔑される気がするからだ。

「あのっ」

口を開いたが、なにを言うかは決まっていなかった。ただ、なにか言わなくては

と焦り、「わからないことだらけですよね！」と中身がないくせにやけに大きな声が出た。

「わからないことだらけ、というのは？」

案の定、三ッ矢が聞いてきた。

「ええっと、五十嵐さんの手紙が事件現場にあったこともそうですけど、永澤美衣紗さんはほんとうに犯人に心当たりはなかったのか、とか」

「永澤さんが犯人を知っていた、ということですか？　なぜそう思うのですか？」

「え？　なぜ？」

三ッ矢に問われて気がついた。ほんとうだ。なぜ俺はそう思ったのだろう。

そう考えた岳斗は、胸にへばりついている苦々しさを自覚した。その苦々しさを言葉にするとこうなった。

ホストなんかにはまりやがって――。

ホストクラブに行くために子供に睡眠薬を飲ませた、そして子供の死を隠蔽しようとした。彼女の人間性が信用できなかった。

「永澤さんは……嘘が多いので」

「そうですね」

三ッ矢はあっさりと同意した。しかし、その声にも表情にも彼女に対する嫌悪感は微塵《みじん》もなかった。

「では、永澤さんの自作自演ではないけれど、犯人は彼女の知っている人物だ。田所さんはそう思っているのですか？」

ＪＲ新宿駅前の信号が青になるのを待ちながら三ッ矢が聞いてきた。そう聞かれると、そう思っているような気がした。

「はい！」

岳斗は勢いよく答えた。

「そして、永澤さんはその人物がしずくちゃんを連れ去ったと見せかける証言をした、と」

「そうです」

「罪をきせようとしたということは、永澤さんとその人物は友好的な関係ではない、ということですか？」

「そうです。そのとおりです。もしかしたら防犯カメラに映っていた男かもしれません」

張り切って答えた直後、あれ？　と思った。

岳斗が意見を言っている態《てい》になっているが、三ッ矢に言わされているのではないか？

「五十嵐善男さんは永澤美衣紗さんとつながりがあるのではなく、その人物、つまり永澤さんを殺害した犯人とつながりがあるのかもしれませんね」

三ッ矢がそう言ったとき、信号が青に変わった。人混みに押されるように岳斗は足を進めた。

五十嵐善男は、犯人とつながりがある——。

三ッ矢の言葉を復唱すると、まだどんな光景も描けていないのに、なにかがかりと反転した。

「あの手紙なんですけど……」

岳斗は頭に浮かんだことをそのまま言葉にした。

「奥さんが死んだことに責任を感じて書いたものじゃなかったら、いったい誰のことなんですかね。五十嵐さんの周辺で不審な死に方をした人がいないか、もう一度調べてはどうでしょう」

言い終えたとき、有益な発言をしたという実感があった。アドレナリンが分泌され、体が熱くなるのを感じた。

褒めてもらえるのではないかと期待した。しかし、三ッ矢は押し黙っている。

「どうですか？　三ッ矢さん。三ッ矢さんはどう思いますか？」

右横に顔を向けてそう言ったら、そこにいるはずの三ッ矢がいない。

思わず立ち止まると、後ろから中年の男にぶつかられて舌打ちされた。すかさず、前から来た若い男に腕で押しやられた。

岳斗は三ツ矢の姿を捜しながら横断歩道を戻った。いない。見失った。

いつからだ？　いつから三ツ矢はいなかったんだ？　もしかして、俺の有益な発言をひとことも聞いていなかったのか？　俺はずっとひとりごとを言っていたのか？

「くっそー！」

岳斗は雑踏のなかで声をあげた。

翌日、岳斗は三ツ矢とともに上城流真《かみしろりゅうま》という男を訪ねた。

東京メトロ丸ノ内線の新高円寺駅から徒歩十分ほどの木造二階建てアパートに彼は住んでいた。錆《さび》が目立つ外階段と、埃《ほこり》をかぶった洗濯機が並ぶ外廊下。窓枠にはビニール傘がかかっている部屋が多い。昭和を感じさせるアパートは、岳斗がイメージするホストの住まいからほど遠かった。

「警察がなんでしょう？」

ドアを開けた上城は戸惑いを隠さずに聞いてきた。僕、なにかしましたっけ？

とでも言いたげな顔つきだ。

まだ三月なのに早くも半袖のTシャツとショートパンツで、シャワーを浴びたばかりらしくボディソープのにおいをまとっている。健康的に焼けた顔と七分刈り頭の彼は、野球少年がそのまま大人になったようで、学生服を着れば高校生でも通用しそうだ。その風貌もまた岳斗がイメージするホストとはかけ離れていた。

「上城さんは以前、クラブバリアスで働いていましたね」

三ッ矢の質問に、「はい」と答えた上城は戸惑いの色を濃くし、「でもすぐに辞めましたけど」と続けた。

「知っています。二週間ほどで辞めたそうですね。今日はクラブバリアスのお客さんのことをお聞きしたくて来ました」

「はあ。でも、答えられることがあるかな。ヘルプしかしなかったんで、お客さんのことは全然わからないんですよね」

昨夜、新宿の交差点で突然姿を消した三ッ矢がどこに行ったかというと、クラブバリアスに戻ったのだ。そのときに、山根孝介がノロウイルスで休んだ日に永澤美衣紗を担当したホストについて聞いたという。

そのホストが上城流真だった。彼は、永澤美衣紗を担当した翌日にクラブバリアスを辞めていた。

「永澤美衣紗さんを覚えていますか?」

ナガサワミーサ、と彼は口のなかで音を転がし、「あ、ミーサさん。はい。覚えてます」と答えた。

「どうして覚えているのですか? お客さんのことは全然わからないと言いましたよね」

せっかく覚えていると言ってくれたのに、三ツ矢は難癖をつけるような物言いをした。しかし、落ち着いた声と丁寧な物腰のせいで失礼には感じない。

「彼女がきっかけでホストを辞めたからです。もともと向いてないことはわかってたんですけど」

上城はそう言って頭をごしごしかいた。

現在二十三歳の彼は大学卒業後、バックパックで世界中をまわるつもりで、時給が高いアルバイトを掛け持ちした。ホストなら手っ取り早く稼げるのではないかと考え、クラブバリアスに入店したという。しかし、酒があまり飲めず、派手なことが苦手なため、早々に自分には向いていないと感じたらしい。そんなとき、永澤美衣紗のテーブルについた。その夜は混んでいたことに加え、山根のほかにもノロウイルスで休んだホストがいたため人手が足りなかった。そのため、ヘルプしかしたことのない上城がひとりで永澤美衣紗を担当することになった。

クラブバリアスを辞める決意をしたのは、永澤美衣紗というより金銭的なことだった、と上城は言った。

「彼女に、これまでのツケを一括で払うから請求書をちょうだいって言われて、その金額が二百万円近かったんですよ。そんな大金を俺と同じくらいの若い子が使うことと、ツケにできることになんだか怖くなっちゃって。それで、いまさらながら就職活動をして来月からITの会社で働くことに決まったんです」

山根も昨夜、永澤美衣紗にけっこうな金額のツケがあり、それを一括で払ったと言っていた。

「永澤さんは二百万円近いお金をどう工面するかは言っていませんでしたか？」

上城は「いえ、そこまでは」と答え、「でも」と続けた。

「一緒にいた人にはツケのことを知られたくなかったみたいです。こっそり言いに来ましたから」

一緒にいた人？　岳斗ははっとした。

永澤美衣紗の交友関係はまだ洗い出せていない。犯人が持ち去ったと見られる彼女のスマートフォンはまだ見つかっておらず、現時点では通話記録が判明しただけで、そこから重要参考人はあがっていない。メッセージやアプリを介したやりとりの解明にはまだ時間を要するとのことだった。しかも、彼女は離婚と同時にスマートフォンを最新機種に買い換えていた。最新機種の場合、処理速度向上のために削除したデータをすぐに消してしまうことが多く、削除されていたとしたら復元できない可能性もあった。

「彼女は誰と一緒だったのですか？」

三ツ矢が質問を重ねる。

「お姉さんです」

永澤美衣紗にはひとつ上の姉がいる。しかし、彼女はホストクラブ通いをしていることを誰にも知られたくなかったはずだ。だからこそ、元夫から逃げているという理由で、実家にさえ引っ越し先の住所を知らせなかったのではないだろうか。

「永澤さんのお姉さんでまちがいありませんか？」

「たぶん。お姉さん、って呼んでましたから」

「どんな人でしたか？」

「ミーサさんとはちがっておとなしいというか落ち着いた感じでしたね。たぶんホストクラブがはじめてだったんじゃないかな。ちょっとおどおどしてて。ミーサさんにすすめられるままお酒を頼んでましたよ」

目当てのホストが休みで永澤美衣紗の機嫌が悪いのではないかと上城は心配だったらしい。しかし、彼女のテンションは高かったという。

彼女たちが来店したのは上城がクラブバリアスを辞める前夜、二月十五日のことだった。

「三ッ矢さんは知ってたんですか？」

上城流真のアパートから新高円寺駅へと歩きながら岳斗は聞いた。

「なにをでしょう」

「永澤さんとお姉さんが一緒にクラブバリアスに行ったことですよ。だって三ッ矢さん、なにを聞いても驚かなかったですよね。っていうか三ッ矢さんはいつも驚かないんですけど、知ってる前提で聞いたって感じでしたよね。そもそも、三ッ矢さんはなにが気になったんですか？　ちゃんと説明してくださいよ」

昨夜置き去りにされた恨みはなんとか押さえ込んでいたのに、文句を言い続けているうちに勢いよくこみ上げてきた。

「っていうか、ひどいじゃないですか。昨日ですよ、昨日の夜！　クラブバリアスに戻るなら戻るって声かけてくれればいいじゃないっすか。俺、三ッ矢さんがいないこと知らないでひとりでしゃべってたんですよ。こんな俺でも一応、三ッ矢さんの、あ、あ、相棒っていうか、つ、つれっていうか……」

言いながら恥ずかしくなってきた。ほかに、「バディ」や「パートナー」などと言葉が浮かんだが、口にすることはできなかった。

「はい？」

「一応ではありませんよ」

「一応ではなく、田所さんは僕の相棒でつれですよ」

三ツ矢は岳斗を見ながら真顔で言った。

やばい。照れる。岳斗はにやついたくちびるをなんとか引き締めようとしたが、顔が赤くなるのだけはどうにもできなかった。三ツ矢に悟られないためにスマートフォンを確認するふりをした。

いや、待てよ、と我に返った。

僕の相棒でつれ？

それなら、どうして置き去りにするんだ？　こんなに単独行動が多いんだ？　なにも説明してくれないんだ？

あっぶねー。騙《だま》されるところだった。

「相棒でつれなら、それらしくしてくださいよ」

咎《とが》めようとしたのに、すねた声音《こわね》になってしまった。咳払《せきばら》いでワンクッションを置いてから仕切り直す。

「昨日の夜だって黙っていなくなるし、なにが気になったのか、なにを調べたのか教えてくれないし、いまだってそうですよ。三ツ矢さんの頭のなかが俺にはわからないんですよ」

「戻ります、と昨夜、信号待ちをしているときに言ったのですが」

「え？」

思わず三ツ矢を見ると、目が合った。

「けれど、田所さんは信号が青になった途端、横断歩道を渡り出したので、田所さんは田所さんでほかに調べたいことがあるのかと思いました」

ちょうど五十嵐善男の手紙について考えていたときだ。

五十嵐善男は、妻を殺したのではなく、別の誰かを殺したと言っているのではないか。そう思いつき、アドレナリンが激しく湧き出したことを覚えている。あのとき、雑踏のざわめきのせいもあって三ツ矢の声が聞こえなかったということか。

しかし、すねてしまった手前、ばつが悪くて素直になれなかった。

「田所さんは空腹ではありませんか？」

「えっ」

思いがけない言葉にうろたえた。

「少し早いのですが、昼食を済ませませんか」

「はい！　済ませます！」

ばつの悪さはあっというまに消え失《う》せた。

駅の近くのファミリーレストランに入った。十一時を十分ほど過ぎた店内は客の入りは半分ほどだ。

窓際のテーブルに案内されて岳斗はさっそくメニューを広げたが、三ッ矢は車の助手席に座っているときのように腕を組んで思案する表情だ。彼は食べることに興味がないらしく、いつもメニューを見もせずに岳斗と同じものを注文する。

「僕は、オムカレーセットにします。ドリンクバー付きの」

岳斗が言うと、案の定、三ッ矢も同じものにした。

どうせ三ッ矢は飲み物にも興味がないのだからと、岳斗が烏龍茶《ウーロン》をふたり分持ってテーブルに戻るといなくなっていた。

「マジかよ」

思わずつぶやいた。

まさかまた俺を置いてどこかに行ったんじゃないだろうな。慌てて外に目をやると、入口の横に立ってスマートフォンを耳に当てている三ッ矢が見えてほっとした。

「誰と電話してきたんですか？」

戻ってきた三ッ矢に聞いた。

「切越《きりこし》さんです」

「なにを話したんですか？」

　質問を重ねながら、なんか俺、お母さんか彼女みたいになってないか？　と思った。

「順番に説明します」三ッ矢はテーブルの上で両手を組み、「僕も説明しながら考えを整理したいので」と言った。

　一瞬で空気が引き締まり、岳斗は背筋を伸ばして「はい」と答えた。

「昨夜、僕がクラブバリアスに戻ったのは計算が合わないことに気づいたからです」

　計算？　と胸のなかで復唱した岳斗の声が聞こえたかのように、

「永澤美衣紗さんの貯金と、クラブバリアスへの支払金額が合わないのですよ。永澤さんの口座には菊畑さんが振り込んだ慰謝料の五百万円と月に十万円の養育費、以前勤めていたファミリーレストランの給料、そのほか永澤さん自身の貯金と見られる三十万円弱がありましたが、残高は二万円を切っていました。クラブバリアスへの支払いは、永澤さんのこれら所持金より約二百万円多いのです」

　二百万円――。さっき上城流真から聞いたばかりだ。永澤美衣紗は二百万円近い金額をツケにしていた。

「そうです。永澤さんがツケにしていた金額と一致します」

岳斗の頭のなかを見透かしたように三ツ矢が言う。

「昨夜、クラブバリアスに戻ったとき、永澤さんがツケを清算したときの状況を詳しく聞きました。すると、山根さんはいくつかのことを思い出してくれました。自分が休んだ日に永澤さんがお姉さんと一緒に来店したと上城流真さんから聞いていたこと、それから永澤さんがツケを清算したのは次にひとりで来店したときだったこと。永澤さんは二百万円をみどりやま銀行の封筒から出したそうです。山根さんも口座を持っているからまちがいないと言っていました。けれど、現時点では永澤さんがみどりやま銀行の口座を持っていることは確認できていません。そこで、僕はこの二百万円は永澤さんのお姉さんのお金ではないか、と仮定してみました」

「でも、それだと不自然じゃないですか？　永澤さんはホストクラブに通っていることを知られたくなくて誰にも住所を教えなかったんじゃないでしょうか。それなのに、お姉さんと一緒にホストクラブに行くのは辻褄《つじつま》が合わないっていうか」

「そうです。永澤さんのお姉さんは、ホストクラブには行っていないそうです。昨夜のうちに電話で確認しました。永澤さんのひとつ上のお姉さん、希湖《きこ》さんは永澤さんが結婚したとき以来、一度も会ってもいない。そう言っていました」

姉が嘘を言っているとは考えにくい。事件が発覚した当初は、誰かがしずくを預かっている可能性も考えられたため、美衣紗の実家や家族をはじめ関係者には連絡を取ったし、アリバイも確認済みだ。

　では、美衣紗が「お姉さん」と呼んでいた人物は誰なのだろう。

「クラブバリアスの防犯カメラは二週間分しか保存していないため、その人物を確認することはできませんでした。ですから、切越さんに連絡をして、クラブバリアスの周辺の防犯カメラの解析、そして事件当時の永澤さんの自宅周辺の防犯カメラを再確認するようにお願いしました」

　現在も防犯カメラの解析は行っているが、不審者と見られる男の足取りをはじめ、永澤美衣紗の証言に基づいて背の高い男性に絞っている。

「三ツ矢さんは、その女性が犯人だと思ってるんですか？」

「わかりません。だから調べるのです」

　三ツ矢が答えたとき、オムカレーが運ばれてきた。ふたりとも無言でカレーを食べることに集中した。ほぼ同時に食べ終え、ほぼ同時に紙ナプキンで口をぬぐった。

　烏龍茶をひと口飲んでから、岳斗は昨夜から気になっていることを聞いた。

「昨日、三ツ矢さんは、五十嵐善男さんは永澤さんとつながりがあるのではなく、永澤さんを殺害した犯人とつながりがあるのかもしれないと言いましたよね」

「はい。言いました」

「じゃあ、五十嵐善男さんとその女性が関係している可能性があるってことですよね」

「それはまだわかりません」

「昨日の夜、クラブバリアスから帰るとき、私は人殺しですという手紙の文面は奥さんの死に責任を感じたものじゃなくて、誰か別の人をさしてるんじゃないか、って僕言ったんですけど、三ッ矢さんは聞いてましたか？」

「いいえ。初耳です」

やっぱりあのときすでに三ッ矢はいなかったのだ。

「それで、五十嵐さんの周辺で不審な死を遂げた人がいないか調べたんですけど」

「それは僕も考えていました」

「でも、いまのところそれらしい人はいないんですよね」

「田所さんが、昨夜、調べたかったのはそのことだったのですね」

「はい？」

「なにか気になることがあったから、僕の呼びかけを無視してひとりで歩いていったのではないですか？」

まるで岳斗のほうに非があるような言い方だが、本人に悪意がないから余計にたちが悪い。

「あ、まあ、そうです」

　仕方なく話を合わせた。

「そうですか」と答えた三ツ矢がそっけない気がして、失望されたのではないかと焦りが生じた。

「でも」と、岳斗はスマートフォンを操作しながら言った。昨夜、もうひとつ気になったことがあったのだ。

「五十嵐善男さんの事件のことなんですけど」

「はい」

　三ツ矢のまなざしがすっと鋭くなる。

「関係ないかもしれませんが、いえ、関係ないと思うんですけど、高齢者を狙った強盗殺人事件を調べてみたんです。東京だけではなく、全国の事件を」

　発端は、函館《はこだて》でひとり暮らしをしている母方の祖母が心配になったことだった。ここ数年、首都圏では高齢者を狙った強盗殺人事件が頻発している。北海道はどうなのだろう、祖母は大丈夫だろうか。そう思って、北海道で起きた強盗殺人事件を調べると、五十嵐善男と共通点がある事件にぶつかった。

「共通点といっても些細《ささい》なことなんですけれど、五十嵐善男さんの体には生体反応のある複数の切り傷がありましたよね」

　その傷は、犯人が通帳の暗証番号を聞き出そうとしてつけた可能性もあると考えられたが、五十嵐善男の銀行口座から金は引き出されていなかった。

「札幌で起きた強盗殺人事件の被害者も、同じように複数の切り傷があったそうです。ネットで調べただけなので、詳しいことはわからないんですけど」

岳斗はニュースを表示させたスマートフォンを三ツ矢に手渡した。

三ツ矢のまなざしがさらに鋭さを増した。

その事件は約一ヵ月前の二月二日に起きていた。五十嵐善男が殺害されたおよそ三週間後だ。被害者は八十一歳のひとり暮らしの男性で、犯人はまだ捕まっていない。

「田所さん、お手柄かもしれません」

スマートフォンを見つめながら三ツ矢が言った。

十四章

1996年8月　北海道鐘尻島《かねしりとう》

〈帰楽亭《きらくてい》〉が百年ものあいだ鐘尻島の人々に愛されてきたのは、縁起のいい店名のおかげでもある。帰楽亭の創業当時、島のほとんどの家が漁業を生業《なりわい》にしていた。店名を一般的な「喜楽」ではなく「帰楽」にしたのは、漁師たちが無事に帰ってこられるように、という願いを込めたからだ。

小寺陽介《こでらようすけ》は子供の頃から、店名の由来を父からも祖父からも繰り返し聞かされた。帰楽亭の話をするとき、祖父は厳しい顔つきになるのに、父はいつも顔をほころばせて得意げな表情になった。父は帰楽亭と死んだ兄を重ねていたが、他人に家族の話をするときもそんな顔になったのかもしれない。

写真の父も笑っている。

白い調理服を着て腕を組んだ父の背後には、〈帰楽亭別邸〉の格子戸が見える。父のいちばん新しい写真は四年前、別邸の建物が完成したときに撮ったものだ。

あの頃は、まさかこんな未来が待ちかまえているとは想像していなかった。自分たち家族はこれからも平凡だが、耐えがたい苦しみやつらさとは無縁に暮らしていくだろうと信じていた。

陽介は父の写真の横に母の写真を置いた。

写真の母も目を細くして笑っている。父と同様、帰楽亭別邸の格子戸をバックにして。

別邸が完成した日に、ふたりで写真を撮り合ったのだろう。

夫婦が似るってほんとなんだな。そう思ったとき、前にも同じことを思った記憶が立ち上ったが、いつのことなのかは思い出せなかった。

母がいなくなって一年四ヵ月になる。

陽介は、母を死んだことにすると決めた。

両手を合わせて目をつぶり、「どうか安らかに眠ってください」と声に出したら、そんなことはこれっぽっちも思っていないことに気づき、母の写真を叩《たた》きつけたい衝動に駆られた。

母が常盤《ときわ》と駆け落ちしたとは信じていない。

信じていないつもりだ。しかし、自分のなかの怒りの感情に気づくたび、実は母が駆け落ちしたことを認めているのではないかと心がかき乱された。

――お母さん、もう海見たくない。

食卓から外を見ていた母がそうつぶやいたのは、父の初七日が終わった頃だっただろうか。いま、陽介の脳裏にもっとも頻繁に現れるのはあのときの母だった。

陽介は、母の写真から窓の向こうへと視線を移した。

開いた窓から夏の終わりのさびしい風が流れ込み、さわーん、さわーん、と内緒話をするような波の音が聞こえる。青い空と沖のほうに浮かぶ細長い雲。晴天なのに、冷たくよそよそしい色に見える。

「陽介」

背後からの声に振り返ると、祖母がドアから顔をのぞかせていた。

母がいた頃は勝手に二階に入ることはなかったのに、いまではノックもせずにドアを開けるようになった。

「ちょっと！」と祖母が声を荒らげた。「なんなのさ、それ。その写真」

棚の上にある母の写真に気づいたらしい。祖母は眉間《みけん》のしわを深くして忌々《いまいま》しそうな顔だ。

「別に」

陽介は母の写真を伏せた。カタッ、と思いがけず大きな音がして、母を殴ってしまったような感覚に襲われた。胸が痛んだが、そんな自分に気づかないふりをした。

「忠信《ただのぶ》と一緒に並べないでよ。あんたを捨てた女の写真なんて飾る必要ないべさ」

陽介が母を死んだものにしたことも知らず、祖母は目をつり上げてまくしたてた。うるさい、黙れ。喉もとまでこみ上げた言葉をなんとか飲み下す。

「なに？　なんか用？」

声が尖《とが》ったが、祖母は気にとめなかった。

「じいちゃんが、話があるから下に来いってさ」

「そんなのわざわざ言いにこなくても、電話すればいいべや」

「電話代もったいないしょや」

そう吐き捨てると、祖母は再び棚の上へ視線を移し、「そんな写真、飾るんでないよ。いいね」と言って先に階段を下りていった。

陽介は、母の写真を立て直してから一階に下りた。

ドアを開けると、線香のにおいが鼻についた。

リビングの座卓の前に祖父が座っていた。祖父が脚付きの座椅子に座るようになったのは大腿骨《だいたいこつ》を骨折してからだ。医者には驚異的な快復力だと賞賛されたが、それでも元通りにはならなかった。

「おう」

祖父が座椅子に座ったまま陽介に顔を向ける。

今日は帰楽亭の定休日だが、昼の二時を過ぎているのに祖父は紺色のパジャマのままだ。父が生きていた頃はこんなことはなかった。

リビングの奥にある和室のふすまが開いている。お盆は過ぎたのに、仏壇にはビールや日本酒、メロンやプラム、とうもろこし、和菓子などが山盛りに供えてある。

陽介は、父の仏壇に手を合わせることに抵抗があった。父の死は受け入れているつもりだ。しかし、仏壇に手を合わせるということは、父を完全に死者にしてしまう気がした。それは、父はもう陽介の人生に存在しないという意味に思えた。

「話ってなに？」

座卓を挟んであぐらをかいた。

「陽介、ちゃんと仏壇に手を合わせなさいよ」

キッチンから祖母の声が飛んできたが、祖父は陽介の気持ちを察しているのか、聞こえなかったように「おまえ、将来のことどう考えてる？」と前置きなしに聞いてきた。

陽介はふいを突かれた。

俺に将来なんてあったのか――。

そんな考えが痺《しび》れのようにじんわりと胸に広がっていく。

かつては将来について聞かれれば明確に答えることができた。東京で三年間修業する。一人前になって島に戻ってくる。帰楽亭で家族みんなで働く。結婚して子供をもうける。帰楽亭を継いで、いずれ子供に継がせる。

そこまで考え、自分が父とほとんど同じ道を選択していたことに気がついた。

しかし、もう同じ未来図を描くことはできない。将来について考えると、視界が煙ってなにも見えなくなった。

「やっぱり東京で修業したらどうだ？」

祖父が先に口を開いた。

「東京？」

「おまえが望むならもう一度頼んでやるぞ」

父が死んだことで、東京の割烹《かっぽう》料理店での修業は取りやめになった。陽介は帰楽亭で祖父と一緒に厨房《ちゅうぼう》に立つことを選び、祖父も反対しなかった。

「なに言ってんだよ。俺がいなくなったら、じいちゃんとばあちゃんのふたりで店まわさなきゃならないだろ。そんなの無理に決まってるべや」

「店、閉めようと思うんだわ」

一瞬、時間が止まったように感じた。頭のなかが真っ白になる。

「だから、これからどうしたいのかおまえもちゃんと考えれ」

「ちょ、ちょっと待ってよ、じいちゃん。店閉めるって、帰楽亭を閉めるって言ってんのか？」

「ほかに店ないべや」

祖父は開き直ったように鼻で笑った。

「なんで……」

そう絞り出したが、理由など聞く必要はなかった。

父の死後、帰楽亭は二ヵ月間の休業を挟んで再開した。ランチタイムはやめて、夜だけの営業になった。陽介は高校をやめて店に入ろうとしたが、それは母が許してくれなかった。自分がふたり分働くからとりあえずは大丈夫、とまるで父は死んだのではなく、ちょっと休んでいるだけだというような口ぶりだった。陽介は学校から帰るとすぐ店に出たが、客足はさっぱりだった。

父を殺した殿川宏《とのかわひろし》はこの島の有力者だった。町長をはじめ網元や商工会会長、それらのOBである年寄り連中とも懇意にしていた。陽介がそれを知ったのは事件後で、それまでは辰馬《たつま》の父親としてしか見ていなかった。

再開した帰楽亭に足を運んでくれたのは、父や祖父とつながりの深い人たちだけだった。五月と八月の観光シーズンはなんのしがらみもない島外の観光客が来店したが、開店休業の日は増えていくばかりだった。皮肉なことに暇だったからこそ父が死んでから二年も店を続けられたのだとも言える。そして、その二年のあいだに母までがいなくなったのだ。

「ま、潮時だべ。俺もこの足だしな」

祖父は自嘲したように言うと、左足を軽く叩いてテレビへと顔を傾けた。夏の高校野球が放送されている。

陽介は目の前の祖父を見つめ直した。脚付きの座椅子に座ってぼんやりとテレビを観ている祖父は、体から水分と生気が抜けてしわしわと縮んだように見えた。自分がイメージする祖父より十も二十も歳《とし》を取っていることに気づいて胸が詰まった。

「いつだよ。いつ閉めるんだよ」

「来月いっぱいだな」

俺がひとりでも続けるよ――。

頭のなかの陽介はそう宣言しているのに、現実には押し黙ることしかできなかった。帰楽亭を閉めるという祖父の言葉に本心から驚いてはおらず、とうとうこの日が来たのか、と思っている自分に気づき、父を裏切っている罪悪感に襲われた。

「おまえは島を出て、東京の割烹に行ったほうがいいと思うぞ。こんな島にいたって仕方ないべや」

こんな島、というところだけ、まるで別の誰かが発声したように音がちがって聞こえた。祖父は島に対して文句を言うことはあったが、貶《おとし》めるような言い方をしたことはなかった。

「こんな島、仕事もねえし、将来もねえべや。この先もいいことなんかねえんだから、とっとと出てったほうがおまえのためだって」

そう言って、「日本沈没じゃなくて鐘尻沈没だな」と鼻で笑った。

「じいちゃんとばあちゃんはどうするんだよ」

「俺らはこの歳だから、もうどこにも行けないべや。島で死ぬしかねえよ。忠信の墓もあるし」

キッチンから盆を運んできた祖母が、座卓に麦茶を置きながら「だから私は結婚には反対だったんだよ」と吐き捨てた。

「私はさ、嫁にするなら本間《ほんま》さんのお嬢さんのほうがいいって言ったんだよ。それなのに忠信は聞く耳持たないし、じいちゃんだって反対しないでさ。もともとあの女は家族で島を出てった人間なんだから縁起が悪いんだよ。悪縁だよ、悪縁」

「もうよせって」

祖父がうんざりした声を出した。

「あの女と結婚しなかったらこんなことにならなかったんだって。本間さんのお嬢さんだったら、忠信が別邸を建てることに反対したと思うよ、しっかり者だから。それなのに、あの女はバカみたいににこにこ笑うことしかできないで、挙げ句の果てにあんな恥知らずなことしでかして」

うるさい、黙れ。さっき飲み下した言葉が、また喉もとまでせり上がってきた。

「よせって！　陽介の前だぞ」

祖父が怒鳴った。

祖母は鼻にしわをよせて口をつぐみ、カステラがのった小皿をタンッ、タンッ、タンッ、と乱暴に座卓に置いた。カステラはどれも厚さが五センチほどもある。

「ばあちゃん、甘いものこんなに食べて大丈夫なの？」

祖母は糖尿病で、医師から食事制限をするように言われている。

「もういいんだって」祖母はこれみよがしにカステラを口に運んだ。「私にはもうなんの楽しみもないんだから、早く死んだほうがいいんだって」

つり上がった目、眉間のしわ、いびつなへの字形のくちびる。顔のパーツのひとつひとつは怒りを表現しているのに、全体で見ると感情が抜け落ちた人形のようだ。父が死んでから、祖母はずっとこんな顔をしている。

テレビからカーンとかん高い音が響き、陽介は反射的に目を向けた。

泥だらけの白いユニフォームを着た高校球児が一塁ベースに向かって全力疾走している。映像が切り替わり、青空の高くに上がった白いボールが映し出された。わーっと重なる歓声。吹奏楽の弾む音。アナウンサーの興奮した声。ホームランを確信した高校球児が笑いながらガッツポーズする。陽《ひ》に焼けた顔と真っ白な歯。青空もグラウンドも観客席もなにもかもが輝いて見えた。

テレビのなかの少年は、昨年高校を卒業した陽介とほぼ同世代だ。たかがボールを遠くへ飛ばしただけなのに、まるで世界を手にしたかのように歓《よろこ》び、興奮している。それが滑稽に見え、同時に口のなかがからからに渇くほどうらやましかった。

陽介も父が死ぬまではあちら側の世界にいて、幸せを無自覚に享受していたのだ。いまとなってはとても信じられなかった。

振り返ってみれば予兆はあったのだ。

ただ気づかなかっただけ。いや、気づこうとしなかっただけだ。

母がいなくなってから思い出したことがあった。

父の出棺のときのことだ。棺《ひつぎ》に釘《くぎ》が打ちつけられた瞬間、母はたったいま父の死に気づいたようにはっとした。棺に覆いかぶさり、「やだー！　やだー！　お父さん！　行かないでー！　ひとりにしないでー！」と、赤ん坊のように泣き叫んだ。

ひとりにしないで――。

陽介がいるにもかかわらず、母はひとりぼっちになったと感じたのだ。

そのときのことを思い出したら、

――則《のり》ちゃん。

常盤の声が耳奥から立ち上った。

あれは、父が死んで一ヵ月がたった頃だった。

燃えてしまった帰楽亭別邸の跡地に行ったとき、常盤が陽介に声をかけてきた。つくりたての惣菜《そうざい》が入った紙袋を陽介に差し出し、

――よかったら則ちゃんと。

そこで慌てたように言葉をのみ込み、お母さんと一緒に食べて、と言い直した。

――則ちゃん。

思い返すと、あのときの常盤の声には親密さが滲《にじ》んでいた。

常盤は父の死後、よく家に来た。父の月命日には必ず手を合わせに来たし、ビストロときわが早く店じまいをした夜は帰楽亭に客としてやってきた。結婚して子供もいるのに、いつもひとりだった。

母と常盤が島を出ていった朝、陽介は東京にいた。

祖父の知り合いの割烹料理店に、修業を辞退したことへのお詫《わ》びに行ったのだ。それは祖父に言われてのことだったが、振り返ってみると母も「ついでに合羽橋《かっぱばし》を見てきたら」とか「気分転換しておいで」などと陽介の東京行きを後押しした。

陽介が東京から帰ったときには、母が朝いちばんの高速船で島を出たことをみんな知っていたし、常盤と一緒だったらしいと噂《うわさ》になっていた。しかし、陽介は信じ

なかった。家から母のボストンバッグと洋服がなくなっていることに気づいても、以前から母と常盤が密会していたという噂話が耳に入っても、その日、常盤の妻と子供も島にいなかったと知っても、陽介は絶対に信じるものかと思った。

その後、母と常盤を札幌で見たという人が現れた。ふたりは若い恋人同士のように仲睦《むつ》まじい様子だったらしい。陽介はその目撃談を突っぱねた。嘘だ、嘘だ、嘘だ、と。

それなのに、いつのまにか受け入れていた。そんな自分に気づいたとき、陽介はまったくちがう人間になってしまった気がした。

あの母さんがあり得ない。ずっとそう思ってきた。

しかし、穏やかで物静かだった祖母が父の死を境にいつも目をつり上げ、誰彼かまわず大声で罵るようになったのを目の当たりにすると、そして自分が辰馬に「人殺しの子供」と言い放った夜を思い返すと、人は信じられないほど変わってしまうのだと思い知らされた。

〈小寺家乃墓〉と彫られた御影石《みかげいし》は、午後の陽光を反射してつやつやと輝いている。

この墓に納骨されているのは父だけだ。

花立てにはまだ新しい供花がある。祖母が供えたものだろう。

陽介が空き地で摘んだひまわりをそこに挿すと、バランスが崩れてちぐはぐな印象になった。

島の東側にある墓地には三十基ほどの墓が建っている。お盆を終えたばかりの墓地には花や日本酒やコーラなどが供えてあり、花の蜜を求める蜂が飛び交っている。山側には寺と住職の暮らす家があり、海側には空き地が広がっているだけだ。

父の墓を建てたのは、今年の四月。母が失踪して一年がたってからだった。祖父は三男で、分家になる。自分たち夫婦よりも先にひとり息子が墓に入ることになろうとは想像しなかったはずだ。

陽介は仏壇に手を合わせることには抵抗があるのに、なぜか海が見えるこの墓地に来ることは自然にできた。ただ、父に会いに来ているという感覚もなければ、ここに父が眠っているという実感もなく、むしろそのことを感じたいために来るのかもしれないと思っていた。

「父さん」

声にしたが、父に呼びかけているのではなく、ただ胸に沈殿した言葉を吐き出したいだけだった。

「帰楽亭、閉めるんだってさ。あ、そっか。きっと俺より父さんのほうが先に知ってたよな。もうじいちゃんから聞いたんだろ？　俺はさっき聞いたばかりだよ。びっくりしたよ。いや、ごめん、嘘。きっとそうなるんじゃないかって思ってた気がするわ。だってさ、客が来ないんだもん。なんでだろうな。じいちゃんのつくる料理どれもうまいのにさ。この島のやつら、みんなバカなんじゃねえの。ほんとバカだよ。どいつもこいつもさ」

声を出せば出すほど、自分のなかで赤黒い炎が燃え上がっていくのを感じた。陽介は、それを憎しみの感情だとはっきりと自覚した。

常盤恭司《きょうじ》、と奥歯を嚙《か》みしめながら憎い男の名前を思い浮かべる。

やさしいふりをして、おとなしいふりをして、人の良さそうなふりをして、無害なふりをして、冴《さ》えないふりをして、みんなを騙して母を奪っていった。

――良い神様も悪い神様も海の向こうからやってくる。

小寺家に伝わることわざは嘘だ。海の向こうからやってくるのは悪い神様しかいない。

常盤さえ来なければこんなことにならなかった。

常盤がリンリン村の近くに〈ビストロときわ〉を建てたから、父もあの場所に帰楽亭別邸を建てようと思いついたのかもしれない。きっとそうだ。常盤が父をそそのかしたのだ。別邸が燃えたのも常盤の仕業に決まっている。別邸をオープンさせないために放火し、疑われないために一一九番通報したのだろう。

常盤さえいなければ、父は死ななかった。父が死ななければ、母はいまもここで笑っていた。常盤が父を殺し、母を奪った。それだけじゃない、殿川宏を人殺しにし、辰馬を人殺しの子供にさせた。常盤さえいなければ、「人殺しの子供」などと辰馬に言わずに済んだのだ。

常盤さえいなければ。常盤さえいなければ。常盤さえいなければ。

陽介の大切な人はみんないなくなった。

父も、母も、辰馬も、ヤマたち同級生も。

辰馬は高校卒業を待たずに島を出た。噂では東京の高校に転入したらしい。

辰馬の父親は、旭川《あさひかわ》刑務所に収容された。検察側の求刑は二十五年だったが、飲酒の影響による心神耗弱状態にあったことが認められ、約半分の懲役十三年の判決が下った。島の人たちによる嘆願書が提出されたことも減刑に影響したのではないかと言われている。

この島からいなくなったのは、父と母と辰馬だけじゃない。

穏やかだった祖母も、エネルギッシュだった祖父も、小寺家に親切にしてくれた人たちも、帰楽亭の常連も、潮風がさらっていったようにみんないなくなってしまった。

バババババババ、と空気にひびを入れるようなエンジン音が聞こえてきた。陽介は視線を墓地の向こうへと延ばした。

島を一周する道路を右から左へ、黒、白、青の三台のバイクが連なって走ってくるのが見えた。バババババババ、という高くて癖のあるエンジン音は黒いバイクから発せられているものだ。離れた場所でもそれがわかるのはバイクに乗った三人を知っているからだ。

彼らは島外からツーリングで訪れた大学生で、一昨日の夜、三人で帰楽亭に来た。一昨日がはじめてではなく、ゴールデンウィークにも来店したのを覚えている。攻撃的なエンジン音とは正反対に、三人ともにこやかで腰が低いのが意外だった。

彼らには将来があるんだな、と陽介はぼんやり思った。きっと彼らが描く将来は明るい光で照らされ、なんの根拠もなく幸せになれると信じているのだろう。かつての自分がそうだったからよくわかった。

三人は陽介と同世代なのに、無邪気な少年のように感じられた。さっきテレビで見た、白いボールに夢中になる高校球児のように。

陽介はしゃがんで、父の名前と没年月日が刻まれている墓誌に向き合った。ポケットからカッターを取り出して文字を掘ろうとしたが無理だった。早々にあきらめ、黒い油性のマジックペンを取り出した。墓誌の父の名前の左横に〈小寺則子《のりこ》〉と書いた。なにか大事なものを手放した感覚があった。

その夜、陽介は帰楽亭から煙草とライターを持ち出して自転車に乗った。

父を思い出すとき真っ先に浮かぶのは、真っ暗な岩場で煙草を吸っていた姿だ。父に会いたいときも、父と話したいときも、陽介はあの岩場に向かった。あのとき父の表情は見えなかったのに、闇に溶け出そうとする姿がとても孤独に見えた。その姿が、誰にも見せようとしなかった父の本質のような気がした。

陽介は父が座っていたあたりの岩に腰を下ろし、ジャージの右ポケットに手を入れた。指先がふれたのは、数時間前に使おうとしたカッターだった。煙草とライターは反対側のポケットにあった。

煙草をくわえ、火をつけて一気に吸い込む。喉が燻《いぶ》され、激しく咳《せ》き込んだ。それが自分に与えられた罰のような気がして、咳き込みながらも吸い続けた。

目の前の黒い海が奏でる、ざわーん、ざわーん、という響きは、陽介を手招きするようにも、油断させてのみ込もうとするようにも聞こえる。月が背後にあるせいで、星々のきらめきが膨らんで見える。潮のにおい。湿った風。鼓膜を覆う潮騒《しおさい》。

あの夜、父が感じたはずのすべてを陽介は感じようとした。

――陽介、帰楽亭を頼むな。

鼓膜の奥から父が話しかける。

──もし俺が死んだらちゃんと跡を継いでくれな。

「ふざけんなよ！」

叫びながら煙草を投げ捨てた。

島ごと燃えてしまえばいいと思ったが、岩の上の火はゆっくりと命を終えるように消えてしまった。

「ふざけんなよ！」

立ち上がってもう一度叫んだ。

「なにが頼むだよ、なにが跡を継いでくれだよ。ざけんな！」

叫べば叫ぶほどほんとうの気持ちと乖離《かいり》していく気がしたが、じゃあいったいなにを感じているのか、なにを考えているのか、自分の心も海のように黒くてなにも見えなかった。

一時間ほどのあいだに煙草を三本吸った。胸がむかむかして、頭に鈍痛があった。まえぶれもなく泣き出したい衝動に駆られ、そんな自分をぶちのめしてやりたくなった。

岩場から防波堤まで戻ったとき、反対側の歩道を走ってくる自転車に目がとまった。

常盤恭司の子供、結唯《ゆい》だ。彼女は陽介が卒業した中学校の一年生だ。

長袖のカーディガンをはおり、デニムスカートをはいた彼女は、島に一軒だけあるコンビニの前に自転車を停《と》めた。黒いおかっぱ頭の彼女は、肩に斜めがけした黄色いポシェットを揺らしながら店内に入っていった。

陽介は小走りで道路を渡った。

自分がなにをしようとしているのか、頭のなかにはどんな考えもないはずなのに、体はすべてわかっているように迷いなく動いた。

コンビニの駐車場に車はなく、すみに彼女の水色の自転車があるだけだ。陽介はポケットからカッターを取り出し、後ろのタイヤを、次に前のタイヤを切りつけた。それだけで、もう切りつけるものがなくなった。

まだ足りなかった。もっと切りつけたかった。なにもかもめちゃくちゃにしたかった。激しい衝動に襲われた自分を化け物に取り憑《つ》かれたようだと思った。

店の影に隠れて彼女が出てくるのを待った。腹の底で激しい衝動が渦巻いているのに、頭は奇妙に静まり返っていた。

まもなく現れた彼女は、自転車のカゴにレジ袋を入れた。あごまでの髪を耳にかけ、サドルにまたがってペダルを踏んだ。

十メートルほど走ったところで彼女は自転車を降り、タイヤをのぞき込んだ。すぐに事態を受け入れ、あきらめたようだった。自転車を押しながらビストロときわがあるほうへと歩いていく。

まだ足りない。もっと切りつけたい。なにもかもめちゃくちゃにしたい。

静まった頭のなかで、自分の声だけが響く。その声に呼応するように、ざざーん、ざざーん、と波の音が膨らんだ。

陽介はポケットのなかのカッターを握りしめながら、彼女に気づかれないように、しかし走ればすぐに追いつける距離を保ちながらあとをつけた。

やがて建物がなくなり、街路灯もまばらになった。

まだ九時を過ぎたばかりなのに走る車も歩く人もいない。島を一周する道路は先のほうが闇に閉ざされ、自転車を押す彼女の後ろ姿は夜にのみ込まれるように見えた。

彼女はこの島で生まれたのではなく、海の向こうから来た人間だ。それなのに、島の暗い夜には慣れているらしくマイペースで歩いていく。

図々《ずうずう》しい、と思った。島の人間のような顔をしやがって。

海の向こうから来た連中が、すべてを壊し、奪っていく。

頼りない街路灯が、魚の加工場をぼんやりと照らしている。無人の加工場は廃墟《はいきょ》のように見える。

自分がなにをするつもりなのかわからないまま、陽介は大きく一歩を踏み出した。

そのとき、加工場から人影が飛び出してきた。自転車のハンドルを持ったまま立ち尽くす彼女に襲いかかる。

細く短い悲鳴と自転車の倒れる音。

人影が彼女を加工場のほうへ引きずっていく。

言葉にならない叫び声が聞こえた。

その直後、シャッターがジャラジャラッと音をたてた。

陽介は走り出した。

加工場のシャッターが腰の高さほど開いている。その向こうの暗闇から、荒い息づかいとバタバタバタッという足音が聞こえた。

助けなくちゃ。頭のなかで自分の声がした。

ざまあみろ。もうひとりの自分がささやいた。

ポケットのなかのカッターを握りしめながら陽介は一歩後ずさった。

加工場の脇に隠すように停めてあるバイクを見つけた。色までは判別できなかったが、あの三人の大学生の誰かだと確信した。

仕返しをしてくれたのだ。陽介は自分にそう言い聞かせた。あの男はこのカッターの代わりなのだ。

陽介は加工場に背を向けて走り出した。

ざざーん、ざざーん。波の音が追いかけてくる。

このとき、自分をつくる細胞がすべて入れ替わったのを感じた。

＊

「由香里《ゆかり》ちゃーん、ビールちょうだーい」という客の声に、常盤由香里は「はーい」と返事をしながら壁の時計に目をやった。十時を過ぎている。結唯はまだコンビニから帰ってこない。

瓶ビールの栓を抜くポンッという音が舌打ちと重なった。くちびるの端をきゅっとつり上げてテーブルに向かい、「はい、どうぞ」と頼まれてもいないのに酌をした。

「サンキューベリマッチョ」

杉井《すぎい》が赤い顔でにかっと笑う。

「杉さん、古いって。歳バレるぞ」

そう言って佐々《さ さ》はガハハハと笑い、高木《たかぎ》は「由香里ちゃん、俺にもついでちょ」とグラスを差し出した。

三人は七十歳前後で、週に三、四日は来店する常連だ。彼らのほかに客はいない。夫の恭司が失踪して一年と四ヵ月がたった。

ビストロときわはビストロではなく、飲み屋になった。居酒屋と呼ぶには料理のメニューは少なく、しかもそのほとんどが冷凍食品かレトルト食品だが、この島には外で酒が飲めればそれでいいという男が多かった。店名も看板も変えていないが、勘違いして入ってくる観光客がいるためトリコロールカラーのサンシェードは外した。

「ほら、由香里ちゃんも飲んで飲んで」

杉井が瓶ビールを掲げた。

「はーい。いただいちゃいます」

由香里はつがれたビールを一気飲みした。飲めば飲むだけ金になる、生活のために飲むのだ、というのは自分への言い訳だ。

「あいかわらずいい飲みっぷりだな」

「じゃあ、俺からも」

「そしたら俺からも」

由香里はつがれたビールを次々にあおった。

おーっ、と男たちから拍手され、ご馳走様《ちそうさま》です、と笑顔で返した。

夫がいなくなるまで酒を飲む習慣がなかったから、自分が酒に強いことに気がつかなかった。いまでは店を開ける準備をしながら飲むようになった。酔いは意識の輪郭を曖昧にしてくれる。なにも考えなくていい、このままでいい、どうせみんなすぐに死んでしまうのだから。そう思うと、なにもかもがどうでもよくなり、すべてを手放したあとのからっぽな自由を手に入れた気分になれた。

ビストロときわを飲み屋にしたのは、夫と小寺則子が駆け落ちして一ヵ月ほどたってからだった。夫は衣類など身のまわりのもののほか、彼名義の通帳を持って出ていった。由香里に残されたのは店名義の通帳で、残高は百万円を切っていた。

不思議なことに、島を出るという選択肢は思いつかなかった。あんなにも島を出たい、東京に行きたい、と焦がれていたのに、まるで憑きものが落ちたようだった。それどころか、これでやっとあきらめることができると安堵《あんど》する気持ちがあった。

夫は絶対に帰ってくる、と由香里は信じていた。あの真面目で朴訥《ぼくとつ》な夫が、家族を捨てられるわけがない。小寺則子にそそのかされたのだ。則ちゃん、と呼ばれて調子に乗っていたあの女。忠信が殺されてさびしくなったのだろう。男なら誰でもよかったのだ。それとも、金蔓《かねづる》が必要だったのかもしれない。小太りの田舎《いなか》のおばさんのくせになんてたちが悪いのだろう。

夫は帰ってくる。すぐに帰ってきて、土下座して許しを乞うはずだ。そうしたら、今度はこっちから離婚届を突きつけてやるのだ。由香里はそう自分に言い聞かせた。

しかし、酔いがまわってくると、それさえもどうでもよくなった。

「ねえ、杉さん。ワインは飲まないんですか？」

由香里は杉井の隣に座り、甘ったるい声で話しかけた。

「ワインなんてそったら洒落《しゃれ》たもん飲まねえよ。男は日本酒かビールって決まってるべ」

「でも、赤ワインにはポリフェノールっていうのが入ってて体にいいんですって」

「体のこと考えたら酒なんか飲んでられねえべ」

「いやいや、体は大事だべ。元気がいちばんだ」

「ワイン飲んだらあっちのほうも強くなったりしてな」

男たちがわっと笑う。

「由香里ちゃんが飲みたいんだべや」

「あら、バレちゃいました？」

そう言って由香里は舌を出した。媚《こ》びた仕草をする自分が不快で、しかし同時に、自分が嫌悪し軽蔑している島の男たちを手玉に取っていることになんともいえない高揚感を覚えた。

「仕方ねえな。じゃあ、いいよ。飲むべ、赤ワイン」

「わあ！　ありがとうございます！」

胸の前で手を合わせてはしゃいでみせてから、ワインとグラスを取りに厨房に行った。

厨房の作業台には、英語の教科書と夏休みの宿題らしいプリントが置いてある。作業台の前には折りたたみのパイプ椅子。ここが結唯の勉強机だ。もう勉強などしなくてもいいのに、結唯はすすんでするようになった。

結唯と最後に札幌に行ったのは昨年の四月だ。札幌の学習塾に通わせるつもりでいたあの日がひどく遠く感じられた。札幌に一泊してから島に戻ると、夫は離婚届を置いて則子とともに姿を消していた。

「由香里ちゃーん、お水もちょうだい」

杉井の声に、「はーい」と返事をしながら壁の時計に目をやった。十時十五分。

結唯はなにをしているのだろう。港近くのコンビニに卵を買いに行かせたのは九時前だ。玉子焼きが食べたいと杉井たちがしつこくねだったからで、しかし結唯が出かけた直後にやっぱりいらないと言い出した。自転車で出かけたから三、四十分で帰ってくるはずなのに。

酔いがまわるとなにもかもがどうでもよく思えたが、結唯のことだけは別だった。

なにかあったのだろうか。胸がざわざわと騒ぎ出す。車に撥《は》ねられたのだろうか。海に落ちたということはないだろうか。今年の春に中学生になったというのに結唯は幼くてぼうっとしたままで、由香里から見ると精神年齢は小学三、四年生からまったく成長していない。

まさか、と思いつく。コンビニでばったり友達と会って話し込んでいるのではないか。夏休みだからと気が緩んで、そのまま海岸で花火をしたり、自転車で灯台のほうへ行ったりしているのではないか。小学生のとき、帰りが遅い結唯を迎えに行ったら雑貨屋のベンチで友達としゃべっていたことがあったのを思い出した。あれ以来、由香里は学校まで結唯を迎えに行くようになり、それは中学生になったいまでも続いている。

結唯が帰ってきたのは、杉井たちが帰った直後だった。

「なにやってたの!」

裏口からそうっと入ってきた結唯を怒鳴りつけた。

無事に帰ってきたことに安堵と怒りを覚えながら、やはりいくら酔っても結唯のことだけはどうでもよくはならないのだと頭の片すみで改めて思った。

「卵買うのに何時間かかってるの。まさか友達と会ってたんじゃないでしょうね」

結唯のカーディガンとスカートが汚れていることに気づいた。足に擦り傷もある。

「転んだの？」

「うん」

結唯は母親の視線から逃げるように目を落としている。

「自転車で？」

「パンクしちゃって」

「パンクしたからってこんなにかからないよね。ほんとは友達と遊んでたんじゃないの？」

「卵が割れちゃってまた買いに行ったから」

はあぁぁぁ、と由香里はため息をついた。

どうしてこの子はこんなにもぼんやりしているのだろう。帰りが遅くなったせいで母親に心配をかけたことさえ理解できないらしい。自分がどれほど大事にされているのか、母親がどれほどの犠牲を払ってくれているのか、考えが及ばないのだ。ワイン一本飲ませて三千円を得るために島の男たちの機嫌を取るのも全部、結唯のためなのに。この子はなにもわかってくれないし、わかろうともしない。

由香里は受け取ったレジ袋を作業台のプリントの上に置いた。

「卵なんてどうでもいいんだって。そんなこともわからないの？」

「ごめん」

「いいから早く洗い物片づけちゃって」

由香里はグラスや皿が溜《た》まったシンクを目でさして厨房を出ようとした。

「いまじゃないとだめ？」

背後からの声に、「はあ？」と振り返った。

結唯は目を伏せ両手で自分を抱きしめている。

「ちょっとお腹《なか》が痛くて」

「ママはずっと働いてるんですけど。お腹が痛くても頭が痛くても熱があっても、あんたのために、あんたを養うために働いてるの。それなのに、あんたは自分のことしか考えないよね。自分さえよければいいんだよね。だから、ママにだけ働かせて自分は休むなんてひどいことできるんだよね。札幌に行ってたときもそうだったよね。ママに運転させて、自分はぐーぐー寝てさ、平気でそういうことができる人間だものね」

まくしたてるうちに、急速に酔いがまわるのを感じた。頭のなかがぐらんぐらんと揺れ出し、目の焦点がどこにも合わない。自分がなにを言っているのかも、なにを言おうとしているのかもわからなくなった。それでいて、神経の一部分が奇妙に研ぎ澄まされていた。

「ごめん。すぐ洗い物する」

結唯がシンクに向かいかけた。

「そういうことじゃないでしょ！」

由香里は怒鳴った。

「人の気も知らないで！　ねえ、なんでわかってくれないの？　ママはね、あんたのためにがんばってるの！　あんたがいるからこんな島にいなくちゃなんないの！　あんたがいるから！」

心を、時間を、人生を搾取されている気がする。その相手が、最愛の娘であることが重たくて、苦しかった。結唯なんかいなければよかったのに。毎日のようにそう思う。しかし、いなくなればいい、と思ったことは一度もない。自分よりも大切な人間が、自分にくっついていることが窮屈で、ときに息ができないほど不自由だった。

「この島、出たら？」

結唯が言った。

「はあ？」

「この島出て、ちがうところで暮らしたら？」

由香里のこめかみでなにかが弾《はじ》けた。

「簡単に言うな！　バカ！」

結唯の太ももに蹴りを入れた。バランスを崩して床に倒れたのは由香里のほうだった。

ぐらんぐらんと揺れる頭のなかで、苦しい、悲しい、つらい、嫌だ、という叫び声が響いている。

由香里の喉が開く。そこからギャーッという悲鳴のような泣き声が飛び出した。

そこで意識が途切れた。

由香里の耳が音を捉えた。

それがなんの音かわからないまま、夫からのメッセージかもしれないと覚醒し切らない頭で思った。

電話の呼び出し音だ。

部屋はうす明るく、静かな部屋に波の音が満ちている。枕もとの時計を見ると、五時二十分だった。それが、朝なのか夕方なのかすぐに判断できなかった。

体を起こすと、脳が浮いているように頭がふわふわとし、こめかみに鈍痛があった。まぶたが重く、毛穴からアルコールのにおいがした。

サイドテーブルの上の子機に手を伸ばした。

そのときにはもう頭は覚醒し、夫が電話をかけてきたのだと確信した。これから帰りたい、許してほしい、と言うつもりなのだ。

由香里は息を止めて子機を耳に当てた。

「もしもし？」

夫の声ではない。聞き覚えがあるが、誰なのかがわからない。

「あー。どうも。熊見《くまみ》です。高速船の」

その声が耳に届いた瞬間、なにか良くないことが起きたのだと悟った。

「あのさ、結唯ちゃんが高速船に乗ってんだけど、奥さん、知ってる？」

その意味をとっさに理解できず、「え？」と声が出た。

「ああ、知らなかったか。やっぱし家出だな」

……リュックサックをしょって……なんか変だと思ったから……。

熊見の声が耳を流れていく。

結唯が家出をした。私を置いて。私を残して。しかも、夫と同じ朝いちばんの高速船に乗って。

誰もわかってくれない。わかろうともしてくれない。なんで、なんで、なんで。

震える手で子機を握りしめながら、神様、と思った。神様なんか信じていないのに。

十五章

――田所さん、お手柄かもしれません。

三ツ矢にそう言われた二日後の夜、北海道警察から捜査資料が送られてきた。

その事件は約一ヵ月前の二月二日、札幌市白石区《しろいしく》の一軒家で起きていた。被害者はこの家にひとりで暮らしていた熊見勇吉《ゆうきち》、八十一歳。顔や首、手など十二ヵ所を切りつけられたのち腹部を刺されている。死因は失血死。自宅から財布や現金が見つからないため、強盗殺人事件として現在も捜査中だ。

熊見勇吉はその日、十八時から二十一時頃まで自宅近くの居酒屋にいたことが確認されている。〈みやび〉というその店は被害者の行きつけで、週に三、四日ほど通っていたという。

犯行時刻は、二十一時から二十三時のあいだ。玄関ドアや窓に破壊した形跡がなかったことから、犯人は無施錠の玄関から侵入したか、顔見知りである可能性が高いと考えられている。事件が発覚したのは三日後の二月五日の午前、被害者宅を訪問したホームヘルパーが居間で血を流して倒れている熊見勇吉を発見し、一一〇番通報している。被害者は六十三歳のときに離婚しており、元妻はすでに亡くなり、ふたりの息子とは疎遠だったという。

札幌と八王子、このふたつの強盗殺人事件の共通点は、ひとり暮らしの高齢男性が被害者であること、どちらも事件から数日後の発覚であること、被害者に複数の切り傷があることで、およそ三週間という短期間のうちに起きている。

しかし、これらの共通点だけでふたつの事件が関係していると結論するには無理がある。

三ツ矢はお手柄だと言ってくれたし、岳斗自身もこの事件を見つけたときははっとしたが、改めて考えると早合点だったような気がした。

三ツ矢も同じ考えなのか、札幌の事件のことは捜査会議で報告しなかった。

「あのよ」

トイレに入った途端、背後から野太いしゃがれ声がかかった。

ぎょっとして振り返ると、三ツ矢の上司である切越と目が合った。スキンヘッドに、四角くていかつい顔。細い目は黒目が小さいせいか、ガンを飛ばしているように見える。体を横に大きくしているのは贅肉《ぜいにく》か筋肉か、袖をまくり上げたワイシャツの肩がはち切れそうだ。反社会的勢力もしくはマル暴の刑事といった外見のせいで、岳斗のほうが十センチは背が高いのに見下ろされている感覚になる。

岳斗は反射的に後ろを見た。誰もいない。切越は自分に話しかけたのだと理解した。

「はい！」

直立不動で答えたときには尿意は完全に麻痺《まひ》していた。

「怒らせるなよ」

切越が凄《すご》んだ。

「はい！ すみません！」

わけがわからないまま条件反射であやまった。

「なにがすみませんだよ」

そう言って切越はにやついたが、岳斗にはそれが笑顔には見えなかった。

「札幌と八王子の帳場を怒らせるなよって言ってんだよ。特に札幌、道警な。わかったな。うまくやれよ」

「はい！」と答えた二、三秒後、やっと頭が動き出した。なぜ切越は、札幌の強盗殺人事件を調べようとしていることを知っているのだろう。

そう考えた岳斗の頭のなかを見透かしたかのように、「当然だろうが」と切越はしゃがれ声で言った。

「シマがちがうんだから上を通さなきゃヤバいだろ。資料見せてくれる？ はいどうぞー、なんて簡単にできるわけねえだろうが」

「では、三ッ矢さんは切越さんに、札幌と東京の事件の関係について説明したということでしょうか？」

「しねえよ」

切越は即座に吐き捨てた。

「あ、はい。すみません」

「あいつにそんな頭あるわけねえだろ。道警からどうなってんだって問い合わせが来たんだよ。で、どういうことかあいつに聞いたら、いつものように」

切越は一度言葉を切ると、細い目をさらに細めて地蔵のような顔をつくり、

「どういうことなのかわからないのでそれを調べるつもりです」

ぼそぼそっとしたささやき声で言った。

どうやら三ッ矢の真似《まね》をしたつもりらしい。笑うべきかどうか激しく迷った岳斗にかまわず、切越は「だとよ」と吐き捨て、はっ、と笑った。

「ま、俺はそういう頭はあるからよ。ちゃーんと上に通してやったからよ」

切越は自分のこめかみを人差し指でつついた。

口も人相も悪いが、実は見た目よりも怖い人間ではないのかもしれない。そう思った直後、切越は岳斗に顔を近づけ、「だからよ」と至近距離から睨みつけた。

「面倒が起きないようにおまえがそのへんうまくやれって話だよ」

またか、と天を仰ぎたくなった。また俺が三ッ矢のお目付役をやらされ、責任を取らされるのか。胸のなかでため息をついたとき、

──あいつを支えてやれよ。

加賀山の言葉がぱっと浮かび、責任をなすりつけられるのもまた支えることになるのかもしれないと考え直した。

「いいか？　わかったな？　ちゃんとやらねえとただじゃ済まねえからな」

「はい！」

言ったというより言わされた。

岳斗は用を足さずに逃げるようにトイレを出た。

翌日の十時過ぎ、三ッ矢と岳斗は札幌の事件の被害者である熊見勇吉の長男のもとへ向かった。彼は青梅《おうめ》市で自動車修理工場を営んでいる。

八王子と札幌の捜査本部を怒らせてはいけない。特に北海道警察とうまくやらなければならない。切越にそう脅されたのはわずか十時間前のことだ。どうすればうまくやれるのか、岳斗にアイデアはなかった。

札幌の事件を見つけたのは自分だという自負が岳斗にはあった。いくつかある共通点はどれも偶然で片づけられるものではあるが、それでも岳斗のセンサーはなに

かを感じたし、三ツ矢もお手柄だと言ってくれた。だから、八王子と札幌の事件は関係あるのかどうか、そしてそこに永澤美衣紗の殺害事件がどう絡んでくるのかを、三ツ矢と一緒にとことん調べたかった。これまでも三ツ矢は、事件とは無関係に思えた些細な出来事をつなげることによって、真相という一枚の絵図を描き出してきた。三ツ矢にはこれまでどおりでいてほしかった。

岳斗は、切越とのトイレでのやりとりをそのまま三ツ矢に伝えた。

「そうですか」

助手席の三ツ矢はさらりと答えた。

そのそっけなさにカチンときた。

切越の恫喝《どうかつ》まがいの言動にどんなにビビったのか、三ツ矢のような変人には理解できないのだろう。ちゃんとしないとただじゃ済まないと切越は言ったが、岳斗には半殺しにするという意味に聞こえた。だいたい捜査方針に従わないのは三ツ矢なのに、なぜ怒られたり責められたりするのは俺なんだ。ひとこと文句を言いたい気持ちがこみ上げてきた。

「そうですか、ってそれだけですか？　切越さん、札幌と八王子を怒らせるなよ、ってすごい迫力で凄んだんですよ。でも、怒らせるのは俺じゃないですよね。三ツ矢さんですよね。それなのに、なんで俺が脅されなきゃならないんですか。このままだと俺、ほんとに切越さんに半殺しにされそうですよ。もちろん俺だって、札幌と八王子の事件が関係しているのか調べたいですよ。だって、俺が札幌の事件を見つけたんですから。だから、俺が言いたいのは」

そこで言葉が途切れた。

だから、俺が言いたいのは？　と自問する。文句を言うとき「僕」が「俺」になる自覚はある。

三ッ矢の行動の責任をなすりつけられるのもまた支えることになる。昨夜、そう考えたことを思い出した。その気持ちに嘘はないし、いまだってそう思っている。

じゃあ、俺が言いたいのはなんだ？　もう一度、自問して、えっ、とうろたえた。

まさか三ッ矢のそっけない態度にまたすねているだけなのだろうか。

なにやってんだ、俺ー！　と頭のなかで自分の叫び声が響く。なるべく視界に三ッ矢が入らないように前を見据えて運転に集中しようとした。

そんな岳斗の心中を察することなく、

「俺が言いたいのは、なんですか？」

長い沈黙を挟んで三ッ矢が聞いてきた。

「いえ。なんでもありません」

「なにか気になることがあるのなら言ってください」

三ツ矢の返事がそっけなくて傷ついた、などとは口が裂けても言えない。

「いえ。たいしたことじゃないので」

「たいしたことではないという決めつけはやめましょう」

三ツ矢は、岳斗が言いかけたのは事件のことだと思っているらしい。

なにか答えないと三ツ矢は納得してくれないだろう。焦る。なにも思いつかない。

車は、中央自動車道を西に向かって走っている。目的地の青梅市まではこのまま八王子まで行って北上する。

看板に〈八王子〉の文字を見つけ、岳斗は反射的に「八王子」と口にしていた。

三ツ矢から続きを待っている気配が感じられた。

「えっと、八王子と札幌の事件はなにか関係があるのかなあ、といまさらですが、ちょっと思っただけです。ね、たいしたことありませんよね」

そう言って、あははは、と笑ってごまかしてみた。が、もちろん三ツ矢はつられて笑ったりはしない。

「僕は関係していると思っています」

えっ、と思わず三ツ矢を横目で見た。彼はいつものように両腕を組み、視線をフロントガラスの向こうへと延ばしていた。

「どうしてそう思うんですか？」

「共通点が多いからです」

たしかに共通点はある。しかし、体に複数の傷があったことと、同時期に起こったことくらいで、あとはほかのひとり暮らしの高齢者を狙った強盗殺人事件とも共通することだ。なにより、東京と北海道と距離が離れているのだから同一犯とは考えにくい。

「共通点というのは、体の傷ですか？」

「ふたつあるのですが」

三ッ矢がそう切り出したとき、やっぱり体の傷と犯行日が近いことだと岳斗は思った。しかし、ちがった。

「ひとつは、熊見勇吉さんが離婚した時期です」

「離婚？」

札幌の被害者の熊見勇吉は、六十三歳のときに離婚している。しかし、その時期がなんだというのだろう。

「熊見さんが離婚したのは十八年前です」

三ッ矢が言おうとしていることがまだわからない。ただ、「十八年前」という響きに聞き覚えがある気がした。岳斗が思い出すのを待たずに三ッ矢は続ける。

「十八年前というと、八王子の被害者の五十嵐善男さんが妻を亡くした年です。正確に言うと、五十嵐善男さんの妻が亡くなったおよそ二ヵ月後に熊見勇吉さんは離婚しています」

ふたりの被害者は同時期に妻を失った。五十嵐善男は死別で、熊見勇吉は離婚で。これを共通点と考えていいのかどうか、岳斗はすぐに判断できなかった。

「もうひとつは火乃戸《ひのと》神社です」

「神社、ですか？」

「札幌の事件の捜査資料にあった熊見勇吉さんの所持品に、火乃戸神社のお守りがありました。半纏《はんてん》のポケットに入っていたものです」

三ツ矢に言われて、そういえばお守りの写真があったな、と岳斗は思い出した。しかし、思い出すだけで完結し、どこにもつながらなかった。

「五十嵐善男さんの家の玄関に、火乃戸神社のお札《ふだ》が貼ってあったことを覚えていますか？」

「……いえ」

三ツ矢の記憶力と思考力にまったくついていけない自分が情けなくなる。

「田所さんは火乃戸神社を知っていますか？」

「いえ。はじめて聞きました」

「そうなのです。火乃戸神社は誰もが知っているような神社ではありません。山梨県甲府市の山のなかにある小さな神社です。地元では魔除《まよ》け神社と呼ばれているようです」

「魔除け？」

厄除け神社なら聞いたことがあるが、魔除け神社は初耳だった。実家のある仙台で暮らしていた頃、よく初詣に行った近所の神社もたしか厄除け神社と言われていた。

「地元の人いわく、最強の魔除け、だそうです」

最強の魔除け。なんだかおどろおどろしい響きだ。

「ふたりはなぜ山梨にある神社のお守りとお札を持っていたのでしょう」

「たまたま、とか？」

「そうとも考えられます」

「誰かからもらった、とか？」

「そうかもしれません」

「ふたりとも行った、とか？」

「その可能性もあります」

「一緒に行った？」

「だとしたら、ふたりは知り合いということになりますね」

ふたりの被害者が知り合いだったとしたら、ふたつの強盗殺人事件もつながっている可能性が高い。

「五十嵐善男さんの家にあったお札も、熊見勇吉さんが持っていたお守りも、どちらも古いものに見えました。ふたりがお札とお守りをいつ、どのようにして手に入れたのか確かめてみましょう」

「はい！」

気合いを入れて答えたとき、頭のなかがぐらっと回転した。

いま、自分がなにを調べているのか混乱した。大きな渦のなかに放り込まれた感覚だった。永澤美衣紗を殺害した犯人を捜しているはずなのに、いつのまにか八王子と札幌の強盗殺人事件を追っている。

正体の見えない恐ろしさがすっと背中を撫《な》で上げた。

しばらく続いた沈黙を破ったのは珍しく三ッ矢だった。

「切越さんは、田所さんを半殺しにはしませんよ」

事件について考えていた岳斗はすぐに頭が切り替わらず、「はい？」と聞いた。

「切越さんに半殺しにされた人はいませんから」

横目でうかがうと、三ッ矢は真面目な顔で前を見つめていた。

「はあ」

ため息混じりの声が出た。

岳斗だってほんとうに半殺しにされるとは思っていない。ただ、そういう迫力で凄まれたと言いたかっただけだ。それに、体ではなく精神を半殺しにされることだってある。

「それはよかったです」

嫌みったらしく言ったが、これも三ッ矢には伝わらないだろう。

「熊見勇吉さんはアルコール依存症だったようです」

前置きもなく三ッ矢は事件の話に戻った。

アルコール依存症、と岳斗は頭に上らせた。熊見勇吉は、みやびという行きつけの居酒屋から帰宅して被害に遭った。行きつけの居酒屋があるのだから日常的に飲酒はしていただろうし、司法解剖の結果、体内からアルコールが検出されている。ただ、北海道警察から送られてきた捜査資料にアルコール依存症という記載はあったただろうか。

岳斗の疑問を見透かしたように三ッ矢が補足する。

「医師による診断ではありませんし、事件には関係のないことだと判断して捜査資料には記載しなかったのでしょう。熊見さんがアルコール依存症だったと言ったのは、みやびの店主です。正確には、あの人、アルコール依存症だったと思うよ、いつも酔っ払ってたもん、です」

「それ、なに情報ですか？」

もちろん捜査資料にそんなセリフは載っていない。

「みやびに電話をして聞きました」

三ッ矢は当然のように言った。

「みやびに？ 三ッ矢さんが？ いつですか？」

「三日前の夜です」

三日前？ 岳斗は記憶を辿《たど》ったが、思い出すまで数秒かかった。

「僕が札幌の事件のことを三ッ矢さんに伝えた日じゃないですか！」

「そうです」

「あの日、もうみやびに電話したんですか？」

「はい」

しかし、北海道警察から捜査資料が届いたのは昨日だし、報道ではみやびという店名は発表されていないはずだ。

「どうして被害者の行きつけの店がみやびだってわかったんですか？」

「近所の飲食店から帰宅後に被害に遭った、とニュースにあったので、熊見さんの近所の飲食店一軒一軒に電話をしました」

驚きよりも、三ツ矢らしいという気持ちのほうが強かった。

「熊見さんの近所にはあまり飲食店がないので、六軒目でみやびにぶつかりました。ただ、途中でほんとうに警察なのか不審がられてしまって、詳しいことは聞けませんでした。なぜ東京の警察が電話をかけてくるんだ、なぜそんなことを聞くんだ、いたずら電話じゃないのか、などと言われて、一方的に電話を切られてしまいました。再度かけると、警察に通報する、と怒鳴られました」

三ツ矢は淡々と言ったが、これじゃないか？　と岳斗は思い至った。

切越は、北海道警察から問い合わせが来たと言っていた。そして、怒らせるな、と。

三ツ矢のことだから、誰の了解も得ずにみやびに電話したのだろう。それが向こうの捜査本部の耳に入ったにちがいない。

「もっと詳しい話を聞くには札幌に行くしかないようです」

「本気ですよね？」

思わずそう口走ってしまった。

ほんとうは、本気じゃないですよね？　と言いたいところなのに、三ツ矢が本気じゃないことを口にするはずがない。

「あの、もし札幌に行くときは僕に声をかけてくださいね。ひとりで黙って行かないでくださいね。絶対に！」

「わかりました」

ああ、また信用できない「わかりました」だ。ハンドルを握っていなければ、頭を抱えたかった。


熊見勇吉の長男は熊見大吾《だいご》、五十六歳だ。

両親が離婚した当時は三十八歳で、当時すでに独立して家庭を持っていた。彼が営む自動車修理工場は、妻の父親から引き継いだものだという。

「親が離婚したときのことですか？」

熊見大吾は怪訝《けげん》な顔になった。まだ三月なのに日焼けし、年齢のわりにしわが目立った。

「それ、事件と関係あるんですか？」

工場に併設された小さな事務所には彼のほかにスタッフはおらず、岳斗と三ッ矢は年季の入ったソファに座って彼と向き合った。テーブルには彼が出してくれた冷たい缶コーヒーがある。

「関係あるかどうかわかりません。ですから確認したいと思っています」

淡々とした三ッ矢の説明に、大吾は「はあ」と要領を得ないような声を出し、

「でも、昔の話ですからね」と言った。

「十八年前であることは知っています」

「はあ」

「ご両親はなぜ離婚したのですか?」

「さあ」と大吾は首をひねり、「それがよくわからないんですよね」と言って缶コーヒーのプルタブを起こしてひと口飲んだ。オイルが染みついているのだろう、爪の黒さが目についた。

「おふくろも、わからないって言ってました。それまではわりと仲良く暮らしてましたからね。まあ、だから結局、おやじに女ができたんじゃないですかね」

「では、お父様が離婚を望んだのですね」

「そうみたいですよ。おやじもおふくろももう六十すぎてましたから、いまさら離婚かよって気もしたけど、俺はもう東京にいたし、弟も福岡で家庭を持ってたし、まあ、好きなようにしたらって感じでしたね。熟年離婚ってほんとにあるんだなあって思いましたよ」

「お母様は離婚に応じたのですか?」

「財産分与と慰謝料でけっこうな金額をもらったから、じゃあいいかって。一度マンションに住んでみたかったって言って、中古ですけど、札幌にマンション買いましたね。うちのおふくろ、サバサバしてたんですよ」

熊見勇吉は、離婚する理由を「ひとりになりたい」と繰り返すだけでそれ以上の説明はしなかったという。離婚後は、妻とも息子たちとも連絡を取ろうしなかったため、やはり女と暮らしているのだろうという結論になったそうだ。

息子たちが最後に父親に会ったのは三年前、母親の葬儀のときだった。母親は外出先で倒れ、救急搬送先の病院で息を引き取った。大動脈解離だったらしい。

「そのとき十五年ぶりにおやじと会ったんですけど、人相が変わっててびっくりしましたよ。おやじだってわからなかったくらいです」

げっそりと痩せた顔は黄味がかり、体から水分が抜けて干からびてしまったようだった。目はうつろで表情には覇気がなく、酒浸りの日々を送っていることが想像できた。女に捨てられたんだな、自業自得だ、と大吾は思ったという。

「おやじはもともと酒好きだったんですけど、若い頃は楽しい酒だったんですよ。でも、歳を取るにつれて依存症みたいになっちゃって。おふくろもそれで苦労したみたいですね。だから、離婚にも応じたんじゃないですかね。あの夜だって、酔っ払って帰って、玄関の鍵をかけなかったかもしれないんですよね。あんな目に遭うのも自業自得なんでしょうかね」

そう言った大吾の目は潤んでいた。

「お父様はいつ頃からお酒の飲み方が変わったのですか?」

「さあ。私はもうこっちにいましたからね。ただ、やっぱり島を出たのがよくなかったんじゃないかな」

「島、というのは?」

「鐘尻島です、北海道の。小樽からフェリーで二時間もかかるんですよ。昔は高速船があったんですけど、いまはもうなくなっちゃって。おやじはずっと鐘尻島で高速船の船長をしてたんです」

船長、というところだけ大吾の声は誇らしげに響いた。

「高速船が廃止になったために鐘尻島を離れたということですか?」

「いえ。高速船がなくなる前です。定年まであと三年って言ってたから、おやじもおふくろも五十七のときかな。とにかくおやじが島を出たがったみたいですね。こんな島にいても仕方ないべや、って。おふくろは、老後は札幌に住みたいと思ってたから喜んでましたよ」

「こんな島にいても仕方ない、というのはどういう意味ですか?」

ああ、と大吾はくちびるに淡い笑みを滲ませ、なつかしむような顔になった。

「リンリン村、って知ってますか?」

そう聞いて三ッ矢と岳斗を交互に見た。

「いえ」

三ッ矢と岳斗の声が重なった。

三ッ矢でも知らないことがあるのか、と岳斗は思わず左横の三ッ矢に目をやり、そういえばロコモコも知らなかったもんな、と思い出した。

「バブルのときですよ。鐘尻島にリンリン村っていうリゾート村をつくる計画があったんです。鐘尻の鐘、でリンリン。バカみたいなネーミングでしょ」

大吾は自嘲するように笑う。

「でも、バブルが弾けて、工事の途中で計画が中止になったんです。俺も弟もそのときはもう島を出てたから詳しいことはわからないですけど、島の人たちはリンリン村に翻弄されたみたいですね。はしごを外されたっていうか。それで、自殺者が出たり、殺人事件が起きたり。それまで平和だった田舎の島で、けっこう人が死んだんですよね。おやじもそれが嫌だったんじゃないかな。ちがう島になったような気がしたんだと思いますよ。ああ、おやじが酒に依存するようになったのはその頃からかもしれませんね」

「では、五十嵐善男という人物に心当たりはありませんか？」

三ッ矢の質問に、大吾は記憶を探るような顔つきになったが、「いえ」と答えた。

「誰ですか、それ。おやじの事件に関係ある人ですか？　もしかして容疑者とか？」

やはり二ヵ月前に起きた強盗殺人事件の被害者の名前を覚えてはいないようだった。

「永澤美衣紗という人は？」

大吾の目がぱっと開いた。

「永澤美衣紗ってあれですよね。まだ一歳にもなってない子供に睡眠薬を飲ませてホストクラブに入り浸ってた母親。殺されたんですよね。まさか、彼女がおやじの事件に関係あるとか？　いや、でも、東京と札幌だし、接点なんてあるわけないですよね」

「それでは、火乃戸神社はどうでしょう」

三ツ矢は、大吾の疑問を受け流して質問を重ねた。

火乃戸神社、と大吾は復唱し、ああ、と思い至ったように声をあげてから、「お守りじゃないですか？　おやじが持っていたお守り」と上半身をのり出した。

「そうです。半纏のポケットに入っていたお守りです」

「たぶん首からさげていたお守りだと思います。紐《ひも》が切れたんでしょうね」

そのお守りは三年前、母親の葬儀のときにも見たという。そのとき、父は首からお守りをさげており、これまで信心とは無縁だったため意外に思ったという。お守りなんてぶらさげてどういう風の吹きまわしだ、と次男が茶化すと、もらったから一応な、などと曖昧に答えたという。

誰からもらったかは聞いていない、と大吾は言った。

「お父様の家にお札はありませんでしたか？」

「ああ、ありました」

大吾は即答した。

彼が、父親が住んでいた札幌の家に行ったのは事件が発覚した二日後だった。なくなっているものがないか確認してほしいと警察に言われ、二十年ぶりに訪れた。そのとき、玄関を入ってすぐの壁に火乃戸神社のお札が貼ってあるのを目にしたという。

「お守りといいお札といいおやじも歳を取ったんだなあと思ったんですが」

大吾はそこで少し言い淀《よど》み、「それが事件と関係あるんでしょうか？」と聞いた。

「まだわかりません」

三ツ矢は線を引くように言うと、すっと立ち上がった。

「犯人をまだ逮捕できずに申し訳ありません。全力で捜査します」

そう続けて頭を下げた。

岳斗も慌ててならったが、自分たちが札幌の事件を全力で捜査していいのだろうか、と不安になった。

熊見大吾の事務所を辞去し、五十嵐善男の長女の田川好恵《たがわよしえ》の家に向かった。およそ五十分の道のり。車内は沈黙に包まれている。

岳斗は助手席の三ッ矢を何度も横目でうかがったが、まるで石像のように姿勢も表情も変わらない。思考の奥深くへ潜っているように見えて声をかけることがためらわれた。

札幌の熊見勇吉の事件。八王子の五十嵐善男の事件。このふたつの事件の新たな共通点は、同じ神社のお札とお守りを持っていたこと。そして、五十嵐善男の妻が亡くなった二ヵ月後に、熊見勇吉が離婚したこと。つまり、ふたりは同時期に妻を失ったことになる。

「三ッ矢さんは、ふたつの共通点をどう考えているんですか?」

自分の質問が三ッ矢の思考の妨げにならないことを願いながら岳斗は聞いた。

「共通点はもうひとつあります」

前を見据えたまま三ッ矢が答えた。

もうひとつ? なにか見落としていることがあっただろうか。岳斗は必死に頭を働かせた。岳斗が答えを見つけるよりも先に、

「ふたりに変化があったことです」

三ツ矢が続けた。

「変化？」

「五十嵐善男さんは、それまでわがままで頑固だったのが、妻を亡くしてから生気がなくなって俺のせいだと自分を責めていた。長女の田川好恵さんはそう言っていました」

それは配偶者を失った人の当然の変化ではないだろうか。そう思いながらも、岳斗は三ツ矢が続けるのを待った。

「熊見勇吉さんは、鐘尻島から札幌に引っ越すあたりから、それまで楽しくお酒を飲んでいたのにアルコール依存症のようになった。そして、信仰や信心とは無縁だったのに火乃戸神社のお守りを首からさげるようになった。ふたりになにがあったのでしょうね」

ふたりになにがあった――。

岳斗は三ツ矢の言葉をなぞった。

ということは、やはりふたりにはつながりがあると三ツ矢は確信しているのだろうか。

三ツ矢さんはふたつの事件が同一犯によるものだと思っているんですか？　そう聞きたかったが、三ツ矢の返事は予想できた。

わかりません。わからないから調べるのです。

玄関のドアを開けた田川好恵は「ちょっ、ちょっとだけ待ってくださいね」と慌てた様子で家のなかへ戻ろうとした。

「今日は玄関先で失礼します」

三ツ矢が言うと、はっきりと安堵した顔になった。が、すぐに眉を寄せたつらそうな表情に変わった。

「あの子、亡くなってたんですね。かわいそうに」

三ツ矢はわずかに頭を下げることで答えた。

「あんな小さな子に睡眠薬を飲ませてたなんて、ほんっとに信じられない。しかも、子供を放ってホストクラブに入り浸ってたんでしょう。犯人の男も、あれ、絶対に異常者でしょ。まともだったらあんなひどいことできないもの」

「今日はお聞きしたいことがあって来ました」

三ツ矢がきっぱりとした声で田川好恵の言葉を遮《さえぎ》った。

永澤しずくが遺体で発見された事件は、ワイドショーやネットニュースで大々的に報じられ、〈鬼母〉〈ホスト狂い〉〈小児性犯罪〉などという単語が飛び交っていた。

「お父様の家の玄関に貼ってある火乃戸神社のお札のことです」

「お札。はあ」

「あのお札はお父様が買ったものですか？」

「たぶん」

「たぶん」と三ツ矢が復唱した。

「私も詳しいことは知らないんですけど、実家に顔を出したときに気づいて、どうしたの？　って聞いたんです。いままでそういうこととは無縁な人だったので。でも、別に、という感じではっきり答えませんでした。母が亡くなったあとだったので、そのせいかなあと思ったんですけど。でも、あのお札がどうかしたんですか？」

「火乃戸神社は山梨県甲府市にあります。お父様と山梨はなにかつながりがありますか？」

「いいえ。山梨には親戚もいないですし」

そう答えた田川だが、思い出したように「あ、信玄餅」と言った。

信玄餅はたしか山梨の銘菓だ。岳斗も食べたことがある。

「父からお土産に信玄餅をもらったことがあります。父からお土産をもらったのって、あれが最初で最後だったかもしれない。それって母の四十九日が済んだ頃です。旅行する気になったのかと思いましたから」

「お父様はひとりで行かれたんですか?」

「ふらっと行ってきたって言っていたので、ひとりだったんじゃないかな。ああ、思い出しました。玄関にお札が貼ってあることに気づいたのは、信玄餅を受け取りに実家に行ったときでした」

五十嵐善男が山梨に行った時期と、火乃戸神社のお札が貼られていた時期はほぼ一致している。では、札幌の熊見勇吉には、五十嵐善男がお札とお守りを送ったのだろうか。

だとしたら、ふたりは知り合いということだ。

「熊見勇吉さんという方を知っていますか?」

「いえ」

よほど注目された事件以外は、被害者の名前を記憶している人はほとんどいない。

「お父様から聞いたこともありませんか?」

「記憶にないですけど」

「では、鐘尻島はどうでしょう? 北海道にある島なのですが」

「ああ、はいはい、それならあります。行ったことがあるって言ってました」

「それはいつですか?」

三ツ矢の声が鋭さを帯びた。

「ずっと昔ですよ。父が中学生のときに、いまで言う交換留学みたいな制度があったらしくて、夏休みのあいだだけ鐘尻島に滞在したって言ってました」

五十嵐善男が中学生のときというと六十年ほど前のことだ。岳斗にとって六十年前は、歴史の教科書に載っている出来事のように遠い過去に感じられた。

「お父様が鐘尻島に行ったのは中学生のときだけですか？」

「さあ」と田川は首をかしげ、「前にも言ったかもしれないんですけど、母が亡くなるまでの父はほんとに自分勝手な人で、行き先も言わずに遊び歩いてましたから」と愚痴るように言った。

三ツ矢はしばらくのあいだ無言になった。うつむき加減で、しかし目は上のほうを見つめ、宙に描かれた図形を読み解こうとするような表情だ。

沈黙の長さに田川がそわそわしはじめた頃、三ツ矢は再び口を開いた。

「お父様が鐘尻島に行ったことがある、と言ったのはいつ頃のことか覚えていますか？」

「たしかバブルの負の遺産みたいなドキュメンタリー番組で、鐘尻島がちらっと紹介されたんですよね。だから、バブルが弾けたあとですね。私は高校生でした」

「そのときに、鐘尻島で人がたくさん亡くなった、というような話はしていましたか？」

「そんな話はしなかったと思いますよ。昔をなつかしむ感じだったんじゃないかな。私、その頃、父の顔を見るのも嫌で相手にしなかったからよく覚えてないですけど」

また沈黙が挟まった。

三ッ矢は一度伏せた顔をぱっと上げて田川を見つめ直した。

「田川さん」

「はい」

田川が緊張した顔になる。

「お父様の命を奪った犯人をまだ捕まえることができずに申し訳ありません」

そう言って三ッ矢は頭を下げた。

「あ、いえ。あのー、それこないだも聞きましたけど」

「引き続き全力で捜査します」

三ッ矢は顔を上げて言った。

数時間前に通った中央自動車道を逆方向に向かっている。

一度、捜査本部のある戸塚警察署に戻り、五十嵐善男と熊見勇吉に接点はないか、八王子と札幌の捜査本部に問い合わせることになった。携帯のデータや住所録、郵便物などを確認し、ふたりが知り合いだった可能性を探る。

迷路をさまよっているような、騙し絵のなかに放り込まれたような、そんな感覚に岳斗はのみ込まれそうだった。自分が追っているのは永澤美衣紗を殺害した犯人なのに、どんどん遠い場所へと流されていく気がした。

しかし、三ツ矢はちがうのだろうか。地図を俯瞰《ふかん》するように、自分のいる場所とめざす場所が見えているのだろうか。

三ツ矢は珍しく助手席でスマートフォンを操作している。

「三ツ矢さん、なに見てるんですか？」

「鐘尻島で起きた事件と事故について調べています」

――自殺者が出たり、殺人事件が起きたり。

熊見勇吉の長男の言葉を思い返した。

バブルが弾けたことで、それまで平和だった島が変わってしまったと言っていた。

三ツ矢はおそらくバブル後に鐘尻島で起きた出来事を調べているのだろう。

熊見勇吉の長男、五十嵐善男の長女、このふたりから被害者の話を聞いたいま、札幌と八王子の事件はどこかでつながっていると思えた。

ふたりが持っていた火乃戸神社のお守りとお札。八王子に住む五十嵐善男が火乃戸神社に行き、札幌の熊見勇吉にお守りとお札を送った可能性はないだろうか。五十嵐善男の家にはお札しかなかったが、お守りは犯人が持ち去った財布に入っていたとも考えられる。

そして、いま新たに浮上した鐘尻島という共通点。

五十嵐善男は六十年ほど前の中学時代、夏休みのあいだだけ鐘尻島に滞在した。

一方の熊見勇吉は鐘尻島で生まれ育った。鐘尻島でふたりが会ったとしたら、六十年前の夏のことになる。しかし、その後も五十嵐善男が鐘尻島に行ったとしたらどうだろう。

三ツ矢のスマートフォンが鳴った。

「はい……そうですか……わかりました……いま戻るところです……はい」

いつものことながら会話の内容どころか誰と話したのかさえも想像できない。

通話を終えた三ツ矢が岳斗へと顔を向けた。

まさか八王子と札幌、ふたりの被害者の遺族に話を聞きに行ったことがもう切越の耳に入ったのだろうか。岳斗の背中に緊張が走った。

「重要参考人が浮上したようです」

「え？」

切越のことを考えていた岳斗は反応が遅れた。重要参考人とは、どの事件のことだろう。

「永澤美衣紗さんと一緒にホストクラブに行ったと見られる女性が、事件のあった夜、永澤さんのマンション付近にいたことが確認できたそうです」

当初は、犯人は背の高い男だったという永澤美衣紗の証言に従い、対象を男性に絞って防犯カメラの解析を進めていた。しかし、三日前、元ホストの上城流真から話を聞いたことで、今度は対象を女性にも広げて防犯カメラの解析を行うことになった。

一緒にホストクラブに行く間柄の女性が、事件当夜に犯行現場付近にいた。ということは、彼女がなんらかの事情を知っている可能性がある。

「まだ身元は特定できていないそうです。僕たちも戻って映像を確認しましょう」

「はい！」

アドレナリンが分泌し、血流の勢いが増すのを感じた。

その女の姿は、複数の防犯カメラで確認できた。

二月十五日、クラブバリアス近くの防犯カメラが永澤美衣紗と並んで歩く女を捉えていた。

永澤美衣紗が襲われた三月四日には、事件現場から四百メートルほど離れた酒屋の勝手口に取りつけられた防犯カメラが、狭い路地を歩いていく女を捉えていた。

時刻は二十三時一分。女は永澤美衣紗のマンションのほうへ向かっていた。さらに二十分後の二十三時二十一分、同じカメラが逆方向へ歩いて行く彼女を捉えていた。

年齢は二十代から四十代で、身長は一六〇センチ前後。外見に目立った特徴はなく、元ホストの上城流真が言ったように映像からは落ち着いた印象を受ける。

また、東京メトロ東西線落合駅のホームのカメラにも女は映っていた。彼女が落合駅で中野行きの地下鉄を降り、そのおよそ四十五分後に逆方向の西船橋行きの地下鉄に乗ったところまでは判明したが、その後の足取りをつかむまではまだ時間が必要だと思われた。

ところが、その三日後、意外にもあっさりと女の身元は特定された。

三ツ矢の意見により、永澤美衣紗と女がホストクラブに行った二月十五日前後に、みどりやま銀行の口座から二百万円を引き出した人物がいないか調べることになった。永澤美衣紗がツケを清算したとき、現金を入れていたのがみどりやま銀行の封筒だった。すると、二月十七日に二百万円を引き出した女がいた。

彼女は防犯カメラに映っていた女と同一人物であり、さらに元ホストの上城流真に確認したところ、永澤美衣紗と一緒に来た女性に似ているという証言が得られた。

彼女の名前は常盤結唯。三十七歳、独身。カメラで捉えられた落合駅からわずか一駅の高田馬場駅近くのアパートに居住している。勤務先は、新宿に本社がある飲食店運営会社だ。

三月十九日の午前七時三十分。切越をはじめとする四名の捜査員が彼女のアパートを訪ね、任意同行を求めたところ応じたという。


同じ頃、岳斗はトイレの個室で吐いていた。

足もとから伝わるゆったりとしたうねりが、岳斗の体を持ち上げたり沈めたり、ときに左右に揺らしたりする。胃が引き伸ばされたり押しつぶされたりを繰り返し、みぞおちになんともいえない不快感が溜まっていく。

振り返ってみると、岳斗がフェリーに乗ったのはこれがはじめてだった。飛行機くらいの揺れだろうと想像していたが、荒波を縦横無尽に泳ぐ鯨の胃袋のなかにいる気分だった。

時刻は七時三十分。小樽《おたる》を出港してから一時間がたった。鐘尻島に着くまであと一時間。

「あと半分もあるのか……」

個室を出た岳斗は、洗面台で念入りに口をゆすいだ。

六時三十分出航のフェリーに乗ってすぐ、コンビニで買い込んだおにぎりとサンドイッチとコロッケを一気食いしたせいだろうと敗因を分析した。その分析は当たっていたらしく、胃のなかのものをすべて出したら生まれ変わったようにすっきりとした。

ほぼ三十分ぶりにトイレを出て客席に戻ると、三ッ矢の姿はなかった。

いつもなら置き去りにされたのかもしれないと焦るが、ここは海の上だからその心配はない。

岳斗は自動販売機で水を買って窓側の席に座った。

フェリーの定員は三百人ほどだが、おそらく百人も乗っていないだろう。左右に二列、中央に三列のシートが並び、上の階には個室やロビーもあるが、雪解け前ということもあって閑散とした雰囲気だ。

窓越しの薄青色の海を眺めながら、それにしても、と岳斗はため息まじりに思った。

札幌に行くときは声をかけてくださいい、と三ッ矢に言ったことは覚えている。あれは三ッ矢から、熊見勇吉の行きつけだったみやびという居酒屋に電話して不審がられたという話を聞いたときだ。もっと詳しい話を聞くなら札幌に行くしかないと言った彼に、思わず岳斗はそう言った。

しかし、フェリーに乗ることになるとは想像もしていなかった。あのときはまだ、日本に鐘尻島という島があることさえ知らなかったのだ。

じっと座っていると、またみぞおちで不快感が波打ってきた。

外の空気を吸いに行こうと立ち上がった。

階段を上がって甲板に続くドアを開けた途端、冷たく尖った風がぶつかってきた。一瞬で全身に鳥肌が立ち、ぶるぶるっと震えた。

東京はすでに春の気配が漂い汗ばむ日もあるほどなのに、波しぶきを孕《はら》んだ海風は雪の気配を感じさせる。

甲板には青いベンチがあるだけで殺風景だ。誰もいないと思ったら、船首のほうにひょろりとした後ろ姿を見つけた。

「三ツ矢さん」

後ろから声をかけた。

「三ツ矢さん！　大丈夫ですか？」

振り返った三ツ矢を見た岳斗は声を張り上げた。

「なにがですか？」

三ツ矢はいつもどおり飄々《ひょうひょう》とした表情で聞き返したが、顔は真っ白でくちびるは紫がかり、くせのある前髪は波しぶきで濡《ぬ》れて水滴が落ちそうだ。

「寒くないんですか？　くちびるも紫ですけど」

「寒いです」

三ッ矢はあっさり認めた。

東京を発《た》ったのは昨日の夕方だ。捜査本部から空港に直行したため、三ッ矢も岳斗も上着を持っていなかった。まさかこんなに寒いとは思わなかったのだ。札幌に着いたのは夜の八時過ぎで、気温は氷点下だった。駅ビルで防寒着を求めたが、売り場はすでに春物であふれ、かろうじてすみにあった70%オフのダウンジャケットは紫色しかなかった。いま、岳斗と三ッ矢はおそろいの紫色のダウンジャケットを着ている。

「あれが鐘尻島です」

三ッ矢が指さした方向には、灰色と茶色を混ぜた色合いの島があった。霞《かすみ》がかかっているように輪郭がぼんやりとし、まだ遠くにあるせいか蜃気楼《しんきろう》のようにも見えた。

岳斗と三ッ矢が急遽《きゆうきよ》、鐘尻島に行くことになったのは、重要参考人である常盤結唯が小学一年生から中学一年生まで鐘尻島にいたことが明らかになったためだ。

昨夜は、熊見勇吉の行きつけだったみやびの店主から話を聞いた。熊見は鐘尻島の出身であることを誰にも話さず、昔話をすることも嫌がったという。熊見にとって鐘尻島は忌むべき場所だったのかもしれない。

「なんだか小さい島ですね」

思ったままの言葉が白い息とともに出た。バブル期に国際的なリゾート村の建設が予定されたのだから、もっと雄大な島だと想像していた。

「さっきから眺めているのですが、ずっと小さいままです」

三ツ矢は細めた目で前を見据えている。海風で髪はくしゃくしゃに乱れ、血の気が感じられない顔は氷のように冷たそうだ。

「三ツ矢さん、船酔いしないんですね。俺、食べたもの全部吐きましたけど」

「船酔いしますよ」

「してないじゃないですか」

「痩せ我慢をしています」

三ツ矢は前を見据えたまま表情を変えずに言った。

冗談なのかどうか判断できなかったが、三ツ矢がふざけるとは思えないからおそらくほんとうなのだろう。

「あの、熊見勇吉さんのことですけど」

岳斗は改まった声で切り出した。

昨夜、みやびで聞き込みをしたあと、三ツ矢ときちんと話をしていなかった。みやびを出て地下鉄に乗った途端、岳斗は押し寄せてきた睡魔に負けて居眠りをしてしまったからだ。ホテルに着くと自分の部屋に直行し、ダウンジャケットのままベッドにダイブしたのもこれまでの寝不足のせいだ。

「昨日、みやびの店主が、熊見さんは鐘尻島の話をしなかったって言ったじゃないですか」

岳斗は、高齢男性は若い頃の話をしたがるというイメージを持っていた。仙台に住む祖父が、顔を合わせるたびに学生時代の武勇伝や会社員時代の自慢話を一方的にまくしたてるせいかもしれない。だから、熊見が昔話を嫌ったという話が妙に引っかかったのだ。

「それって、熊見さんにとって鐘尻島は思い出したくない場所だったってことでしょうか」

「あるいは、思い出したくないことがあったのかもしれません」

「思い出したくないこと、ですか？　たとえばどんな？」

「それはまだわかりません」

三ツ矢の言う「まだわからない」は、いつだって「いずれ明らかになる」という意味に聞こえる。

「僕が気になっているのは、呪いはある、と熊見さんが言ったということです」

まだ遠い島を見つめたまま三ツ矢が言った。

それも昨夜、みやびの店主から聞いたことだった。

熊見勇吉のことをすべて教えてほしいとしつこく言う三ッ矢に、店主は迷惑がりながらも、トマトを炒《いた》めたお通しを出したら怒ったとか、飲みすぎて失禁したことがあるとか、野球はファイターズを応援していたといったエピソードを話した。そのひとつに、店のテレビで心霊番組を観ているとき、ほかの客が幽霊なんているわけないべや、と言ったところ、幽霊はいなくても呪いはある、と熊見が言ったというのがあった。

「熊見さんは呪いはあると信じていたから、魔除けで知られる火乃戸神社のお札とお守りを持っていた。そう考えると辻褄が合います。つまり、熊見さんは呪われることに心当たりがあったということです。おそらく鐘尻島にいた頃のことでしょう」

「でも、五十嵐善男さんはちがいますよね。テレビを観て、中学生のときに鐘尻島に行ったことがあると家族に話したくらいですから」

だから、熊見勇吉とはちがい、五十嵐善男にとって鐘尻島はいい思い出のある場所だったのではないだろうか。

「その後はどうだったのでしょうね」

「その後？」

「はい。家族に鐘尻島のことを話したあとのことです。五十嵐さんも呪いがあると思ったからこそ、火乃戸神社まで行ったのではないでしょうか」

そう言って三ツ矢は岳斗に顔を向けた。細めた目の黒い部分が輝いている。

「バブル後に、あの小さな島では複数の人が亡くなりました」

熊見勇吉の長男から聞いて知ったことだった。バブルが弾けてリンリン村が開発中止になり、自殺者が出たり殺人事件が起こったりして人がたくさん死んだ、と。

彼の話はほんとうだった。一九九三年八月に、糸井力《いといちから》という男がリンリン村跡地の鉄塔で首をつって死んでいた。また、翌年の一九九四年七月には、小寺忠信という男が知り合いの殿川宏に刺し殺される事件があった。そのほかにも、一九九七年に勝又誠《かつまたまこと》と祐治《ゆうじ》という親子が自動車事故で死亡していた。小さな島で、四年のあいだに四名の島民がニュースになるような出来事で死んでいた。これが多いのか平均なのか、人口三千人の島に住んだことのない岳斗には判断できなかった。

「私は人殺しです、という五十嵐善男さんの手紙」

三ツ矢は静かな声を出した。

これから三ツ矢は事件の核心にふれる——。

岳斗は雷に打たれたようにそう予感し、息を止めて三ツ矢の目を見つめた。

「あれは、五十嵐さん本人の意思ではなく、書かざるを得なかった状況だったのかもしれません」

正面から吹きつける海風とフェリーのエンジン音が混ざり合い、ごうごうと鳴り響いている。三ッ矢の声は大きくはないのに不思議と鮮明に届いた。

「熊見さんも五十嵐さんも、自分たちは呪われるようなことをしたと思っていた。ふたりはなぜ呪われると思ったのか、なにに呪われると思ったのか。それを突き止めることが事件解決につながる気がします」

三ッ矢の口から放たれた白い息はあっというまに海風がさらっていったが、その声は岳斗の鼓膜に刻まれた。

十六章

小寺陽介が鐘尻島を出たのは二十歳《はたち》のときだった。〈帰楽亭〉が百年にわたる歴史にひっそりと幕を下ろしたその翌月に上京し、祖父の知り合いの割烹料理店に修業に入った。

六十代の夫婦ふたりで営んでいる店はカウンターとテーブル席が二卓あるだけで、割烹というより小料理屋といった雰囲気と価格だった。実際、予約客よりも顔なじみがふらりと立ち寄ることが多く、店名に不釣り合いな敷居の低さが帰楽亭と似ていた。

祖父には修業は厳しいと聞かされていたし、陽介自身も覚悟していたが、実際は調理よりも接客が多く、修業というよりアルバイトのような扱いだった。それでもよかった。どうでもよかった。帰楽亭はもうなくなってしまったのだから、料理人になれなくても、一人前になれなくても関係なかった。子供の頃から帰楽亭を継ぐという将来しか描いてこなかったから、自分がどうしたいのかまるでわからなかった。

上京して三年後、修業に入った店が建物の老朽化のために取り壊されることになった。それを機に、オーナーは廃業を決めた。

その後、陽介は職を転々とした。居酒屋、焼肉屋、パチンコ店、カラオケボックス、警備会社。飲食の仕事にはこだわらなかった。惰性で日々をやり過ごしているうちに、あっというまに二十代が終わった。まだ自分がなにをしたいのか見つけられなかったし、見つけようという意欲も湧かなかった。毛穴から絶えず生気が抜け出していくようで、そのうち仕事に行かない日が多くなった。

父が残してくれた金には絶対に手をつけないと決めていたのに、生活費だけでなく酒や煙草やパチンコに消えていった。

日の当たらないアパートの黴臭《かびくさ》い畳に仰向《あおむ》けになり、黄ばんだ天井をぼんやり眺めていると、自分が誰なのか、なぜここにいるのか、ここがどこなのか、なにもかもが不確かになった。鐘尻島にいた頃が前世の記憶のように遠く感じられ、島にいた自分と東京にいる自分を同じ人間だと思うことができなかった。

そんな陽介に転機が訪れたのは三十五歳のときだった。

町田美奈《まちだみな》との出会いで、真っ暗だった視界に光が射《さ》し込み、自分の人生にはまだ先があるのだと思うことができた。

ひとつ年下の彼女は、近くにできたラーメン屋のスタッフだった。化粧っけがなく、髪を黒いバンダナのなかに押し込み、丸い顔でいつもにこにこ笑っていた。はじめて見たとき母に似ているとひらめくように思ったことを、陽介は動揺しながら打ち消した。いつか小料理屋を持つのが夢だと話す美奈に、この出会いは死んだ父が導いてくれたものだと思った。

帰楽亭を続けなければならない——。

天啓が雷のように体を貫くのを感じた。

陽介は再び料理人として生きることを決意し、居酒屋チェーン店の調理スタッフとして働きはじめた。

三十八歳で美奈と結婚し、その二年後に子供ができた。赤ん坊なのに黒い髪はふさふさで、眉もしっかりしていた。生まれたばかりの息子に対面した陽介の頭に、この子は父の生まれ変わりかもしれない、という考えが浮かんだ。それは自分の考えではなく、なにか大きな存在に教えられた感覚だった。父の名前から一文字もらい、忠仁《ただひと》と名付けた。

早く帰楽亭を復活させたい——。

陽介はその一心で仕事に励んだ。勤務先の居酒屋は常に人手不足でランチ営業もしていたため朝から深夜まで働くことが多かった。陽介は、帰楽亭の開業資金を貯《た》めるためにすすんで残業をした。

鐘尻島にいた頃のように陽介の視界は鮮明に開けた。目の前に広がる光景は十代の頃となにも変わっていなかった。帰楽亭を継ぐ。大きくして息子に渡す。そして、自分が死んだあとも帰楽亭は脈々と続いていくのだ。そう考えると、自分という存在に価値が生まれ、いまここで生きている理由と意味が明確になった。

父も同じ気持ちだったのだ、とやっとわかった。命を差し出しても帰楽亭を守ろうとしたのは、帰楽亭のためでもあり、自分自身の尊厳を守るためでもあったのだ。いまの自分なら父と同じことをするかもしれないと思った。

陽介は、息子とふたりで帰楽亭の厨房に立っている将来を思い描いた。すると、いつのまにか自分が息子となり、隣には父がいて大きな体を揺らして笑っていた。

しかし、そんな幸福な将来はあっさりと断ち切られた。昼寝中に息子が突然死した。添い寝していた美奈が目覚めたとき、すでに息をしていなかったという。息子は三ヵ月検診を終え、健康にすくすく育っていると聞いたばかりだった。陽介は美奈を責めた。どうして異変に気づかなかったんだ、おまえが寝ていたせいだ、おまえが忠仁を殺したんだ。妻のせいじゃないと頭では理解しているのに、理性の及ばない感情が荒々しい言葉を吐き出した。誰かのせいにしないと、悲しみと絶望で気がおかしくなってしまいそうだった。美奈は泣くばかりでなにも言わなかった。泣かなくなっても、陽介と口をきこうとはしなかった。やがて美奈は働きはじめ、お互いの顔を何日も見ないことが増えていった。会話のない三年を経て、美奈から離婚届を渡された。離婚したとき陽介は四十三歳になっていた。

振り返ると大切なものはすべて失った。父、母、友人、帰楽亭、妻、そして息子。これはなにかの罰なのだろうか。罰だとしたら、いったいどんな罪を犯したというのだろう。

母を捜しに行こう、と思いついた。

母と常盤恭司は札幌で何度か目撃されていた。陽介が聞いたのは、札幌駅近くの路上とデパートの地下食料品売り場だ。どちらのときも、ふたりは夫婦のように寄り添っていたらしい。陽介は父の墓碑に母の名前を書いたときのことを思い返した。母は絶対に死ななければならない、と思った。いや、まず先に常盤を殺す。そして、母と自分は一緒に死ぬのだ。暗い熱に浮かされたようにそう思いながら、一日中、札幌駅近くを歩きまわったが、母も常盤も見つけることはできなかった。

一年後、祖父が肺炎で死んだという連絡が入った。その九年前には祖母が亡くなっていた。

陽介は九年ぶりに鐘尻島に戻った。

祖父の通夜は島の公民館で行った。喪主は、唯一の孫である陽介が務めた。祖父は九十歳を過ぎても頭も体もしっかりしており、近所に暮らす親戚に頼りながらも自宅でひとり暮らしをしていた。足と耳は衰えていたが、それでも冬は自宅前の雪かきを、夏は近くの浜で昆布干しをしていたらしい。

通夜振る舞いが終わり、親戚たちが帰ったのを見計らったように男がやってきた。祭壇の前に座っていた陽介が振り返ると、男は数秒の沈黙を挟んでから「よう」と小声で言った。辰馬だった。

二十六年ぶりに見る彼は中年太りのお手本のような体型で、額が広くなっていた。辰馬の外見の変化を目の当たりにし、陽介は時間の流れを突きつけられた気がした。

辰馬と最後に会った夜のことは、後悔と自己嫌悪に塗りつぶされた記憶となっていた。

――おまえの父さんは一生人殺しで、おまえは一生人殺しの子供なんだよ。

自分が放った言葉と、地面に突っ伏して泣いた辰馬の姿が脳裏に焼きついている。

「島に戻ってたのか？」

最初に口をついたのはそんな言葉だった。

「いや、いまは広島に住んでる」

陽介は「そうか」と返し、少し迷ってから「みんな、元気なのか？」と聞いた。

辰馬の父親が出所したのかどうか知らなかったが、懲役十三年だったからとっくに刑期を終えているはずだ。

「ああ。おやじもおふくろも元気にしてるよ。ふたりでのんびり暮らしてる」

「そうか。辰馬は今日、じいちゃんの葬儀のためにわざわざ来てくれたのか？」

まさかな、と思いながらもそう聞くと、それもあるけど、と辰馬は言葉を濁して祭壇へと歩いていった。

「けど、なんだよ」辰馬が焼香を終えるのを待ってから聞いた。「それもあるけど、って言ったろ」

あんな別れ方をしたのに、なにもなかったように言葉を交わせることが不思議だった。

「陽介にどうしても言わなきゃいけないことがあるんだ」

辰馬は覚悟を決めたように言った。

中年太りをしても額が広くなっても辰馬の本質は変わっていないと感じていたが、昔はいつも愉快げだった細い目が、いまは悲しみをたたえて見えることに気づいた。

あやまられるのだと思った。俺の父ちゃんがおまえの父さんを殺して悪かった、おまえにひどいことを言って悪かった、と。

しかし、辰馬が切り出したのは想像外のことだった。

「あの朝のこと、ずっと言わなくちゃと思ってた。でも、言えなかった。いや、わざと言わなかったんだ」

あの朝――。

母と常盤が駆け落ちした朝のことだと瞬時にわかった。

まだなにも聞いていないのに、心臓が気道をふさぐようにせり上がってきた。

辰馬はあの朝、鐘尻港にいたと言った。

父親が逮捕されてすぐに島を出た辰馬だったが、隠れてつきあっていた彼女に会いたくなって前日の夜に戻ってきたという。しかし、人目が気になり、朝いちばんの高速船で帰ろうとした。出航の一時間も前にフェリー乗り場に向かったのは眠れなかったのと、誰にも会いたくなかったからだった。フェリー乗り場にはすでに船長と操縦士のほか、男がひとりいた。三人はやけに周囲を見まわし、落ち着かない様子だったという。ただごとではない雰囲気を感じた辰馬は、高速船に乗るのをやめて隠れて様子をうかがった。

五時三十分、高速船はひとりの男を乗せて出航した。

「ひとりの男?」

陽介は聞いた。思考が追いつかず、頭のなかでガンガンと警告音のような音が響いていた。

「母さんは?」

「いなかった」

「母さんは？」

「だから、いなかった。乗ってなかったんだよ」

「常盤は？」

「いなかった」

「どういうことだよ！」

自分の叫び声が鼓膜に突き刺さった。

「わからない。ほんとうにわからないんだ。俺が知ってるのは、陽介の母さんも常盤さんも、あの朝、高速船には乗ってなかったってことだけだ」

血が一気に落下したような衝撃で、頭のなかが真っ白になった。数秒後、我に返ったときには世界が裏返って見えた。ちがう、自分がいままで見ていたのが裏側なのだと思った。

母も常盤もあの朝、高速船に乗らなかった——。

ふたりが高速船に乗ったと証言したのは船長の熊見と操縦士の勝又、それに乗客の五十嵐という男だった。陽介が捜索願を出すために駐在所へ行ったところ、駐在員が気の毒そうな顔をして教えてくれたのだ。お母さんは自分の意思で島を出ていったんだよ、見た人が何人もいるからまちがいないよ、と。

そういえば、母と常盤が密会していたと言ったのも、札幌でふたりが一緒にいるところを目撃したのも熊見と勝又だった、と陽介は思い出した。

熊さんがあのふたりを札幌で見たってさ。年甲斐《としがい》もなくいちゃいちゃしてたらしいよ。勝又さんも見かけたって言ってたわ。前からできてたらしいね。家族を捨ててバチが当たるわ。

そんな噂話が陽介の耳にも入ってきた。

なぜ三人はそろって嘘をついたのだろう。

母はどこに行ったのだろう。

母はどこにいるのだろう。

どこかにいるのだろうか。

その答えを考えたくなかった。いますぐ気を失ってしまいたかった。そのまま目覚めずにいたかった。

脳がぎゅうぎゅうと押しつぶされるように縮んでいく。体中の細胞がぱちんぱちんと音をたてて破裂していく。

辰馬がなにか言っている。ときどき下くちびるを嚙みしめながら、懺悔《ざんげ》するような表情で。

「俺、この歳になって父親になるんだ。人殺しの子供でもいいって言ってくれた人と結婚したんだよ。それで来月、家族でタイに移住するんだ。日本にいたら、子供が人殺しの孫って言われるかもしれないだろ。だから、その前にどうしても陽介にこのことを伝えなきゃいけないって思った。ごめん。いままで黙っていてほんとうに悪かった」

辰馬の声は陽介の耳を素通りした。

鼓膜を震わせるのは、自分のなかから聞こえる、グルルルッ、という獰猛《どうもう》なうなり声だった。

高速船の船長だった熊見勇吉はすでに島を出ていた。操縦士だった勝又誠は息子と交通事故で死んでいた。

東京に帰った陽介は、母と最後に会った人物を見つけようとした。帰楽亭の予約ノートの存在を思い出し、ページをめくった。

母が消えたのは四月十日だった。その前日の四月九日の夜七時に、予約がひとり入っていた。

〈五十嵐善男〉

その文字が目に飛び込んできた瞬間、カチッとこめかみでなにかのスイッチが入った。あの朝、高速船に乗っていた乗客は五十嵐という名前だった。彼は、母と常盤が高速船に乗っていたと証言したひとりだ。

母の文字で書かれた〈03〉で始まる番号に電話をかけた。宅配業者を装うと、五十嵐善男の住所を簡単に知ることができた。

あの朝、なにがあったのか。

母はどこにいるのか。

すべて知っている気がした。なにも知らない気がした。知らなくてはと思った。知りたくないと思った。


年が明けた一月十三日、陽介は八王子にある五十嵐善男の家のインターホンを鳴らした。冷たく乾いた風が吹きつける夜だった。

はーい、と間延びした男の声がドア越しに聞こえた。

陽介が名乗ると、五十嵐は耳が遠いらしく、何度か「え？」と聞いたのち、面倒になったのかドアを開けた。

陽介は五十嵐の喉に包丁を突きつけた。腰を抜かしてへたり込んだ彼の襟首をつかんでリビングに引きずっていった。

沸騰した血液がごうごうと音をたてながら体中を駆け巡っていた。頭のなかで脈動がガンガンと響いていた。それでいて、脳の一部分が不気味に冴え渡っていた。

「あの日、母さんになにをした」

それだけで伝わった。

五十嵐はあっさりとしゃべった。まるで誰かに聞かれる日をずっと待っていたように。この日が来ることを知っていたように。

わざとじゃない、わざとじゃないんだ、と彼は繰り返した。

一九九五年の四月九日、五十嵐は鐘尻島に行った。テレビのドキュメンタリー番組で鐘尻島を目にしたのをきっかけに、もう一度訪れてみたいという気持ちになった。鐘尻島には、中学生の夏休みに滞在したことがあった。四十代半ばになっていたが、青春時代を再現したい衝動に駆られた。

帰楽亭を予約したのは、そこに彼女がいることを知っていたからだ。小寺則子。五十嵐が出会ったときは峰《みね》という名字だった。

五十嵐にとって則子は初恋の人と呼べる存在だった。島に滞在中に告白したが、好きな人がいると振られてしまった。彼女が帰楽亭という料亭の息子とつきあいはじめたことはあとで知った。島で仲良くなった勝又誠が教えてくれた。

数十年ぶりに連絡をした五十嵐に、則子が夫を亡くしたばかりであることを教えてくれたのも勝又だった。このタイミングで鐘尻島に行くことになったのは則子と縁があるのかもしれないと思えた。

四月九日の夜、帰楽亭に行くと、勝又と彼の友人の熊見勇吉という年上の男がいた。熊見は勝又の先輩で、高速船の船長をしていると紹介された。熊見はいいところを見せたかったのか、則子をいちいち呼びつけて酌をさせたり卑猥《ひわい》な冗談を言ったりし、閉店時間を過ぎても帰ろうとしなかった。店にいるのは、五十嵐たち三人と則子だけになった。一瞬、空白のような沈黙が落ちた。そのとき熊見と勝又が、あとはおふたりで、と言ってそろって個室を出ていった。

「ちょっとふざけただけなんだ！」

五十嵐が喚《わめ》いた。

「彼女が慌てて出ていこうとしたから、ふざけて抱きついただけなんだ！　それなのに彼女は本気にしたんだよ！」

則子は五十嵐の腕から逃れようと暴れた。助けて！　と叫んだ則子を、五十嵐は思わず殴ったという。

「ちょっとふざけただけなのに警察を呼ぶなんて言うから！　無我夢中だった！　よく覚えていないんだ！」

五十嵐は則子を押さえ込み、悲鳴を上げる口を両手でふさいだ。気がついたら則子は目を開けたまま動かなくなっており、慌てて熊見と勝又を呼んだ。則子の体からは力が抜け、呼吸も脈も止まっていた。絶命した則子を三人で呆然《ぼうぜん》と見下ろしていたとき、常盤恭司がやってきた。常盤の頭をいきなり灰皿で打ちつけたのは熊見だった。

「ほんとうに悪かった。わざとじゃない。わざとじゃないんです。申し訳ありませんでした。許してください。これから自首します。警察に行ってすべて話します」

五十嵐はひれ伏して言った。陽介が、おまえの言うことなど信用できない、と返すと、四つん這《ば》いで和室に行き、座卓の上の便箋を取った。「ここに書きます。私は人殺しだって。署名もします」

〈私は人殺しです。五十嵐善男〉

震える文字でそう書いた。

〈人殺し〉という文字を見た瞬間、母は死んだということが覆しようのない事実となって頭上から落ちてきた。

認めないようにしていたのに、想像しないようにしていたのに、ひと筋の望みを握りしめていたのに。

「償わせてください!」

五十嵐は押し入れから黒いポーチを出した。

「通帳とはんこです。現金もあります。ほら、二百万円。財布も渡します。全部あげるから許してください」

「船長は? 熊見はどこにいる?」

陽介が聞くと、五十嵐はアドレス帳を差し出し、「ここに、ここに書いてあります」と言った。

「母さんを……そのあと母さんをどうしたんだよ！」

「全部、勝又と熊見がやったんです。ふたりは駆け落ちしたことにしようと言って、ふたりの家に忍び込んで服やカバンを取ってきたのもあいつらです」

「だから、母さんはどこだ！」

「たぶん、勝又と熊見が海に……死体があがらない場所があると言っていたから、死体は海に捨てたと思います」

死体は海に捨てた――。

その言葉が陽介のこめかみを貫いた。

母さんは駆け落ちなんかしなかった。

俺を捨てたりしなかった。

家族を裏切ったりしなかった。

それなのに、俺は母さんを信じなかった。

母さんを恨み続けた。

母さんを死んだことにした。

母さんを殺そうとした。

この男のせいだ――。

頭をなにかが貫いた。思考も感情も爆発し、自分が飛び散った。

陽介は五十嵐を切りつけた。包丁を振りまわす体を他人のもののように感じた。

五十嵐を殺したおよそ三週間後の二月二日、陽介は札幌に行った。

熊見の家は、五十嵐のアドレス帳にある住所のままだった。

五十嵐を訪ねた時間と同じ夜の九時半、陽介はインターホンを押した。応答はなかったが、ドアには鍵がかかっておらず、玄関の灯《あか》りがついていた。

家に上がると、散らかったリビングのソファで紺色の半纏を着た老人がいびきをかいていた。電気も灯油ストーブもテレビもついていた。何十年も会っていないのに、彼が高速船の船長だとすぐにわかった。

陽介は熊見の腹を蹴りつけた。

ぎゃっ、と声をあげてソファから転げ落ちた熊見は、なにが起きているのか認知できないようだった。陽介に目の焦点を合わせようとして何度もまばたきをした。つぶれた三角形の目の真ん中は濁った薄灰色で、陽介の姿が見えているのかもあやしかった。

「おまえ、母さんを殺しただろ」

熊見は数秒の沈黙を挟んでから、「誰だ、おまえ」と聞き返した。

「小寺則子の息子だよ」

熊見の半開きのくちびるがわなわなと震え、白い唾が噴き出した。

「全部、五十嵐善男から聞いた。おまえらが、母さんと常盤さんを殺したんだってな。口裏を合わせてふたりが駆け落ちしたことにしたんだってな」

「知らねえな」

呂律《ろれつ》のまわらない声で熊見は吐き捨てた。

「ふざけるな！」

陽介は包丁を振り下ろした。

熊見はぎゃっと声をあげて頰を押さえると、

「あの女が悪いんだべや！　もったいぶりやがってよ！」

唾を飛ばしながら叫んだ。

「ババアのくせにお高くとまったからだべや。女なんか男の言うことを黙って聞いときゃいいんだよ。それにな、あのふたりはできてたんだよ。だから、自業自得だろうが。一緒にあの世に行けて喜んでるかもな」

悪態をつきながらも逃げようとする熊見を切りつけながら、そうかもしれない、と陽介は頭のすみで思った。

母と常盤は好き合っていたのかもしれない。だから、同じ日にお互いの家族がいないように示し合わせたのかもしれない。あの夜、閉店後の帰楽亭に常盤が来たのも、母と約束をしていたからかもしれない。

でも、全部「かもしれない」だ。

「おまえのほうが人殺しだろうが！」

壁に追いつめられた熊見が怒鳴った。目は血走り、よだれを垂らしている。

「何人も殺しやがって。この野郎、呪いはおまえだったのか！」

なにを言っているのか理解できず、「殺したのはおまえたちだろう！」と陽介は怒鳴り返したが、興奮した熊見の耳には届かなかった。

「おまえは鬼畜生だ！　関係のない家族まで次々に殺しやがって。三代まで祟《たた》るつもりか？　地獄に落ちろ！」

わけのわからないことを喚く目の前の老人を人間だと思うことができなかった。

うるさい、死ね。

頭のなかの声に命じられるまま、熊見の腹の深くに包丁を突き刺した。

これは罰なのだ――。

陽介ははっきりと悟った。

俺は罰を受けているのだ――。

これまで俺はたくさんの罪を犯してきた。帰楽亭を潰した。父さんとの約束を破った。母さんを恨み続けた。辰馬に「人殺しの子供」と言った。美奈を傷つけた。忠仁を守れなかった。そして、あの子。常盤の娘の結唯。襲われた彼女を見捨てた。それどころか、いい気味だと思ってしまった。あの子はまだ中学生だったのに。

父さん、ごめん。

母さん、ごめん。

じいちゃん、ごめん。

ばあちゃん、ごめん。

父さんの兄さん、ごめん。

辰馬、ごめん。

辰馬の父さん、ごめん。

常盤さん、ごめん。

美奈、ごめん。

忠仁、ごめん。

結唯ちゃん、ごめん。

こんなにもあやまらないといけない人がいるほど俺は罪深いのだ。

十七章

定刻の八時半にフェリーは鐘尻島に到着した。

港の前には土産屋や飲食店、ホテルや旅館などが並び、その背後にこんもりとした山がある。風は冷たいが、穏やかな陽射しは春を感じさせた。山や空き地、道路のすみに雪が残っているが、アスファルトの路面は乾き、雪解け水が細く流れ出している。

「思ったより寒くないですね」

岳斗は周囲を眺めながら言った。

「そうですね」

三ツ矢は細めた目を山のほうへ向けていた。

道路沿いのほとんどの店はシャッターを下ろし、カモメのうらさびしい鳴き声が閑散とした雰囲気を際立たせている。

まずレンタカーの営業所に行き、車を二台手配した。

今日中に東京へ戻るため、手分けして聞き込みをすることになっている。

小学一年生から中学一年生までこの島にいた常盤結唯。高速船の船長だった熊見勇吉。六十年ほど前に島に来たことがある五十嵐善男。この三人について聞くほかに、バブルが崩壊した頃、ニュースで報じられた以外に亡くなった人がいないかを調べる。

「ダウンおそろいなんですね」

受付の女性スタッフが笑いながら言った。

「はい。そうなりますね」

三ツ矢は平然と答えたが、岳斗は急に恥ずかしくなった。しかし、三ツ矢より先に脱いだら負けのような気がした。

鐘尻島で唯一のこのレンタカー会社には事前に連絡を入れ、常盤結唯、五十嵐善男、熊見勇吉、この三人が車を借りた履歴がないか問い合わせたが、いずれの名前も顧客データにはないという返答だった。

ふたりとも紫色のダウンジャケットを着たままレンタカーの営業所を出た。

三ツ矢は港を挟んで東側を、岳斗は西側を受け持つことになっている。

「正午にここで落ち合って、お互いの情報をすり合わせましょう」

三ツ矢の言葉に、岳斗は緊張した。お互いの情報をすり合わせるということは、三ツ矢が得られなかった情報を得なければならないということだ。島の西半分を任されたのだから、事件解決につながる情報をつかまなくては失望されてしまう。

車に乗り込もうとした三ツ矢のスマートフォンが鳴った。

三ツ矢はいつものように、「……そうですか。了解です」と短く答えると、すぐに通話を終えて岳斗を振り返った。

「常盤結唯さんは黙秘しているそうです」

切越たちが彼女に任意同行を求めたのは今朝の七時半だ。それから一時間半がたったが、完全黙秘に近い状態らしい。

淡々と説明した三ツ矢に、岳斗は以前から疑問に思っていることを聞くことにした。

「いつも三ツ矢さんに捜査状況を教えてくれるのは誰なんですか？」

俺にはそんな電話は来ませんけど、という言葉はのみ込んだ。

「切越さんです」

「えっ」思わず大声が出た。「切越さんって、あの切越さんのことですか？」

「あの、とはどういう意味ですか？」

「いえ。どういう意味でもありません。すみません」

「それでは正午に。よろしくお願いします」

あの切越が、三ツ矢に捜査の進展状況を逐一伝えていたのか。岳斗は騙し絵を見ている感覚になった。三ツ矢には言わなかったが、「あの切越」の「あの」は、強面でパワハラ気質の「あの」であり、さらに三ッ矢の単独行動を迷惑がり、厄介に思っている「あの」でもあった。

――切越さんは、田所さんを半殺しにはしませんよ。

三ッ矢がそう言っていたのを思い出した。

切越はあんな態度を取っておきながら、三ッ矢を正当に評価しているのだと理解した。そして、三ッ矢はそれを知っているのかもしれない。

自分も三ッ矢に評価されたい。信頼されたい。そんな気持ちがやる気に変換されていった。

岳斗は島を一周する道路を西側から北上した。北からローラー作戦で潰していこうと考えていたが、車を走らせてすぐに、道路に残った雪をスコップで割っている男が目についた。〈うみねこ荘〉という旅館の前だった。

「警察ですが、ちょっとお話いいですか？」

岳斗は車を降りて声をかけた。

「警察？　おたく、見ない顔だけど新しく駐在所に来た人かい？」

七十歳前後の男はスコップを持った手を止めて気さくに話しかけてきた。彼はうみねこ荘のオーナーだと言った。

「東京から来ました」

「船長、以前、この島に住んでいた熊見勇吉さんという方をご存じないですか？」

岳斗の質問に、オーナーは「いっやー」とのけぞりながら声を絞り出し、「船長、強盗に殺されたんだよね」と言った。

「熊見さんとは親しかったんですか？」

「親しいってほどでもねえけど、狭い島だからね。船長が島を出てって何年かなあ。もう二十年くらいたってるんでねえかなあ」

熊見の事件は新聞で知った、とオーナーは言った。珍しい名字だからすぐにわかったらしい。

「熊見さんが島を出た理由はご存じないですか？」

「さあねえ。老後が不安になったんでないの？　やっぱり歳取ると病院のある都会のほうが安心でしょ」

「東京？　なんでまた」

彼は五十嵐善男のことは知らなかったが、常盤結唯は覚えていると答えた。

「向こうのほうにさ、リンリン村っていうリゾート村ができるはずだったんだわ」

そう言って北のほうを指さした。

「ほら、見えるっしょ、鉄塔。あれ、負の遺産。工事もけっこう進んでたんだわ。それで砂金取りみたいに内地から人がいっぱい来て、ハイカラな店もいっぱいできたんだけどね」

常盤結唯の家族も道外から移住し、リンリン村の近くに〈ビストロときわ〉という洋食店を出したという。

「けっこう繁盛してたんだけど、あれはいつだったかなあ。ああ、忠さんが死んだ次の年だから一九九五年か」

「忠さん？」

「殺人事件があったんだわ。酒の席のいざこざっつーか、酔っぱらい同士の喧嘩《けんか》っつーか。どっちも気の毒だったわ」

殿川宏が小寺忠信を刺殺した事件だと察したが、あえて知らないふりをした。

「こんなにのどかな島なのにそんな事件があったんですね」

「いやあ、あの頃はのどかどころか悲惨なことばかりだったわ。リンリン村がだめになって、首つるやつはいるし、借金背負ったやつもいるし、島にいられなくなったやつもいるし、いい歳して駆け落ちするやつもいるし、そのせいで奥さん、自殺したんだわ。それがビストロときわの奥さんさ。つまりおたくが聞いた常盤結唯ちゃんの母ちゃんだ」

岳斗の体を電流が走り、細胞がざわざわっと震えた。思考が先走らないように自重しながら、

「常盤結唯さんの父親が駆け落ちして、そのあと母親が自殺をしたということですか？」

そう確認すると、そうだと返ってきた。常盤結唯の母親は島の北部にある崖から飛び下りたらしい。両親をなくした結唯は、島外の親戚に引き取られたという。

「うちの隣に帰楽亭っていう料亭があったんだけど」

そう言ってオーナーは首を横に傾けた。その視線の先には、全国チェーンのコンビニがあった。

〈帰楽亭〉というのが、殺された小寺忠信が営んでいた店であることはすでに確認済みだ。

「そこの奥さんとビストロときわの旦那が駆け落ちしたのさ。まさかあの則ちゃんがそんなことするとはねえ。旦那が殺されておかしくなったんだろうなあ。あの頃は、まさかまさかの連続だったわ。結婚式のスピーチじゃないけどさ」

殺された小寺忠信の妻が、常盤結唯の父親と駆け落ちをした。そして、常盤結唯の母親は自殺した。

丁寧に言葉にすると、なにかがつながった感覚があった。しかし、その線が描く絵図はまだ見えない。

「駆け落ちしたふたりは見つかったんですか？」

心中したということはないのだろうか。そう考えながら聞いた。もし心中したのであればさらに死者が増える。

「いや、札幌に逃げて一緒に暮らしてるらしいよ。見た人がいるからね。いまはどうか知らんけども」

「その頃、ほかに亡くなった方はいますか？」

「勝又さんとこだね」オーナーは即答した。「ガードレール突き破って車ごと海に落ちちゃったんだわ。運転してたのが長男で、親子で飲みに行った帰りのことさ。まあ、あの頃はほんと嫌なことばっかり起きたね」

頭のなかで、熊見勇吉の長男の言葉が再生された。

――それまで平和だった田舎の島で、けっこう人が死んだんですよね。

バブル後の鐘尻島で亡くなったのは小寺忠信、糸井力、勝又親子の四人だけではなかった。常盤結唯の母親も命を落としていたのだ。

三ツ矢に知らせようと電話をしたが、呼び出し音が鳴るばかりだった。

「切越さんの電話には出るくせに、なんで俺の電話はいつも無視するんだよ！」

思わず飛び出した愚痴が、留守番メッセージに録音されてしまった。あわわわ、と焦った岳斗は、「な、なーんて。いまのは冗談です。えーっと、常盤結唯さんの父親が駆け落ちして、その後、母親が自殺していたことが判明しました」と早口で告げて通話を終えた。

車に乗り込み、はあっ、とうなだれてから、よしっ、と気持ちを切り替えてアクセルを踏み込んだ。

薄青の海と、こんもりとした山に挟まれた一本道だ。雪が残る山頂から麓《ふもと》までスキーリフトの鉄塔が並び、その向こうにはつくりかけの観覧車らしき鉄塔が立っている。北に向かって車を走らせると、鉄塔が現れたり隠れたりしながら近づいてくる。やがて、朽ちかけたホテルらしき建物も見えてきた。

負の遺産、とさっきのオーナーの言葉がよみがえった。

葉を落とした木々のあいだからそびえる巨大な鉄屑《てつくず》たちは、寒々しくてもの悲しかった。そう見えるのは、リンリン村が開発中止になったせいで命を失った人がいると知っているからだろうか。

海側に魚の加工場が現れた。スピードを落として様子をうかがうと、作業員たちが工場と駐車場を行き来していた。話を聞こうかとも考えたが、ちょうど大量の魚が運ばれてきたらしく、みんな忙しそうに動きまわっていた。とりあえずいちばん北まで行くことにした。

地図アプリで確認すると、リンリン村跡地のそばの地区には何軒かの建物がある。しかし、そのほとんどが空き家だという。現在、西側のもっとも北の住人は、島の

Iターン促進事業で移住してきた西村《にしむら》という夫妻で、かつてカフェだった空き家を利用して住んでいるらしい。バブル前後の島の様子は知らないと思うが、彼らが住んでいる元カフェはかつて常盤結唯が住んでいた家の隣にある。念のために話を聞いてみるつもりでいた。

西村夫妻の家はミントグリーンの建物だった。外壁を塗り直したらしく、その家だけが鮮やかで人の営みの気配が感じられた。ほかにも、ぽつぽつと建物があるが、ぱっと見ただけで空き家か空き店舗だとわかった。常盤結唯が住んでいた家もそうだった。建物の前には雪が残り、ところどころ枯れ草が見えている。一階が洋食店、二階が住居だったらしいが、黒ずんだ外壁にはひびと剝がれが見られ、すべての窓はがらんどうを抱えているような暗さだ。

車を停めようとしたとき、もう少し先の空き地で除雪している男が目に入った。彼がいる空き地のほうが、西村夫妻の家より北に位置する。

車を降りて「すみません」と声をかけると、男は雪かきスコップを持った手を止めて「はい？」とまぶしそうに目を細めて岳斗を見た。

「どうして空き地を除雪してるんですか？」

疑問に思ったことをまず聞いた。男が除雪している場所は、駐車場でも畑でもなさそうだ。

「雪があったら工事できないでしょ」

男はひとなつこい笑顔で答え、「この島の人じゃないんですね」とレンタカーを見やりながら聞いてきた。

「東京から来ました。ここ、なんの工事をするんですか？」

「店を建てるんですよ」

お金がないため工務店には依頼せず、自分で一から建てるつもりだという。

「こんなところに、ですか？」

巨大な鉄屑に見下ろされ、空き家が並ぶ限界集落のような地区だ。どんな店かは知らないが、客が来るところが想像できない。

「こんなところだからいいんですよ。だって海がきれいじゃないですか」

そんな現実離れしたことを言うのだから島の住民ではないのだろう。岳斗の見立ては当たり、男は昨日、鐘尻島に来たばかりだと言った。

彼は、自分を見下ろすAの形をした鉄塔でかつて首をつって死んだ男がいることも、この先の崖から飛び下りて死んだ女がいることも知らないのだろう。だから、のんきに海がきれいなどと笑っていられるのだ。

しかし、彼だけではない。ほとんどの人は自分に関係のあることしか記憶に残さない。認知してもすぐに忘れてしまう。たった二ヵ月ほど前に八王子で殺された五十嵐善男の名を記憶している人がいなかったように。痛みも苦しみも死も、それが他人のものであれば風のように流れ去っていく。

正午まで聞き込みを続けたが、うみねこ荘のオーナーから聞いた以上の情報は得られなかった。

待ち合わせたレンタカー営業所の駐車場に三ツ矢はすでに到着しており、運転席でスマートフォンを耳に当てていた。紫色のダウンジャケットは脱いでいる。

車から降りてきた三ツ矢に文句を言おうとした。なんで俺の電話には出てくれないんですか？　と。しかし、三ツ矢のほうが早かった。

「小寺陽介さんの所在がつかめないようです」

「え？」

言葉の意味は理解できても、それがなにを意味するのかがわからなかった。

小寺陽介？　はじめて聞く名前だ。

「小寺陽介さんは、一九九四年に刺殺された小寺忠信さんのひとり息子です」

「はい」としか答えられない自分をまぬけに感じた。

「バブル後の数年のあいだに、この島で病死や自然死以外の亡くなり方をしたのは、自死をした糸井力さん、刺殺された小寺忠信さん、交通事故に遭った勝又誠さんと祐治さんの親子。それからニュースにはならなかったようですが、常盤結唯さんの母親の由香里さんが崖から飛び下りて自死しています」

「はい。僕も結唯さんの母親のことは聞きました」

さっき三ツ矢さんのスマホにメッセージ入れましたけど、という文句をのみ込んだのを見透かしたように、「田所さんのメッセージは聞きました」と三ツ矢は言った。その口調から、岳斗がメッセージを入れたときはすでに知っていたのだと察した。

まぬけの役立たずと思われないために、岳斗は聞き込みで得た情報を早口で伝えることにした。

「常盤結唯さんの母親が自殺したのは、結唯さんの父親が駆け落ちしたことが原因だったみたいです。駆け落ちした相手は、小寺忠信さんの妻の則子さんです」

「ええ。常盤恭司さんと小寺則子さんは同時に姿を消したそうですね」

やはり三ツ矢も同じ情報を得ていた。しかし、駆け落ち、という言い方をしなかったことが気になった。

「亡くなった方の家族で、現在、連絡がつかないのは小寺陽介さんだけです。糸井力さんのご遺族は埼玉に住んでいます。勝又誠さんの妻はすでに亡くなり、長女と次男は小樽に住んでいます。常盤結唯さんは東京在住で、いまは警察署にいます。

ここまでは確認できています」

「それ、いつ確認したんですか？」

「昨日の段階で確認できていました」

ということは、島に来る前にはすでに知っていたということか。

じゃあ、なんで教えてくれないんだよ。

あったまにきた！　今度こそマジでマジでマジであったまにきたぞ――!!

「ひどいじゃないですか！　なんで教えてくれないんですか？　っていうか、なんで何回も同じこと言わせるんですか！」

「飛行機でも地下鉄でもホテルでも田所さんはすぐに寝たので」

うっ、と言葉に詰まった。

もう何日もまともに寝ていないのだ。ちょっとでも時間があったら寝るのが普通なんだよ。そう言いたい気持ちを抑え込んだ。

「フェリーでは具合が悪そうでしたし」

「もういいです」

「それから、いつも田所さんの電話に出なくてすみません。今後は気をつけますので」

やっぱりあの文句はしっかり録音されていたらしい。

「いえ。僕のせいです。すぐに寝る僕が悪いし、電話のタイミングも僕が悪いんです。すみません」

ふてくされながらあやまったとき、ふと思いついた。

「でも、駆け落ちしたふたりの所在もわからないんじゃないですか？」

岳斗がそう聞いたとき、三ッ矢の目がはっきりと翳《かげ》った。灰色の靄《もや》の向こうを見通し、そこにある残酷な光景を瞳に映しているようなまなざしだった。

その瞬間、三ッ矢は真実に辿りついたのだと岳斗は悟った。

「……三ッ矢さん」

岳斗の声はうわずった。

「小寺則子さんと常盤恭司さんは駆け落ちしたのではありません」

「え？　でも、ふたりは札幌で目撃されていたみたいですけど」

三ッ矢は無言で首を横に振った。

「小寺則子さんの家族からも、常盤恭司さんの家族からも捜索願も失踪届も出ていませんでした。ただ、小寺陽介さんが駐在所に相談に行ったそうです。そのときの記録が残っていました。小寺則子さんと常盤恭司さんが一緒に高速船に乗って島を出たと証言したのは、五十嵐善男さん、熊見勇吉さん、勝又誠さんです。それから、ふたりを札幌で見かけたという噂ですが、いま聞き込みをしてきたところ発生源は熊見さんと勝又さんであることがわかりました」

「え。じゃあ、駆け落ちしたふたりは……」

それ以上は言葉にならなかった。軽はずみに口にしてはいけない気持ちが喉をふさいだ。

「五十嵐善男さんと熊見勇吉さんは、魔除け神社として知られる火乃戸神社のお札とお守りを持つようになった。それは、五十嵐さんの妻が入浴中に亡くなってすぐのことです。五十嵐さんが火乃戸神社に行ったのは、自分の妻が亡くなったのが呪いや祟りだと思ったからではないでしょうか。熊見さんも同じように思ったからこそ、そのあとすぐに家族と縁を切ったのだと考えられます。それは勝又さん親子が自動車事故で亡くなったことも大きな要因となったはずです。五十嵐さんと熊見さん、そして勝又さんも、呪われるようなことをしたと考えていいでしょう」

言い終わった三ツ矢の目が岳斗の背後に延び、その瞬間、黒い瞳がきゅっと引き締まった。

え？　と岳斗は振り返った。

三ツ矢は、道路を挟んだフェリー乗り場を見つめている。力強いのに感情を排除したようなまなざしは、超高速で計算式を解いているコンピュータを連想させた。

フェリー乗り場に立っている男に見覚えがあった。さっき空き地を除雪していた男だ。彼は両手を腰に当て、フェリーの到着を待ち望むように海のほうを眺めている。

いきなり三ツ矢が駆け出した。あっというまに道路を渡り、フェリー乗り場へと走っていく。

「三ツ矢さん！」

岳斗の声に反応したのは三ツ矢ではなく、さっきの男だった。

振り返った男は三ツ矢に気づくと、身を翻して駐車場のほうへと走っていった。

その背中に三ツ矢が呼びかける。

「小寺さん！ 小寺陽介さん！ 止まってください！」

小寺陽介——。

彼が小寺陽介なのか？ 刺殺された小寺忠信の息子の、駆け落ちした小寺則子の息子の。いや、則子は駆け落ちはしなかったとさっき三ツ矢が言った。

島の外から来た人間だと信じ切っていた岳斗は、すぐに理解が追いつかなかった。呆然と立ち尽くしていた感覚があったが、実際には二、三秒後にはレンタカーに飛び乗っていた。

男が乗った白い車がタイヤを鳴らしながら駐車場を出てきた。練馬ナンバーだ。助手席に三ツ矢を乗せて追った。男の車は猛スピードで島の西側を北上していく。

あっというまに離され、見えなくなった。しかし、ここは離島だ。このまま逃げられる心配はない。

「あの男が小寺陽介さんなんですか？　どうしてわかったんですか？」

慎重にハンドルを握りながら岳斗は聞いた。

「防犯カメラに映っていた男性と同一人物だからです」

三ツ矢がきっぱりと答える。

「あの不審な男ですか？　でも、防犯カメラには顔は映ってなかったですよ」

「体格が一致します。身長、肩幅、手足の長さ。すべてが一致するのですよ。あのとき防犯カメラに映っていた人物がここにいる。そして、名前を呼ばれて逃げた。彼が小寺陽介さんでまちがいありません」

以前、大先輩の加賀山が言っていた。三ツ矢には瞬間記憶能力があり、しかも一度見た映像を頭のなかでアップにしたりズームにしたりコントロールできる、と。

その三ツ矢が言うならまちがいないと無条件で信じることができた。

魚の加工場を過ぎ、ミントグリーンの建物と常盤結唯のかつての家の前を通りすぎた。まだ小寺陽介の車は見えない。

リンリン村跡地の鉄塔が背後に流れると、道は緩やかなカーブを描きながら上り坂になり、やがて風景は海と山と空に包まれた。白い雲が浮かんだ晴れた空、陽射しをきらめかせる薄青の海、芽吹きの季節はまだ先のようで木々は茶色い枝を伸ばしている。

「北部の崖かもしれません」

三ツ矢が言った。

北部の崖――。その言葉に聞き覚えがあった。すぐに、常盤結唯の母親が飛び下りた崖だと思い至った。

「この島の北の崖から飛び下りると遺体があがらないと言われているそうです。常盤結唯さんの母親の由香里さんもそこから飛び下りたのですが、途中の岩場に激突してしまったそうです」

岳斗の思考を読んだように三ツ矢が言った。

白いガードレールの向こうは切り立った崖で、波しぶきが海岸線を白くなぞっている。

島の最北だと思われるカーブを右に曲がると、道路脇に白い車が乗り捨てられていた。車が停まり切らないうちに三ツ矢が助手席から飛び出した。

ガードレールの向こうに小寺陽介が立っている。

海からの風を全身で受けている彼は、崖の先端にいるのに危うさを感じさせず、きれいな海だなあ、とでも言っているように見えた。だからこそ、飛び下りる覚悟を決めているのだとわかった。

「小寺陽介さん」

三ツ矢の呼びかけに、「はい」と彼は応じた。振り返った顔にはばつが悪そうな笑みが浮かんでいた。三ツ矢と彼のあいだにはガードレールを挟んで四、五メートルほどの距離がある。

「あんたら、警察でしょ。東京から警察が来たってことは、もう俺がやったことはわかってるってことですよね」

彼に緊迫感はなく、余分な力がいっさい入っていない表情だ。

「あなたはなにをしたのですか？」

三ツ矢が静かに聞いた。

「でも、あいつら人殺しですから。熊見も、五十嵐も、勝又も、俺の母さんを殺して、この崖から投げ捨てたんですから。しかも、常盤さんと駆け落ちしたたなんて嘘を言いやがって。なんで人って一度しか殺せないんでしょうね。何度殺しても足りないのに」

「それは自首と受け取っていいのですか？」

「なんでもいいですよ。どうせここから飛び下りるんですから」

「いいのですか？」

「残念だけど、もういいです」

彼はさばさばと言った。

「なにが残念で、なにがもういいのですか?」

「いやあ」と小寺は坊主頭に手をやり、ひとなつこく笑った。「五十嵐を殺したときすぐ捕まると思ったのに、全然捕まらないから逆に焦っちゃいましたよ。でも、熊見を殺したら、自分のやるべきことが見えたんです。帰楽亭を復活させなきゃならない、って。別邸があった場所にもう一度帰楽亭をつくろう、って。それが父さんと母さんの願いだったから。でも、それができないならもういいです。残念だけど、もうほかにやることはないから」

奇妙に穏やかな顔で言うと、小寺陽介は一歩足を踏み出した。

飛び下りる、と思ったその瞬間、三ツ矢が声を放った。

「あなたのやることはまだあるのではないですか」

小寺は横顔を見せ、はっ、と鼻で笑った。「罪を償わなきゃならないとかそういうのはやめてくださいね。それはあいつらのほうですから」

「お母様をお父様と同じお墓に入れてあげてください」

はっ、と小寺はまた笑うと、「それができるならとっくにやってるって」と言葉づかいを崩した。

「ここは遺体があがらない場所なの。母さんはあいつらにここから投げ捨てられたんだよ。もう何十年も見つかってないんだから、いまさら見つかるわけないだろ。じゃあ、あんたが見つけてよ」

「わかりました」

三ツ矢はよく通る声で言った。

「お母様を見つけます」

「無理だね」

「お母様は海ではなく、ちがう場所で眠っているはずです。だから、お父様と同じお墓に入れてあげてください」

小寺がなにか言い返そうと息を吸い込んだ。が、言葉を見つけられずにいる。

三ツ矢がガードレールをまたいだ。彼のそばに行き、耳もとでなにかささやく。

その数秒後、小寺陽介は「あ————!」と咆哮《ほうこう》し、崩れ落ちた。

悪霊に取り憑かれたような疲労感が岳斗の肩から背中に張りついている。

一刻も早く寮のベッドに倒れ込みたかったが、そうはいかない。こんなとき、なんでこの仕事を選んじゃったんだろうな、と大学四年生の自分を恨んだ。

ふわあ、と大あくびをしながらトイレのドアを開けた。ほとんど目が開かないせいで、出ようとした人とぶつかりそうになった。

「あ、すんません」

軽く頭を下げて洗面台に向かった。

顔を洗って少しでも眠気を飛ばしたかった。三ッ矢とちがって移動中はずっと寝ていた岳斗だが、体を横たえてまとまった睡眠を取らないと疲労は溜まっていくばかりだ。

三ッ矢は超人だな、と改めて思った。変人の超人だ、と続けて思うとおかしくなった。にやけたくちびるが開き、またふわあっと大あくびが出た。

「でかいあくびだな」

すぐそばからドスのきいた声がかかった。瞬時に眠気が吹っ飛んだ。

「切越さん！　お疲れ様です」

自然と直立不動になっていた。

「お疲れなのはおまえのほうじゃねえのか？」

「いえ！　僕は、わたくしは、全然疲れてなどおらないです」

緊張と疲労で頭がまわらず、変な言葉づかいになってしまった。

鐘尻島から戸塚警察署に戻ったばかりだった。鐘尻島に行ったのは今朝なのに、もう何日も前のことに感じられた。

小寺陽介の身柄を確保したのは今日の十三時だ。その後、熊見勇吉殺害事件の捜査本部がある北海道警察へ連絡を入れ、小樽で小寺の身柄を引き渡した。岳斗たちも札幌まで同行し、長々と事情を説明してから帰路についた。

あと二、三分で日付が変わる頃だ。

短時間のうちにいろいろありすぎて、いまの自分はいつにも増してふぬけだと自覚していた。しかし、切越に見破られるわけにはいかない。

「まあ、でかしたな」

にやり、と切越はくちびるをつり上げた。片手にドスを持っているようなほほえみに見えてぞっとした。

「いえ。三ツ矢さんの手柄です」

謙遜ではなく事実だった。

「んなことは言われなくてもわかってんだよ」

「あ、すみません」

切越の前では息を吸うようにあやまってしまう。

「自首だって？」

小寺陽介のことを聞いているらしい。

「はい」

「ほんとうか？　ああ？」

切越は眉間に深いしわを刻んで因縁をつけるように岳斗をのぞき込んだ。

職務質問をしようとしたところ小寺陽介が自首をした、と三ッ矢は北海道警察に申し送りをした。振り返ってみると、たしかにそうとも言える。彼はまだ重要参考人として名前があがっておらず、防犯カメラに映っていた男と同一人物であることはおそらく三ッ矢にしかわからないだろう。三ッ矢は小寺に、五十嵐善男と熊見勇吉を殺したのか？　とは聞いていないのだ。ただし、北海道警察がどう処理するのかはわからなかった。

北海道警察の捜査員たちは、シマを荒らされ、手柄を横取りされたと思ったのか、一様に機嫌が悪かった。そのせいか、小寺陽介の取り調べの詳細は知らされていない。ただ、彼の逮捕状はまだ発付されておらず、容疑が固まり次第、逮捕となるだろうとのことだった。

「それでは失礼します！」

岳斗は反射的にトイレを出ようとしたが、後ろから襟首をむんずとつかまれ、

「きゃっ」と女子のような声が出た。

「おまえ、まだ用足してねえだろう」

切越が上目づかいで凄んだ。息にニンニクのにおいが混じっている。

「あ、はい。ありがとうございます」

「なにがありがとうだよ」

「お気にかけていただいて。でも、大丈夫ですので。すみません」

「おまえを常盤結唯の取り調べに立ち会わせてやるよ」

「えっ？」

「ご褒美だ」

「でも、それは三ッ矢さんが」

「だから、三ッ矢に同行したご褒美ってことだ」

「僕が、常盤結唯さんの取り調べを？」

「ま、記録係だがな」

あくまでも任意による取り調べのため、常盤結唯は今日の昼過ぎに一度帰宅した。明日の十時から取り調べを再開することになっているという。

「じゃあ、三ッ矢さんと一緒に？」

「俺とだよ」

え――――！

「じゃあ、明日よろしくな」

岳斗の肩をグーでパンチすると切越はトイレを出ていった。

三ッ矢の激励が欲しかった。田所さんなら大丈夫ですよ。そんなひとことを言ってもらえればなんとかなる気がした。

トイレを出て捜査本部に行くと、さっきまでいた三ッ矢の姿がなかった。

「くっそー！」

本心からの叫びだった。

翌朝の十時から予定どおり常盤結唯の取り調べが再開された。

「常盤さん、ひと晩じっくり考えてどうでした？　話してくれる気になりましたかね」

切越が丁寧な口調で聞いたが、低くてしゃがれた声質のため脅している印象になる。

常盤結唯は両手を膝の上でそろえ、デスクの一点に目を落としている。

あごのラインで切りそろえたショートボブは瞳と同じ黒で、シンプルな黒いカットソーとグレーのパンツという格好だ。小さな青い石がついたネックレスをしているだけで、ピアスや指輪はつけていない。丸みのある目とふっくらとしたくちびるのせいか三十七歳という実年齢よりも若く見えるが、派手さはなく、元ホストの上城流真が言ったように落ち着いた印象だ。

「どうですかね。そろそろ話してくれませんかね。三月四日の夜の十一時頃、あなたは永澤美衣紗さんのマンションに行きましたよね」

切越が質問を重ねるが、彼女は目を伏せたまま反応しない。反抗的でもなければ、怯《おび》えている様子でもなく、心を無にしているように見えた。

昨日もこの調子だったのだろうと岳斗は察した。見かけはおとなしそうだが、芯は強いのかもしれない。

「全部、話しちゃったほうが楽になると思うけどなあ」

切越がひとりごとのように言う。

「だって常盤さん、おつきあいしてる人がいるんでしょう？　いや、別に調べたわけじゃないけどね。ただの勘ですよ、勘」

白々しいセリフだ。おそらく相手の素性も確認済みなのだろう。

「取り調べが長引いたり、警察にマークされたりするのは嫌でしょう？　彼氏に変に思われちゃうでしょう？　だったら、永澤さんのマンションに行ったのか行かなかったのか、永澤さんを殴ったのか殴ってないのか、そこをはっきりさせましょうよ」

カタカタカタカタ、と岳斗がキーボードを打つ音が取調室に響く。いまのところ文字にしているのは切越が発した言葉だけだ。

沈黙が続いた。一分、五分、十分。切越は腕と足を組んで常盤に顔を向けている。彼女はデスクの一点に目を落としたままだ。

十五分も続いた沈黙を破ったのは切越だった。

「じゃあ、これだけ教えて」と彼女のほうに上半身を乗り出した。「永澤美衣紗さんとはどこで知り合ったの？」

常盤は反応しない。

「一緒にホストクラブに行ったのはわかってるんだからね。その二日後にあなた、二百万円も銀行から引き出したよね。永澤のツケをあなたが支払ったんじゃないの？」

永澤美衣紗を呼び捨てにした切越に、つい「さん」と突っ込みたくなり、三ツ矢の影響を受けていることを改めて自覚した。

それにしても三ツ矢はどこにいるのだろう。今日はまだ彼を見ていない。

「話題を変えましょうか」

岳斗の位置から切越の顔は見えなかったが、その声からは苛立《いらだ》ちも焦りも感じられない。おそらく今日も常盤結唯は黙秘を続けると想定していたのだろう。

「小寺陽介。知ってますよね？」

切越は彼女を下からのぞき込んだ。

「北海道の鐘尻島の知り合いですよね。彼のお母さんとあなたのお父さんが駆け落ちしたんだってね」

でもね、と言って切越は溜めをつくった。

「ここに来て、駆け落ちじゃなかった可能性が出てきたんですよ」

その言葉にも、常盤は動じなかった。自分をのぞき込んでいる切越と目が合わないように頑《かたく》なにデスクの一点を見つめている。

すでに知っていたのではないか——。

岳斗は彼女を見つめ直した。

知っていたとしたら誰から聞いたのだろう。すぐに、小寺陽介、と名前が浮かんだ。

「なんだ、知ってたの」

切越も悟ったらしい。両手を頭の後ろで組み、のけぞるように背もたれに体を預けた。パイプ椅子がギィと悲鳴をあげた。そのままギィギィと椅子を軋《きし》ませながら切越は続ける。

「これ、昨日あなたにお帰りいただいてから入ってきた情報なんだけど、我々よりもあなたのほうが先に知ってたってことか。いやあ、我々警察も反省しなきゃなあ。仕事が遅い。うん、遅すぎる。なあ、田所君」

いきなり振られて飛び上がりそうになった。が、平静を装って「そうですね」と答えたとき、ノックの音がしてドアが開いた。捜査一課の刑事が顔をのぞかせて切越を呼んだ。

「ちょっと失礼しますよ」と切越が取調室を出ていき、岳斗は常盤結唯とふたりきりになった。

彼女には小寺陽介の身柄が確保されたことも、彼が五十嵐善男と熊見勇吉の殺害を自白したことも伝えていない。まだマスコミ発表もしていないから彼女が知る術《すべ》はない。にもかかわらず、彼女の父親と小寺陽介の母親が同時に姿を消した理由を知っているのであれば、それは小寺陽介に教えられたとしか考えられない。

駆け落ちしたと思っていた父親がほんとうは殺されていた。それを知ったとき彼女はなにを思ったのだろう。そのせいで彼女は母親も失ったのだ。真実を知らされたとき、自分のいる世界が、見ている光景が、まるごとひっくり返ったのではないだろうか。

「あの、寒くないですか?」

気がつくと、そんなことを話しかけていた。

彼女がゆっくりと目を上げ、少し考えるようにしてから「大丈夫です」と答えた。返事があると思わなかった岳斗は、その声の小ささと頼りなさに胸を突かれた。

なぜか崖の上に立って海からの風を受けていた昨日の小寺陽介の姿が思い出された。

ドアが勢いよく開き、切越が戻ってきた。常盤の前にどっかと座るとひと息で告げる。

「小寺陽介が永澤美衣紗さんの殺害を自供しましたよ」

常盤が目を上げた。くちびるが少し開いている。声は発していないが、まばたきを止めた丸い目が「え？」と聞いていた。

え？　と聞きたいのは岳斗も同じだった。

状況的にはあり得なくはない。彼は、犯行時間に現場付近の防犯カメラに映っていたのだから。そして、永澤美衣紗は、犯人は知らない男だったと証言したのだから。

「いやあ、すみませんね。もう帰っていいですよ。ご協力ありがとうございました」

芝居がかった切越の口調に、小寺陽介が永澤美衣紗の殺害を自供したというのは嘘なのだろうかと考えた。

常盤が無言で立ち上がった。が、すぐにパイプ椅子に腰を下ろした。動かない瞳は放心しているようにも、猛スピードで思案しているようにも見える。

「いえ、私です」

彼女は言った。

「え？　なんですか？　なにが私なんですか？」

「私が永澤美衣紗さんを殺しました」

なにかを吹っ切ったようなさばさばとした声。

――残念だけど、もういいです。

昨日の小寺陽介とまた重なった。

二百万円を返してくれなかったから――。

常盤結唯は動機をそう語った。

ふたりでホストクラブに行ったあと、永澤美衣紗は常盤に二百万円を請求した。高い酒をたくさん飲んだしボトルも入れたからそのくらいの金額になるのは当然だ、とりあえず立て替えたからすぐに返してほしい。そう迫ったという。

数日後、アパートを訪ねてきた彼女に二百万円を渡した。すると、それきり連絡がつかなくなり、自分が騙されたことに気づいた。犯行当日の三月四日は、二百万円を返してもらうつもりで美衣紗の部屋を訪ねた。しかし、彼女は話に応じるどころか、早く帰れと電気ケトルを投げつけてきた。その態度にかっとなって思わずその電気ケトルで美衣紗の頭を何度も殴った。常盤は淡々とそう説明した。

「あのときは、しずくちゃんが亡くなったばかりだったんですよね。だから、美衣紗さんはパニックになっていたんですね。しずくちゃんのことは知りませんでした。申し訳ないです」

小寺陽介は自分をかばっているのだ、と常盤は淡々としたまま続けた。

あの夜、小寺は自分たちの親が殺されたことを伝えようとしてあとをつけてきた。そのときに美衣紗を殺したことを知られてしまった。五十嵐善男が書いた手紙が犯行現場にあったのは、小寺が罪をかぶろうとしたからだ。俺は五十嵐と熊見を殺したから、ふたりが三人になるだけだ、と言って。

ふうん、と切越が投げやりな声を出し、「ふたりと三人じゃ全然ちがうけどね」とつぶやいた。

「で、あなたと永澤さんはどんな関係だったの？」

切越はデスクに両ひじをつき、ぐっと前のめりになった。

どんな……、と常盤はつぶやいたきり、その意味を考えるように押し黙った。

「じゃあ、いつどこで出会ったの？」

「はじめて会ったのは、一ヵ月か二ヵ月くらい前だったと思います」

今度は迷いなく答えた。

「一ヵ月前？　二ヵ月前？　どっち？」

「二月のはじめだったと思うので、一ヵ月半くらい前です」

「どこで会ったの？」

「たまに行く公園で偶然会いました。美衣紗さんはしずくちゃんを連れていて、ほかに人がいなくて、それでなんとなくおしゃべりしたら話が合って。そのとき美衣紗さんに今度ふたりで飲みに行きましょうって誘われたんです。まさかホストクラブに連れていかれるとは思っていませんでした」

常盤はデスクに視線を落として答えた。その顔にも声にも感情がこもっていなかった。

「永澤さんに会ったのは何回くらい？」

常盤は伏し目がちのまま、思い出そうとするように首をわずかに傾けた。

「たしか四、五回だったと思います」

「どっち？」

長い沈黙を挟んでから「四回です」と常盤は言った。

ということは、公園で出会った、ホストクラブに行った、二百万円を渡した、二百万円を返してもらおうとして犯行に及んだ。ふたりが会ったのはこの四回だけということになる。

「あの、ほんとうに小寺さんは永澤さんの殺害を自供したんですか？」

岳斗は取調室を出てすぐに切越に聞いた。

正午になり、取り調べは一時間の休憩を挟むことになった。

「おまえ、俺が嘘ついたと思ってんのか？」

「あ、いえ、まさか。すみません」

「ほんとだよ。小寺は永澤美衣紗の殺害を自供した。現場にあった便箋に付着していた指紋も小寺のものと一致したそうだ」

「そうですか」

「で、どう思った？　常盤結唯の供述は」

「辻褄は合わなくはないとは思うのですが」

岳斗はなにか手ざわりの悪さを感じていた。常盤結唯の供述は辻褄が合わなくはないが、ピタッと合いもしない感覚だった。

「ですが、なんだよ？」

「かっとなる人には見えなくて」

「ほう」

なぜか切越がにやつく。

「それに、常盤さんと永澤さんの関係性がなんとなく曖昧な気がするんですよね。

常盤さんは三十七歳で、永澤さんは二十三歳ですよね。歳の差もあるし、タイプもちがうのに、公園で偶然会って、一緒にホストクラブに行って、二百万円渡して、最後に殺してしまう。その一連の流れがしっくりこないんです。なんていうか、辻褄が合わなくないからこそもやもやとした違和感があるっていうんでしょうか。彼女という人間が見えないというか」

「おまえ」と切越に下からのぞき込まれてはっとした。

考えに没頭していたため切越への緊張を忘れた。失礼な態度を取ってしまったのかもしれない。すみません、と反射的に謝ろうとしたが切越のほうが早かった。

「なんかパスカルに似てきてないか？」

「え？」

「いや、そんなわけないか」

切越はひとりでさっさと答えを出した。

「あのー、そのパスカルさんはどこでなにをしているんですか？」

「あいつ、ガイシャの実家に行ったわ」

「永澤美衣紗さんの実家ですか？」

「確認したいことがあるんだってよ」

常盤結唯にではなく、被害者の両親に確認したいこととはなんだろう。

「んじゃ、一時にな。俺はこれから根まわししなきゃならないことがいろいろあるからよ」

　そう言って切越はエレベータに乗り込んだ。

　切越の言った根まわしとは、北海道警察との情報交換のほか、八王子の捜査本部への説明や謝罪かもしれない。三ツ矢が、小寺陽介を八王子の捜査本部ではなく北海道警察に引き渡したことに腹を立てている人間は多いだろう。

　三ツ矢の上司というだけで切越は尊敬に値する。そう思ったとき、切越の言葉がよみがえった。

　――なんかパスカルに似てきてないか？

　え？　ほんとですか？　どこがですか？

　まるでいまはじめて聞いたように岳斗は驚き、あのとき聞き流してしまった自分を責めた。

十八章

母は私に呪いをかけたのだ――。

稲妻に貫かれたようにそう思ったのは、母が崖から飛び下りた瞬間のことだった。

あれから二十五年。

いま、その呪いが解けたのか。それとも新たな呪いがかかったのか。

おそらく後者だろう。

うつ伏せに倒れた女を見下ろしながら、常盤結唯はそう思った。


母はなにかにつけて「私はあんたのために死ねる」と言う人だった。

だから、あんたも私のために死ねるようになれ。そう言われている気がした。

そのたびに結唯は母が死ぬところを想像してみた。フェリーから転落するところ、崖から落ちるところ、波にさらわれるところ。

母の身代わりになる自信がなかった。母のために死ねないし、死にたくないとも思った。そんな自分を冷酷な人間に感じた。

もっとママを大切に思わなくちゃ。ママが喜ぶことをしなくちゃ。ママを満足させなくちゃ。ママのために立派な人間にならなくちゃ。

そう思えば思うほど体がこわばり、頭がぼうっとしてなぜか眠たくなった。

鐘尻島には小学校に上がる前から住みはじめたが、それ以前の記憶が曖昧なせいで、結唯は島で生まれたような気がしていた。潮の香りがする生ぬるい夏の風も、鼓膜をやさしく揺さぶる波の音も、静寂に包まれた雪の朝も、鐘尻島の全部が大好きだったが、結唯とは反対に母は島のすべてを嫌っていた。

それだけではなく、結唯が島に馴染《なじ》むことも、友達と遊ぶことも、家の外で楽しむことも認めなかった。そのうち放課後に寄り道をさせないために学校まで迎えに来るようになった。

将来は外交官になれ。母がそう言い出したのは、結唯が小学五年生の頃だった。やっぱり外交官は危ないから東京の一流企業に就職するように。そう変わったのは、たしか小学六年になる直前だったと思う。

結唯は父と一緒に〈ビストロときわ〉で働きたいと思っていた。母にそう告げたら、「ふざけんな！」と殴られた。それ以来、自分の気持ちは口にしないようになった。

母が結唯と一緒に島を出たがっていることは痛いほど感じられた。結唯に、島から連れ出してほしいと願っていることも。日曜日ごとに札幌へ習い事に行くのも、いつか島を出るための準備なのだろうと思っていた。

結唯は、母の人生を預かっている気持ちだった。

母にとって自分は島を出るためのチケットなのだ。絶対に手放してはくれないだろう。そう考えると窒息しそうになった。

それなのに——。

あんなに島を出たがっていた母なのに、父がいなくなると一変した。

パパは絶対に帰ってくるからここにいなきゃならないの。そう言って島にいることに固執した。結唯への執着はますます激しくなり、まるでひとりにすると自分だけ島の外に行ってしまうと思っているように常に目の届くところにいさせた。結唯は、学校が終わると迎えにきた母の車に乗り、一緒に開店の準備をし、店を手伝い、厨房の作業台で宿題をし、閉店の片付けをし、酔っ払った母の相手をした。母は泣きながら結唯にすがったり当たり散らしたり、罵倒したり無視したりした。

勉強しろ、いい成績を取れ、と母はもう言わなかった。反対に、どうせずっとこの島にいるのだから勉強なんて必要ないという態度だった。

この島にいる限り母とは離れられない。いや、島を出ても母はずっとついてくる。いつまでも、どこまでも。母に自由も人生も吸い尽くされてしまう。

結唯は、母と離れたいと思っている自分に気づいて呆然とした。

私のために死ねると言っている母をうっとうしく感じている。

天の教えに背いている気がした。大きな罪を犯している後ろめたさと自己嫌悪。

母が崖から飛び下りたのは、結唯が家出をしようとした日だった。

私が母を殺したのだ——。

中学一年生の夏のことだ。

結唯は、駆け落ちした父と同じように朝いちばんの高速船に乗って島を出るつもりだった。

しかし、船長の熊見に家出だと見破られ、母に連絡がいった。

「このバカ！」

フェリー乗り場の待合所に入ってきた母は結唯の頭を思い切り叩いた。

「バカ！　バカ！　バカ！」

怒鳴りながら何度も叩く母からはアルコールのにおいがした。

結唯はベンチに座ったまま、膝の上のリュックを抱きしめていた。体を縮ませ、目をつぶって母の顔を見ないようにした。

「もうやめれって。そんなに叩いたら、ほんとに頭バカになっちまうって」

熊見の気の毒そうな声がした。

「だってほんとにバカなんですよ！　この子は！　人の気も知らないで！」

　母は結唯の頭を叩き続ける。

「じゃあ、出航の時間だから俺は行くからな」

　熊見の言葉に、母が「ほんとうにすみません。申し訳ありません」と繰り返しあやまり、やっと結唯を叩く手が止まった。

　母に腕をつかまれ、引きずられるようにして車の助手席に乗った。結唯はうつむいてリュックを抱えた自分の手を見つめた。

「なんで家出しようとしたの？」

　車を発進させた母は、低くて平坦《へいたん》な声で聞いてきた。狭い車内に母が放つアルコールのにおいが充満していく。

「どこに行こうとしたの？」

　答えない結唯に構うことなく母は言葉を重ねる。機械のように抑揚のない声で。

「ママを捨てようとしたの？　ママを捨てて、自分だけ島から逃げようとしたの？　パパみたいに朝いちばんの高速船に乗って？　なんでわかってくれないの？　ママはこんなにあんたのことを思ってるのに。全部、あんたのためなのに。ママ、あんたのために死ねるんだよ？　それなのに、なんであんたは自分のことしか考えないの？」

結唯はリュックを抱える手にぎゅっと力を入れた。感情が抜け落ちた母のさらさらした声が耳ざわりでこれ以上聞きたくなかった。

「じゃあ、なんでママは島にいるの？」

結唯はうつむいたまま聞いた。

「この島が嫌いなのになんでいるの？」

「パパが帰ってきたとき、ママと結唯がいなかったらかわいそうでしょ」

離婚届を置いていった父が帰ってくるとは思えなかった。わかっているくせにとぼけようとする母が哀れで惨めで、神経を逆なでするほど愚かに感じた。

結唯はぱっと顔を上げ、母を見て言った。

「パパは帰ってこないよ」

結唯は、父が置いていったその離婚届を以前にも見たことがあった。

小学五年生の春、宿泊研修に持っていく旅行バッグを探していたときのことだ。父のクローゼットにあったスーツケースにそれは入っていた。パパはママと離婚するの？　こっそり聞くと、そうじゃないよ、と父は気まずそうな顔をして答えた。ずっと一緒にいると腹が立つこともあるし、もう二度と顔を見たくない、別れたいと思うときもある。でも、それはほんとうの気持ちじゃなくて、やつあたりみたいな一時的な感情なんだよ。そんなときに離婚届を見て——離婚届、と発音するとき父は声をひそめた――じゃあ、これをママに渡すか？　って自分に聞くと、いや、渡さないって答えが出て、多少のことは我慢できるんだよ。だから、あれはお守りみたいなものかな。ママには内緒だよ。

それを置いていったということはもう母に我慢できなくなったということだ。

「パパは帰ってくるの、絶対に。あんたはなにもわかってないんだって」

母は結唯の言葉にも表情を変えず、さらさらとした声のまま言った。

家が近づいてきても母は速度を落とさず、逆に加速した。あっというまに家の前を通りすぎ、島を一周する道路を北へ向かって走っていく。

いつもは気にならないAの形をした鉄塔に見下ろされているのを感じた。姿は見えなくても、首をつった男がいまもぶら下がっている気がした。

狭い車内が沈黙で満ちていく。

いまを逃したら、母に自分の気持ちを伝えることはできない。母から逃げられない。母に人生を奪われてしまう。

「なにもわかってないのはママのほうだよ。私にはパパの気持ちがすごくわかる。だって私も帰ってこないつもりだったから。島が嫌なんじゃないよ。ママが嫌なの」

前を見据えてひと息で言った。

母は黙っている。

横目でうかがうと、結唯の言葉が聞こえなかったようにくちびるを引き締めてフロントガラスの向こうを見つめていた。母は奇妙な表情をしていた。怒っているようにも笑いを堪《こら》えているようにも見えた。集中しているようにも寝ぼけているようにも見えた。血の気のない顔に、相反する感情がぎゅうぎゅう詰まっていた。

母が車を停めたのは島の最北だった。この崖から身を投げたら死体が見つからないと言われている場所だ。

一緒に死ぬつもりだ。殺される。結唯ははっとして母を見た。が、母はひとりで車を降りた。ひらりとガードレールをまたぎ、ひらひらと崖のほうへ歩いていく。

結唯は慌てて車を降りた。

「ママ！」

呼びかけると、母はゆっくり振り返った。結唯を見てにっこり笑う。そんなふうにやさしく笑う母をはじめて見た気がした。

「いなくなってあげる」

「え？」

聞こえていたのに聞き返した。

「結唯のためにいなくなってあげる」

母はほほえみながらなにか言葉を続けたが、正面から吹きつける海風がさらさらした声を掠《かす》め取っていった。

「ママ！」

叫んだとき、母はもう崖の上にはいなかった。

母は崖下の岩場で見つかったらしいが、結唯はその姿を見てはいない。葬儀を仕切ったのは母の姉、結唯の伯母の三輪里恵《みわりえ》だった。結唯は、福島県の本《もと》宮《みや》市にある彼女の家に引き取られた。伯母夫婦と結唯より年上の子供がふたりいる四人家族だった。

しばらくのあいだ結唯は言葉を捨てた。自分の言葉には魔物がひそんでいる、しゃべるとみんなを殺してしまう、そう思った。そんな結唯に伯母たち家族は腫れ物を扱うように接した。

高校は寮に入った。自分のことを知る人がいない場所で結唯は少しずつ言葉を取り戻したが、なにげないひとことが災いを呼ぶ気がして必要最小限のことしか話さなかった。伯母夫婦は大学にも行かせてくれ、結唯は東京でひとり暮らしをはじめた。

大学卒業後は、飲食店運営会社で働きはじめた。

母がしていた話を思い出したのは就職してからだった。それは、ハンバーガーショップのパートからはじめた女性が、やがて社長に抜擢《ばってき》されるというサクセスストーリーだった。母は、結唯にもこんなふうになってほしい、と言った。そして、休日にはふたりでおしゃれをして銀座や表参道でショッピングがしたい、と。

結唯はサクセスストーリーの主人公になることも、なりたいと思うこともなく、人事総務部の主任という肩書きを得た。おそらくこの先昇進することはないだろうが、それで十分満足だった。

家庭は持たないと決めていた。ひとりで生きていくために定年まで何事もなく勤め上げるつもりだった。

それなのに三十六歳のとき、人生で二度目の恋をした。

平岡高史《ひらおかたかし》とはじめて会ったのは、上司のすすめで出席した異業種交流会だった。その二次会の席で隣同士になったが、盛り上がる人たちから距離を置いていた結唯と同様に彼も寡黙だった。しゃべるきっかけになったのは、端の席だった結唯に彼が料理を取り分けてくれたことだった。

高史は結唯よりひとつ上で、建築士だった。ぼそぼそとした話し方が父に似ていると思った。遠慮がちに言葉をつなぎ、常盤さんはどうですか？　と会話の端々で聞いてきた。

結唯は父が好きだった。

父が小寺則子と駆け落ちしたときはショックで熱を出した。裏切られたという思いと信じられないという気持ちが混じり合い、やがて憎しみと悲しみが体のすみずみまで広がっていった。しかし、翌年の夏、母が死んだことで父への気持ちはまっさらになった。二十歳を過ぎた頃から、父が幸せに暮らしてくれていればいい、と半ば自分に言い聞かせるように思いはじめた。

二度目に高史とふたりで会った日は、結唯の三十七歳の誕生日だった。彼は結唯にネックレスを渡してから、自分はバツイチなのだと緊張した顔で告げた。無精子症であることがわかり、子供をほしがっていた妻から別れを切り出された。それでもよかったら結婚を前提につきあってほしい。そう言われ、あれほどひとりで生きていくと強く決めていたはずなのに、この人と一緒に生きていきたいと思った。

鐘尻島を出て二十五年。結唯はちがう人間になったつもりでいた。

けれど、ちがったのだ。

私はまだ島にいる。

崖の上に立つ母と見つめ合っている。

やさしくほほえみかける母から目をそらすことができない。

倒れた女の頭から流れ出す赤黒い血を見下ろしながら結唯はそう思った。

背後でドアが開いたことには気づいた。

振り返る気力がなかったが、それが男であることは感じられた。うっすらとした加齢臭と皮脂のにおい。そして、なぜかしんとした気配を感じた。その気配は、真っ白な雪に覆われた島の冬の朝を思い出させた。

ああっ、と背後で男が声を漏らした。

振り返ったら、目が合った。どこかで見たことがある気がしたが、思い出せなかった。

彼は無言で結唯の手から電気ケトルを取り上げ、靴箱の上に置くと、「死んだのか？」と聞いてきた。うなずいた結唯に、「……結唯ちゃんが？」と遠慮がちに続けた。

なぜ名前を知っているのだろう。そう思ったことが伝わったように、「小寺陽介です。鐘尻島の」と彼は言った。結唯のくちびるが開いたのだろう、彼は、しっ、と人差し指を口に当てた。

話さなきゃならないことがある、と陽介は言った。

結唯の居所は簡単に知ることができたらしい。名前をインターネット検索すると、結唯が勤める会社のサイトがヒットした。人事担当者から新卒者に向けたメッセージに結唯の名前と顔写真があった。会社のエントランス前で待ち伏せし、そのままあとをつけてアパートも突き止めた。しかし、そのときは声をかけられなかったという。今日こそ話そうと決め、また会社のエントランス前で待っていた。結唯が姿を見せたが、声をかける勇気が出ずにずるずるとアパートまで尾行することになった。日を改めようとしたとき、結唯が入ったばかりのドアから出てきた。その姿になにかただならない気配を感じてここまでつけてきたという。

「ストーカーみたいでごめん」

陽介はそう言ってから、結唯の父は殺されたのだと言った。

結唯の父と陽介の母は駆け落ちなどしていない。高速船の船長と操縦士、彼らの知り合いの男に殺された。そして、島の北の崖から投げ捨てられた。そこは結唯の母が身を投げた場所だった。

なにも感じなかった。

私はどうなってしまったのだろう。まるで気体になってしまったかのように自分自身が心もとない。思考も感情もどこかに行ってしまった。頭がぼうっとして眠たい。いますぐ目を閉じ、そのまま永遠に目覚めたくなかった。

結唯は、ぼうっとする頭で母に叱られたときのことを思い出していた。あのときの感覚と似ていた。

　ふと、父の離婚届のことを思い出した。結唯はそのエピソードを小学校の友達に話したことがあった。うちのパパね、スーツケースのなかに離婚届を隠してるんだよ。でも、それは離婚したいからじゃなくて、離婚しないためになんだって。おもしろい話を披露するようにしゃべったとき、そこに勝又の次男はいなかっただろうか。

　なにも感じない。なにもわからない。どうしよう。私はどうすればいい？

　もし、この話をもっと早く聞いていれば私は彼女を殺さずに済んだだろうか。

　わからない。わからない。わからない。

　この意識も、この体も、この記憶も、自分のものではなく、誰のものでもなく、一滴の波しぶきが消える瞬間に見た幻のようなものに思えた。

「熊見と五十嵐は俺が殺した。勝又はもう死んでたよ」

　そう言って、陽介はジャンパーのポケットから折りたたんだ紙を取り出した。

〈私は人殺しです。五十嵐善男〉

　便箋には震える文字でそう記してあった。

「あいつ、認めたよ。俺の母さんと君の父さんを殺したことを」

　だから、ごめん。ほんとうにごめん。

　陽介は目をぎゅっと閉じて頭を下げた。

「あの夜のこと。島の、魚の加工場でのこと。俺、見てたんだ。見てたのに助けなかった。ざまあみろと思ってしまった。ほんとうにごめん」

あの夜。島。魚の加工場。

ああ、と思い至った瞬間、胸を突かれた。それが、痛みなのかなつかしさなのかわからないまま、失ったものは二度と取り戻すことはできないのだな、とぼんやりと思った。

「ほんとうは何日も前から結唯ちゃんのあとをつけてたんだ。俺たちの親のことを伝えたかったのもあるけど、結唯ちゃんの後ろを歩いていたらあの夜をやり直しているような気がして。今度は絶対に助けるんだ、罪滅ぼしをするんだ、そう思うと少しだけ許された気持ちになって、あとをつけるのをやめられなかった。勝手だよな。ごめん」

陽介は一度目を伏せてから思い切ったように結唯を見つめ直した。

「俺のこと、許してくれるか？」

真顔でそう聞かれ、反射的にうなずいていた。

陽介はほっとしたようにくちびるを緩めた。

「俺がやったことにするよ」

意味がわからず彼を見つめ返した。

「俺は五十嵐と熊見を殺したから、ふたりが三人になるだけだよ。どうせ死刑になるから、全部俺がやったことにする」

彼はドアを薄く開けて外に目を走らせると、「ほら、もう行けよ。防犯カメラに気をつけて」と結唯をドアの外へと押し出した。

気体になった感覚のまま、結唯は夜の住宅地を歩いた。

あの夜。島。魚の加工場。

胸のなかで繰り返すと、ふっと息が漏れた。胸に湿り気が生まれ、喉のあたりに痺れが広がった。

ちがうのに。そうじゃないのに。

結唯の初恋は中学一年生のときだった。

相手はバイクのツーリングで島に来た大学生だった。

ゴールデンウィークだったが、飲み屋になったビストロときわには観光客はほとんど来なかった。

彼は開店直後にヘルメットを片手に来店した。怪訝そうに店内を見まわし、「ここ、洋食屋さんじゃなくなったんですか？」と母に聞いた。

父が失踪してから一年が過ぎていた。

「そうなんですよ。ごめんなさい。いまは居酒屋になっちゃったんです。といっても、あまり食べ物のメニューはないんだけど」

そう言って母は、ふふふっ、と肩をすくめるようにして笑った。父がいなくなってから見せるようになった媚びた笑い方だった。

「あー、そうなんですか」

厨房からのぞいていた結唯にも、彼が帰りたいのに帰るタイミングを失っているのがわかった。

「ビストロだったときに来てくれたことがあるんですか？」

母は、ひさしぶりに島の外の人と話せることが嬉《うれ》しそうだった。

「はい、前は家族で。鐘尻島にリンリン村ができるって盛り上がっていたときですね。僕はまだ中学二年で。今回は大学の友達と三人で来たんですけど」

「あら。お友達は？」

「宿で寝てます」と彼は笑った。

「じゃあ、せっかく来てくれたから特別にイカ焼いてあげる」

「あ、いえ、でも」

「そこに座ってビールでも飲みながら待っててね。私のおごり。お金はいらないからね」

母は結唯にイカを焼くように言いつけ、彼のテーブルに戻ってなにやら楽しそうに話しはじめたが、常連客がやってくるとすぐにそちらへと移動した。

結唯は焼いたイカにおろし生姜《しようが》をのせて彼のテーブルに運んだ。「娘さん？」と聞かれ、「そうです」と答えた。「何年生？」「中学一年生です」「そうなんだ」。それで会話は終わり、結唯は厨房へ戻った。常連客の大声と大笑いに居心地が悪そうだった彼は、イカ焼きをほおばると「ご馳走様でした」とすぐに出ていった。床に財布が落ちていた。

結唯は財布を持って追いかけた。バイクで来た客だからもういないかもしれないと思ったが、彼はバイクを押しながら歩いていた。財布を渡してから「なんでバイクを押してるんですか？」と聞くと、「ビール飲んじゃったから乗れないでしょ」と笑顔が返ってきた。彼は、小さなグラス一杯分しか飲んでいなかった。この島では酒を飲んでも車を運転して帰る人がほとんどだから、その真面目さが新鮮だった。

「えらいですね」

思わずそう言った。

「君のほうがえらいでしょ。お母さんのお店を手伝ってるんだから。お母さんと仲良しなんだね」

彼の言葉で、へそのあたりにあるなにかの蓋がパカッと開いた。

「手伝わされてるだけだもん」

ぶっきらぼうな言い方に、彼は驚いた顔をした。

気がついたときには、母とふたりきりの生活の窮屈さと苦しさをまくしたてていた。自分がこんなにも言葉をため込んでいたことにそのときはじめて気づいた。言葉を吐き出したら心も体もすっきりと軽くなった。

「また来る？」

自然とそう聞いていた。

「うん」

「いつ？」

「夏休み。八月かな」

約束どおり三ヵ月後の八月に彼は来た。今度も友人と三人で来たらしいが、来店したのは彼だけだった。連日、店は常連客で忙しく、結唯は母にあれこれ言いつけられたせいでふたりきりで話すことはほとんどできなかった。

最後の夜もそうだった。彼はひとりで来て、ひとりで帰った。彼が帰ったあと、結唯は母に卵を買ってくるように言われた。コンビニからの帰り、パンクした自転車を押しながら歩いていると、魚の加工場の脇に彼の青いバイクが停めてあることに気づいた。工場は灯りが消えていたが、シャッターが少しだけ開いていた。彼はここにいるのかもしれない。そう思ったとき、工場のなかから彼が現れた。彼はいたずらが楽しくて仕方ないというように笑いを堪えながら、思わず悲鳴をあげた結唯を抱きかかえるようにして工場のなかへ連れていった。

はじめて恋をした。はじめてキスをした。はじめて体を重ねた。母の手の届かないところで。母の想像の外側で。

自由を感じた。生きているのだと思えた。自分という人間の輪郭がくっきりと描かれ、この自由を失いたくないと渇望した。

島を出よう。ひらめきのようにその考えが生まれた。

なにもかも捨てて島を出ていった父の気持ちが理解できた。

島を出ることは彼には言わなかった。住所と電話番号を記したメモをもらったから、島を出てから連絡するつもりだった。彼についていきたかった。ずっと一緒にいたかった。

しかし、実現しなかった。

次の日、母が命を絶ったから。

彼にはそれ以来、会っていない。受け取ったメモもいつのまにかなくなった。それどころか、名前も顔も覚えていなかった。まるで母に取り上げられたように。

十九章

常盤結唯が永澤美衣紗の殺害を自供した翌日。その日は朝から予感がしていた。取調室のドアが開いて三ッ矢が現れるのではないか、と。それは正確には期待や待望といった類いのものだったが、岳斗はあえて予感だと思うことにした。

岳斗の予感は当たった。

午後の取り調べがはじまってまもなく、ノックの音に続いてドアが開いた。顔をのぞかせたのは三ッ矢だった。彼は岳斗と目を合わせて軽くうなずいてから切越に視線を移した。切越が立ち上がり、ドアのほうへ歩いていく。

三ッ矢が切越よりも先に自分を見てくれたことに、岳斗は彼の相棒として認められた気がして嬉しさと誇らしさを覚えた。

ここからは三ッ矢と切越が取り調べを行うことになるのだろう。岳斗はパイプ椅子から立ち上がった。

しかし、入ってきたのは三ッ矢だけで、片手を持ち上げて岳斗に座るよう促した。

岳斗の頭のてっぺんからつま先まで緊張が貫いた。三ッ矢とともに取り調べを行うのははじめてだ。

――三ツ矢からたくさん学べよ。

加賀山のダミ声が頭のなかで再生された。

「三ツ矢秀平《しゅうへい》といいます。よろしくお願いします」

三ツ矢はそう言ってから常盤結唯の前に座った。

常盤は会釈を返したものの目は伏せたままだ。

彼女の午前中の供述は、前日の内容とほとんど同じだった。永澤美衣紗が二百万円を返してくれず、かっとなって電気ケトルで何度も殴った。そう繰り返すばかりだった。

「常盤さんにとって永澤美衣紗さんはどのような人でしたか？」

三ツ矢はいつもどおりの落ち着いた声で聞いた。それは、「田所さんはどう思いますか？」と岳斗に聞くときとまったく同じ声音だった。

常盤は目を伏せたまま、どのような……、とつぶやいた。それきり口を開かない。

前日もそうだったことを思い出した。切越が、永澤美衣紗とどんな関係だったのか聞いたとき、どんな……、とつぶやいたきり押し黙った。

「常盤さんにとって永澤美衣紗さんはどのような人でしたか？」

三ツ矢が繰り返した。

常盤は無言で小さく首をかしげる。

「常盤さんにとって永澤美衣紗さんはどのような人でしたか？」

三度目も三ッ矢の声は落ち着いたままで揺らぐことはなかった。

長い沈黙を挟み、「よく、わかりません」と常盤が答えた。

「なにがわからないのですか？」

常盤はまた沈黙をつくってから、「それほど親しくなかったので、彼女がどんな人なのかよくわかりません」と消え入りそうな声で言った。

「永澤美衣紗さんが亡くなって、常盤さんはいまどのような気持ちですか？」

「申し訳なく思っています」

「申し訳ないだけですか？　ほかの気持ちはありませんか？」

「後悔しています」

「それだけですか？」

常盤は答えない。

「僕はほんとうにわからないのですよ」

ひとりごとにも聞こえる口調。心の言葉がそのまま声になったようだった。

「ほんとうにわからないのです。あなたがなぜ永澤美衣紗さんを殺したのか」

三ッ矢の言葉に、岳斗ははっと息をのんだ。永澤美衣紗を殺害したのは小寺陽介ではなく、やはり常盤結唯なのか。

「永澤美衣紗さんを殴りつけたあと、あなたは自首することも警察を呼ぶこともせずに逃げました。取り調べでも黙秘しましたね。それなのに小寺陽介さんが自供した途端、自分がやったと言い出した。状況的にそのまま小寺さんに罪をかぶせることができるのに、です。そして、犯行時のことを急に話しはじめました。ですから、犯行についてはあなたが説明したとおりなのでしょう。小寺さんはあなたをかばおうとした。だからこそ、五十嵐善男さんの手紙を置いたり、わざと防犯カメラの前に立ったりしたのです。小寺さんが映っていた防犯カメラの下には、防犯カメラ作動中というステッカーが目立つように貼ってありましたから、あえて立ち止まったとしか考えられません。以上のことから、永澤さんを電気ケトルで殴りつけて死に至らしめたのはあなたなのでしょう」

三ツ矢はそこで沈黙を挟んだ。

岳斗の位置からは三ツ矢の後ろ姿しか見えないが、常盤をまっすぐ見つめている気配がした。

「あなたが永澤さんに誘われるがまま一緒にホストクラブに行ったのは理解できます。彼女に言われるがまま二百万円渡したのも理解できます。けれど、彼女を殺したことだけはどうしてもわからないのです」

三ツ矢はそう言ったが、岳斗にはすべてが理解できなかった。一緒にホストクラブに行ったことも、二百万円を渡したことも。常盤の供述が正しいのなら、ふたりは四回しか会っておらず、親しい間柄とは思えない。それなのに言われるがまま二百万円も渡すだろうか。企業の人事総務部に勤める二十七歳の女性が、その二百万円がホストクラブの料金だと信じるほど無知だとは思えない。

「あなたにとって永澤さんは特別な存在ですよね。あなたが逃げたのは、彼女との関係を知られたくなかったからではないですか？」

三ツ矢がそう言った瞬間、取調室の空気がはっきり変わった。音もなくすべてのものがいっせいに弾け、真空の世界に閉じ込められたようになった。

やがて、どく、どく、どく、どく、と音が聞こえてきた。

自分の鼓動だと思った。しかし、岳斗の心臓は静かだ。

ちがう。これは常盤結唯の鼓動だ。彼女の鼓動が取調室の空気に漏れ出している。

岳斗はそれを耳ではなく感覚で聞いていた。

「特別な存在なのにどうして殺したのですか？　二十五年前、あなたになにがあったのですか？」

二十五年前？　岳斗は頭のなかで引き算をした。

常盤結唯が中学一年生の頃だから、母親を亡くして鐘尻島を出た年だ。

「昨日、永澤美衣紗さんのご両親に会ってきました。美衣紗さんのことを、いいえ、永澤さんご家族のことを聞くために。僕には、美衣紗さんも鐘尻島と直接的なつながりがあるように思えてならなかったのです。五十嵐善男さん、熊見勇吉さん、小寺陽介さん、そして常盤結唯さんあなたも、みんな鐘尻島に関係しているからです。それから、あなたを引き取った三輪さんご夫妻にも会ってきました。入院中の三輪里恵さんと、病院を経営している伯父の本成《もとなり》さんです。ふたりとも最初は口を閉ざしていましたが、すべて話してくれました」

常盤結唯は目をぎゅっと閉じた。膝の上の両手を握りしめ、全身に力を入れている。まるで首を切られるのを覚悟しているように。

「ほんとうにわからないのですよ」

三ツ矢が言う。

「あなたはなぜ自分の子供を殺そうと思ったのですか？」

二十章

常盤結唯が伯母に呼ばれて福島県本宮市に行ったのは今年の一月だった。

伯母は緩和ケア病棟に入院していた。自分はもうすぐ死ぬから最後にどうしても聞いておきたいことがある、と伯母は言った。

「あのときの父親は誰だったの?」

陽射しに満ちたデイルームでそう聞いた伯母は、覚悟を決めた顔をしていた。余命を宣告されたのに、肌はふっくらとしてハリがあり、瞳には力があった。伯母と母は三歳ちがいだから、母は生きていれば六十一歳になる。六十一歳になった母が想像できなかった。

伯母の言う「あのとき」が、二十五年前のことだとすぐに察した。

伯母家族に引き取られて半年が過ぎた頃、結唯は激しい腹痛に襲われ、伯父の病院に連れていかれた。

そこで妊娠と死産を同時に知らされた。お腹の子は八ヵ月だったらしい。

初恋の人の子供だった。それはたしかなのに、すでに彼の顔も名前も思い出せなくなっていた。子供が死んだことに悲しみもつらさも感じなかった。ただ怖かった。

命を宿した自分の体も、生まれようとした胎児も。自分の腹に巣くっていた命は、大好きだった人の子供ではなく、化け物に植えつけられた生き物だという気がした。

島で過ごした最後の夏がどこまでも追いかけてくるのを感じた。

あのとき十三歳だった女の子がいまは三十七歳になっている——。

結唯は遠い場所から他人を眺めるように思った。

「伯母さんの知らない人」

結唯は答えた。

「私の知らない人？　ほんとうなの？」

「ほんとうです」

結唯の返事に、伯母は泣き出した。

自分の息子が結唯を襲ったのではないか。ずっとそう思っていたのだと伯母は打ち明けた。伯母夫妻には結唯よりふたつ上の双子の息子がいた。

顔を覆って泣き続ける伯母に結唯はハンカチを渡した。

そういえば、母の葬儀のときも伯母がずっと泣いていたことを思い出した。

母は実家の話をほとんどしなかったが、ふとした拍子に悪口を並べ立てることがあった。母の三つ上の姉はえらそうで生意気でぶさいくで、母に意地悪をする人だったはずだ。その伯母が母の死を悲しみ、泣き崩れているのを目の当たりにし、結唯はいままで見聞きしたことも、考えたり感じたりしたことも、自分自身のすべてを信じられなくなった。

「死産じゃなかったの」

伯母はいきなり言った。

早産で未熟児ではあったが子供は生きていた。小さな女の子だった。でも、あなたはまだ中学生だった。あなたの将来を考えて、子供は知り合いの産婦人科医に託し、そこで特別養子縁組をしてもらった。

伯母はそう言ったが、なにを聞かされているのか理解が追いつかなかった。ただ、あのとき死んだはずの子供が生きていたということだけはわかった。わかりはしたが、すぐに受け入れることはできなかった。

知り合いのよしみで子供を引き取った人を教えてもらった、と伯母は言った。

郡山《こおりやま》市に住む永澤という子供のいない夫婦だった。その子はいま、離婚して子供と一緒に東京の中野区に住んでいる。実家の両親にも住所を教えていないようだから、興信所を使って居場所を調べさせた。

「ほんとうは墓場まで持っていくつもりだった。でも、私が死んだらお父さんひとりにこの重荷を背負わせてしまうことになるでしょ。お父さんにつらい思いをさせたくないの。だから、あとはどうするかあなたが決めて」

伯母は重い荷物を下ろしたように体から力を抜いた。

伯母さん、私、結婚するの――。

言えなかった言葉が胸のなかで溶けて消えていくのを感じた。

その一週間後、結唯は伯母から渡されたメモをバッグに入れてアパートを出た。

ちょっと散歩に行くだけだ、と自分に言い聞かせながら。

メモに書かれた永澤美衣紗のマンションは結唯のアパートから電車で一駅しか離れておらず、徒歩でも三十分ほどの場所にあった。彼女が思いがけず近くにいることが単なる偶然とは思えず、逆らうことのできない力が働いているのを感じた。結唯は無意識のうちに、ビストロときわから小学校までくらいだ、と鐘尻島の距離感に換算し、一瞬、潮風のにおいが鼻によみがえった。

よく晴れた冬の午前だった。澄み渡った薄青の空に雲はなく、やわらかな陽射しが風景をきらめかせていた。通りに人の姿はなく、住宅街には静けさが満ちていた。

このまままっすぐ通りを下れば、あと三、四分で彼女の住むマンションに着いてしまう。そう思った結唯は立ち止まった。常緑樹に囲まれた公園の前だった。

引き返したいと思った。しかし、いま引き返したとしても、明日行く、明後日《あさって》も行く。美衣紗の顔を見るまで取り憑かれたように何度でも行くだろう。進もうか引

き返そうかと逡巡《しゅんじゅん》していると、

「このバカ！」

舌打ちに似た声がした。

はっとして目を向けると、公園にいる女の後ろ姿が目に飛び込んできた。女の前に紺色のベビーカーがあり、このバカ！という言葉はベビーカーのなかの子供に向けたものだと理解した瞬間、
彼女が美衣紗だ――。

顔も見えないのにわかってしまった。

公園にはいくつかのアスレチック遊具と水のない小さなプールがあり、その奥に東屋《あずまや》とベンチが見えた。彼女たちのほかには誰もいない。

大きな存在に俯瞰されているのを感じた瞬間、リンリン村跡地の鉄塔が脳裏でくっきりと像を結んだ。

公園へ足を踏み入れながら、もう逃げられない、と結唯は思った。

「うるさい！　泣くな！　投げるな！」

女は地面からうさぎのぬいぐるみを拾い上げ、子供に渡したようだった。すると、すぐにまたぬいぐるみが放り投げられた。

「このバカ！　投げるなって言ってるだろ！」

　彼女は拾い上げたぬいぐるみを今度は子供に渡さず遠くへ放り投げた。大きくはないが、子供が泣き出した。あ、あーっう、あ、あーっう、うえぇーっ。体の奥から絞り出すような声だ。

「うるさいって！」

　彼女の怒鳴り声に呼応し、ああああーっう、あああーうっ、ああああーっ、と子供の泣き声も激しくなっていく。子供の名前はしずく。伯母のメモに書いてあった。

「なんですぐ泣くんだよ！」

　彼女は悲鳴のような声をあげてベビーカーの横にしゃがみ込んだ。両手で耳をふさぐようにしている。彼女も泣いているのだとわかった。

「大丈夫ですか？」

　結唯は美衣紗に声をかけた。

　ミルクティー色の髪を震わせながら嗚咽《おえつ》を漏らしていた彼女は、結唯が声をかけたことで開き直ったように泣き声を大きくした。

　ベビーカーを見ると、フードのついたピンク色のカバーオールを着た赤ん坊が、ふくふくとした手足をバタつかせながら泣いていた。赤い頬は乾燥して粉が吹き、短いひっかき傷がある。

　ふたりを見ても愛《いと》おしさや親密さはまったく湧いてこなかった。どんな感情を抱けば正解なのかもわからなかった。ただ、彼女のためになにかしなくては、という強い衝動がこみ上げてきた。

結唯はうさぎのぬいぐるみを拾い、子供の目の前で「こんにちは。うさぎちゃんです」と言って歩く真似をさせたり、手を振ったりさせてみた。しだいに子供の泣き声は途切れ途切れになり、やがてぬいぐるみをつかみ、ぶぶぶっ、と機嫌よさそうな声を出した。

「大丈夫ですか？」

もう一度声をかけると、数秒たってから「もうやだ」と濡れたつぶやきが返ってきた。しゃがみ込んだままの彼女にハンカチを渡し、「なにが嫌なの？」と聞いた。

「全部」

即答した彼女を見下ろしながら、結唯はゆっくりと深呼吸した。

まだわからない。この子は永澤美衣紗じゃないかもしれない。祈るようにそう思いながら「名前はなんていうの？」と聞いた。

「……その子？」

どちらでもよかったが、「うん」と答えた。

「……しずく」

衝撃はなかった。やっぱり、と思っただけだった。やっぱりこれは最初から仕組まれていたことなのだ。

「かわいいですね」

「かわいくない」

ふてくされたような声が、結唯の鼓膜をざらりとひっかいた。

美衣紗がゆっくりと立ち上がる。

目と鼻は真っ赤で、涙で濡れた顔に髪の毛が数本張りついている。薄くて短い眉、二重の丸くて小さな目、ふっくらとした小鼻。自分に似ているのかどうかはまったくわからなかった。

「こんなはずじゃなかったのに」

恥ずかしさを隠すためのぶっきらぼうな口調。その声に自分と共通する音があるか聞き取ろうとしたが、やはりわからなかった。

「ひとりで育てるのは大変でしょう」

美衣紗の驚いた顔で、言ってはいけないことを口走ってしまったことに気づいた。

「なんでひとりだってわかったの?」

「なんとなく。雰囲気で。大変そうに見えたから」

そう誤魔化すと美衣紗は信じたようで、やっぱり大変そうに見えるのかな、そうだよね、いま泣いちゃったしね、恥ずかしい、などと自嘲ぎみにつぶやいた。

「離婚したばっかりで」

美衣紗は言い訳するように言った。

「東京で暮らすのもはじめてで、まだこっちに来てから二ヵ月もたってないんだ」

「やっぱり東京がよかったの？」

「やっぱり、って？」

「ううん。東京に憧れる人が多いから。私のまわりもそうだったし」

「好きな人ができちゃって」

美衣紗は照れたように笑った。八重歯が見えて無邪気な少女の顔になった。

「もともとは旦那の浮気のほうが先だったんだよね。でも、そのおかげで彼と出会えたんだ。私、離婚するつもりで旦那を問い詰めたの。そうしたら、あいつ逆ギレして私を突き飛ばしたから、すぐに警察呼んでやったんだ。そうしたら、スムーズに離婚できてほんとラッキーだった。彼もはじめて会ったときに、そんな男とは別れたほうがいい、俺なら絶対に浮気しない、って言ってくれたし。彼ね、すごくやさしいの」

一目惚《ひとめぼ》れだったという。好きで、好きで、どうしようもない、彼のことしか考えられない。こんな気持ちになるなんて思わなかった。美衣紗は頰をきゅっと上げてまくしたてた。

「彼、私の話を真剣に聞いてくれるんだよね。ヘアスタイルを変えたらすぐに気がついてくれるし、かわいいって褒めてくれたり、ずっと一緒にいたいって言ってくれたり。私のこと、すごく大事にしてくれるんだ」

美衣紗は嬉しそうに語り、洟《はな》をすんとすすった。その笑顔の下に、恋をしている人特有の甘い焦燥感が透けて見えた。

結唯は二十五年前のことを思い出していた。

鐘尻島にツーリングで来た大学生。あんなに好きだったのに顔も名前も思い出せないのは、母が記憶ごと取り上げてあの世に持っていってしまったからだろう。

そうか、この子にもそんな人がいるのか。

「でも、彼には子供がいること隠してるんだ」

そう言って美衣紗はベビーカーをのぞき込み、「あ、寝そう」とやわらかなつぶやきを漏らした。

「彼、子供が嫌いなんだよね。あと、生活感のある女も嫌いなんだって。だから、実は子持ちです、なんて彼には絶対に言えないんだ。でも、どうしようもないじゃん？　捨てるわけにもいかないし。っていうか、手放すつもりないし。離婚するときもしずくは絶対に渡さないって姑と大バトルしたんだから。私ってそれまで姑の言いなりだったから、すごくびっくりしてた。でも、この子、私の都合を全然考えてくれないんだよね。っていうか、わざと邪魔してるように見える。前はもっといい子だったのに。だから、かわいいんだけど、かわいくない。ときどき、すっごく憎らしくて面倒くさくなることがある」

美衣紗の言葉が細かな雨になって結唯の体に染み込んでいった。愛おしさも親密さも感じていないはずなのに、この子のことをもっと知りたい、この子の力になりたい、と渇望した。聞かないほうがいいとわかっているのに言葉が勝手に転がり出る。

「さっき、全部嫌だ、こんなはずじゃなかった、って言ったけど、しずくちゃんのこと?」

お金がないんだよね、と彼女は言った。

ファミリーレストランで働いているが、生活費が足りなくて家賃を滞納している。私は就職したことがないし、資格も特技もないから、夜の仕事をするしかない。でも、ちょっと怖い気もする。

誰かに相談したかったのだろう、美衣紗はまくしたてた。

「家賃っていくら?」

気がついたら聞いていた。

「十一万五千円。高いよね」

「このへんにコンビニはある？」

「この通りを左に曲がったところにあるよ」

「あそこのベンチで待っててくれる？　すぐに戻ってくるから」

不思議そうな顔をした美衣紗を残して結唯は公園を出た。

この子を助けたい、ではなく、助けなくては、という強迫観念が結唯を動かしていた。

コンビニATMで引き出した十二万円を美衣紗に渡した。

「なんで？」

彼女は驚いたが、固辞しようとはしなかった。

「いいの？」

「返すのはいつでもいいから」

「ありがとう！」

美衣紗は結唯に抱きついた。

シャンプーのにおいと甘い体臭が鼻をついた瞬間、もうこの子から逃げられない、と確信した。

どうしてこんなに親切にしてくれるのかと聞いた美衣紗に、死んだ妹に似ているのだととっさに嘘をついた。そのときから彼女は結唯を「おねえさん」と呼ぶようになった。

「東京にほんとうのおねえさんができたみたいで嬉しいな。実家に連絡したら、しずくと一緒に帰ってこいって言われるから、元ダンのDVから逃げてるって嘘ついて住所も知らせてないの。だから、誰にも頼れなかったんだ。私、絶対に東京にいたいの。彼と会えなくなったらきっと死んじゃう」

美衣紗は、私の好きな人に会わせてあげる、と言った。それを口実に二百万円を騙し取ろうとしたことはあとで知った。

数日後、彼女につれて行かれたのは新宿の〈クラブバリアス〉というホストクラブだった。彼女が夢中になっているのはホストなのだとこのとき知った。そのホストは休みだったが、美衣紗は公園で会ったときとは別人のようにはしゃいだ。

店を出ると、彼女から二百万円を請求された。ホストクラブはこのくらいするのだ、と美衣紗は平然と嘘をついた。

彼女がこんな人間になったのは自分のせいだと結唯は思った。赤ん坊を放って夜遊びするのも、家賃が払えないのにホストクラブに通うのも、二百万円を騙し取ろうとするのも、すべて自分が悪いのだ。

次の土曜日、美衣紗は結唯のアパートまでお金を取りに来た。

用意しておいた二百万円を渡すと、それきり連絡がつかなくなった。

思い返すと、結唯は美衣紗に住所も電話番号も教えたが、彼女からはSNSのアカウントしか知らされていなかった。それでもよかった。このまま美衣紗としずくが目の届かない場所へ消えてくれれば、それがいちばんよかった。

それなのにあの夜、美衣紗のマンションに行ったのは、会社から帰宅していつものようにテレビをつけたら、若い母親と子供の無理心中のニュースが映し出されたからだった。これは虫の知らせかもしれない。美衣紗としずくになにかあったのかもしれない。一度思いついたら、そうとしか考えられなくなった。

彼女の部屋のインターホンを鳴らすと、すぐにドアが開いた。

美衣紗は誰かが来るのを待っていたようだった。泣き腫らした顔に驚きと動揺が張りついていた。

「どうしたの？」

不吉な予感に心臓が早鐘を打ちはじめた。

「なんでうちを知ってるの？」

真っ赤な目をせわしなく泳がせながら美衣紗は浅い息づかいで聞いてきた。

前にたまたま見かけたことがある、と誤魔化そうとするよりも先に、美衣紗に腕を引っ張られて玄関に入った。ゴミだらけのキッチンが目に飛び込んできた。

「なにかあったの？　しずくちゃんは？」

喉がふさがり、気が遠くなる感覚のなかで結唯は聞いた。

「部屋で寝てる。ほんとに寝てるだけだから」

美衣紗はうわずった声で、しずくは寝ているだけだと繰り返した。

「なにかあったなら言って。なんでもするから」

そう懇願する自分をなにかに操られているように感じた。

美衣紗は沈黙を挟んでから、「じゃあ、お願いがある」と声を絞り出した。

「なあに」

「絶対に聞いてくれる？」

「絶対に聞くわ」

反射的にそう答えていた。

「これで私を殴って」

美衣紗はキッチンにあった電気ケトルを差し出した。

「どういうこと？」

「お願い。これで私の頭を殴って。強く。血が出るくらいに。このことは誰にも言わないで」

「ちょっと待って。意味がわからない」

「お願い。助けて。絶対に迷惑かけない。もちろんおねえさんがしたって言わない。

ねえ、お願い。おねえさんにしか頼めない。二百万返すから。ね？　ほんとうに返すから。早く、早くして」

涙で濡れた顔はまだらに赤く、乱れた髪が張りついている。血走った目。痙攣《けいれん》する杏《あんず》色のくちびる。鼻水を垂らす小鼻。

これは誰だろう。

体はこわばっているのに、頭はぼうっとして眠気さえ感じた。

これが誰であっても言うとおりにしなくてはいけない——。

その考えに思考も感情も支配された。

結唯は電気ケトルを振りかざし、美衣紗の頭に叩きつけた。

「バカ！　強くって言ったでしょ！」

怒鳴り声が電流のようにこめかみを貫いた。言われるがままもう一度叩きつける。

そのとき、結唯は崖の上に立つ母を見ていた。

母がほほえみながら言う。

——結唯のためにいなくなってあげる。

結唯を見つめたまま、母はさらにくちびるを動かす。海風が掠め取ったはずのさらした声が結唯のもとに届けられる。

——ママは結唯の子供に生まれ変わるから。

そう言って母は崖から飛び下りた。

ママ！　自分の叫び声が遠くから聞こえた。

目の前の女は誰だろう。

電気ケトルを叩きつけながら、結唯はぼうっとした頭で考えた。

――ママは結唯の子供に生まれ変わるから。

短い悲鳴をあげる女。

――ママは結唯の子供に生まれ変わるから。

ママが怒っている。ママが泣いている。ママがついてくる。ママに人生を奪われる。

もうやめて、と思った。許してください。ごめんなさい。もうしません。

――ママは結唯の子供に生まれ変わるから。

やさしいほほえみで呪いをかけるママから目をそらすことができない。

女が床に崩れ落ちた。頭からじんわりと血が流れ出していく。

「ごめんなさい」結唯はつぶやいた。「ママ、ごめんなさい」

その直後、背後でドアが開く音がした。

振り返る気力がなかったが、それが男であることは感じられた。うっすらとした加齢臭と皮脂のにおい。そして、なぜかしんとした気配を感じた。その気配は、真っ白な雪に覆われた島の冬の朝を思い出させた。

「それがあの夜に私がしたことです」

結唯はそう言ってくちびるを閉じた。

結唯が話しているあいだ、目の前の三ッ矢という刑事はまばたきやうなずきで話を促すだけで、ひとことも声を発しなかった。

視線をそっと上げると、三ッ矢と目が合った。

彼は悲しそうな顔をしていた。切れ長の目は結唯を見つめたまま動かないのに、瞳に映った淡い輝きがゆらゆらと揺らめいている。

なぜそんな顔で私を見るのだろう。

三ッ矢はゆっくりとまばたきをした。結唯から目をそらさずにそっとくちびるを開く。

「私はあなたに会うつもりはないし、美衣紗を殺したことは絶対に許しません。でも、私を産んでくれたことには感謝しています」

静かな声だった。

わけがわからずにいる結唯を、三ッ矢はまなざしを深めて見つめ直した。

「あなたのお子さんから預かった言葉です」

「え？」

「あなたが十三歳のときに産んだ子供と特別養子縁組をしたのは永澤さんご夫妻です。それはまちがいありません。しかし、あなたの子供を引き取った翌年、永澤さんご夫妻に実子が誕生しました。それが美衣紗さんです。あなたの伯母の三輪里恵さん、あるいは興信所のどちらがどうまちがえたのかはわかりませんが、永澤さんご夫妻の子供はひとりだと思い込んでいたのでしょう。永澤美衣紗さんはあなたの子供ではありません」

頭のなかが白く弾けた。自分がバラバラになって消えていくようだった。

なにもかもが夢に思えた。伯母夫婦に引き取られたことも、高史と出会ったことも、美衣紗を殺したことも、いまここにいる自分も。この記憶も、この感覚も、この感情も、すべては死んだ自分が見ている愚かな夢の一部なのかもしれない。ほんとうの自分は、十二歳のときに母と一緒に崖から飛び下りたのではないだろうか。

そうだったらよかった。あのとき、母を追って飛び下りればよかった。

ふと、三ツ矢の声がよみがえった。

――産んでくれたことには感謝しています。

その言葉が、波しぶきになって細胞のひとつひとつに染み込んでいくのを感じた。

私もそう思えればよかった。

母が怖くても、うっとうしくても、産んでくれてありがとうと思えればよかったのに。

「どうしよう……」

そうつぶやいた結唯を、姿のない母が静かなほほえみを浮かべて見つめていた。

二十一章

常盤結唯がすべてを自供したその日、北海道鐘尻島では二体の遺体が発見された。

リンリン村跡地に埋められていた遺体はどちらも白骨化しており、DNA鑑定の結果、小寺則子と常盤恭司であることが判明した。

そこにふたりが埋められていると考えたのは三ッ矢だった。長年放置されたリンリン村跡地のその部分だけ、熊見勇吉と勝又誠が土地を購入していることを突き止めたからだった。

「三ッ矢さんは呪いって信じますか？」

岳斗の問いに三ッ矢は数秒の沈黙を挟んだ。

「信じます」

そう答えてから、「信じたいです」と言い直した。

郡山市にある永澤美衣紗の実家を訪ね、両親に事件の報告をした帰りだった。

郡山駅を発車した新幹線は市街地を抜けたところだ。

永澤家の一階の和室には後飾り祭壇があり、美衣紗としずくの遺骨が並べられていた。しずくの遺骨の前に供えられたたくさんのベビーフードは、美衣紗が倒れているのを発見した宅配業者が届けるはずのものだった。

テレビや週刊誌は連日、〈鬼母〉〈ホスト狂い〉などと騒ぎ立て、美衣紗の両親のもとにも取材が殺到したが、事件発生からおよそ一ヵ月がたった今日、実家の前にマスコミ関係者はいなかった。

自分たちの実子を殺したのが、養子に迎えた子供の母親だと知った永澤夫妻の悲しみと心労は目に見えるだけではなく、空気にも溶け出していた。岳斗は毛穴からふたりの痛苦が入り込むのを感じた。

結唯が産んだ子供──永澤希湖は、実家の近くでひとり暮らしをしているが、今日は姿を見せなかった。血のつながりがないとはいえ、妹を殺したのが自分を産んだ人だと知った彼女はどんな気持ちでいるのだろう。想像しようとすると、岳斗は暗闇のなかでもがいている感覚になった。

──犯人がわからないままのほうが、まだましだったのかもしれませんね。

美衣紗の母親のつぶやきが耳に残っている。

あのとき、わからないほうがつらい、と三ッ矢が答えるような気がした。彼の母親を殺した犯人はまだ見つかっていないのだから。

しかし、三ッ矢はなにも言わなかった。ただ静かに永澤夫妻の悲しみを受け止めていた。

新幹線の通路側に座る三ツ矢は、永澤夫妻に対面したときと同じ表情をしている。

「三ツ矢さんが呪いを信じたいなんて意外です」

岳斗が言うと、「そうですか？」と返ってきた。

「じゃあ、勝又さん親子と、五十嵐善男さんの妻が亡くなったのって呪いだと思ってるんですか？」

そんなわけないと思いながら聞いた。なんでもいいから話をして、三ツ矢にまとわりつく悲しみの影を薄くしたかった。

「呪いだと認めた瞬間、呪いは発生するのだと僕は思います」

「あ。思います、って言いましたね。思います、ってことは自信がないってことですね」

岳斗は茶化した。

「そうです。自信がないってことです」

あっさり認めた三ツ矢に、つまんねー、と岳斗は胸のなかでつぶやいた。

「ただ、祈りの力があるのなら呪いの力もあるはずです」

「祈りの力ってあるんですか？」

「アメリカでは祈りの力を科学的に研究しています。実際に、病気の回復を祈られた人と祈られなかった人とでは、その治癒の速さに差があったそうです」

「えー。ほんとうですか？」

たまたまじゃないですか、と続けようとしたら、

「たまたまだという人も多いようです」

そう言われ、いまの絶対に心を読んだだろ、と言いたくなった。

「それから、毎日祈っている人と、祈らない人とでは寿命に歴然とした差があるというデータもあります。ですから、祈りの力はあると考えるのは不自然ではありません」

そんな力があるなら毎日祈ってやる、と岳斗は思った。しかし、特に祈りたいことがない。とりあえず、世の中から悲惨な事件や事故がなくなることを祈ろうと決めた。そして、永澤夫妻と希湖に心から笑える日が訪れることも。

「そう考えると、逆の場合もあると言えます。呪いはある種の力として存在するのかもしれません」

「じゃあ、ほんとうにふたりの呪いだったのかもしれないってことですよね」

「そうですね。五十嵐善男さんと熊見勇吉さん、このふたりが呪いの発生源だったのかもしれませんね」

岳斗と三ッ矢では、「ふたり」の意味する人物がちがっていたが、黙っているこ

とにした。

戸塚警察署に着いたのは夕方の六時すぎだった。

これから山のような報告書を書かなくてはならない。その前にトイレに行こうと思ったが、ふと嫌な予感に駆られて下の階に行くことにした。

階段を下りていると、どんっ、どんっ、と重量感のある足音が下から聞こえた。

さっきとは比べものにならないほどの嫌な予感が岳斗の足を止めた。

「よーう」

しゃがれた低い声が階段室に反響した。

「なんで階段なんですか！」

つい文句が口をついた。

「あ？」

「あ、いえ。お疲れ様です！」

「お疲れなのはおまえのほうだろ」

切越はにやりと笑った。

以前、トイレで同じやりとりをしたのを思い出した。

「あの、大丈夫でしたか？　道警は怒ってませんでしたか？」

もし怒らせていれば、岳斗はとっくに切越に精神を半殺しにされていたはずだ。

「ま、手柄を横取りされてチックショーとは思ってるだろうな。それより八王子のほうがカンカンだ。なんで小寺を道警に渡した、ってな。あれがパスカルじゃなかったら半殺しになってたかもな」

北海道警察に身柄を移送された小寺陽介は、その後、常盤結唯の罪をかぶろうとしたことを認めた。犯行現場に居合わせた彼は、常盤結唯を立ち去らせてから電気ケトルとドアノブの指紋を拭き取った。五十嵐善男の手紙をキッチンに置いたのはとっさに思いついたことだったが、五十嵐たちのしたことを世に知らしめたい気持ちもあった。永澤美衣紗のスマートフォンは、鐘尻島に向かうフェリーから捨てたと供述した。ただ一点だけ、常盤結唯の罪をかぶろうとした理由については口を閉ざしているらしい。

「お、そうだ。パスカルがおまえのこと褒めてたぞ」

「えっ」

想像外の言葉にうろたえた。

「おまえには才能があるってよ」

「ほんとですか！」

いまつま先に火をつけられたら宇宙まで飛び立っていけそうだ。

「どこでもあっというまに眠れる。あれはすごい才能だってよ」

飛び立った体がひゅーっと音をたてて真っ逆さまに落下した。喜びが大きかった分、落差も大きく、頭から首まで地面にめり込んだ感覚だ。

立ち去りかけた切越が振り返った。

「おまえ、うち来るか？」

岳斗はうなだれていた頭を慌てて上げ、「はい？」と聞いた。

「うちだよ、うち。ほ、ん、ちょー」

ほんちょーが本庁に変換されるまで一、二秒かかった。

「本庁というのは警視庁のこと、ですか？」

岳斗は慎重に訊ねた。んなわけねえだろ、図々しい、と罵倒されるかもしれないと怯えながら。

「これからもパスカルのお守りをしたいなら考えてやるぜ」

「ほんとですか！」

「まだオフレコだけど、新しい部署をつくってそこにパスカルをぶち込むらしいぜ。おまえも一緒にぶち込まれるか？」

「ぜひお願いします！」

岳斗は額が膝につくほど深いお辞儀をした。顔を上げると切越はいなくなっていた。

オフレコでも三ツ矢にだけは伝えたい。

岳斗は階段を駆け上がって急いで会議室に戻った。三ツ矢はいなくなっていた。

「くっそー！」

未来につながる叫びだった。

解説

杉江松恋

皆の頭上に分け隔てなく広がる青空。しかし、その下にいる者の思いは皆異なる。

小説とは、人それぞれが異なる内面を持ち、別々の生を送っていることを書くものだろう。楽しいことも哀《かな》しいこともそれぞれにある人生には、時にとりかえしのつかない悲劇が訪れることがある。犯罪小説とはそうした人生の破局を描く物語の形式だ。主として家族という社会集団のありように着目する作家であるまさきとしかは、それが突然の事件によって不可逆に変化する局面をこれまでの作品で描き続けてきた。家族はいかにして成り立ち、そして壊れるのか。最新作『あなたが殺したのは誰』もそうした作品である。

東京都中野区東中野のマンションで頭から血を流して倒れている女性が発見されたことから話は始まる。現場に駆け付けた警察は、部屋にいたはずの乳児が姿を消していることに気づく。傷害だけではない、乳児連れ去りという重大事件である。部屋には謎の文言を書いた紙が落ちていた。「私は人殺しです。五十嵐《いがらし》善男」という文面である。まるで犯行の告白だが、五十嵐なる人物は二ヶ月前に起きた強盗殺人事件で命を奪われていたのだ。殺された人間が人殺しというのはどういうことなのか。

これが現在パートで、もう一つ一九九三年からの過去パートが並走する構成になっている。こちらの舞台は北海道の鐘尻島《かねしりとう》だ。島ではリンリン村と呼ばれる大規模なリゾート開発が始まっていた。完成すれば多くの観光客が来島することが見込まれ、〈帰楽亭《きらくてい》〉という料亭を営む小寺陽介《こでらようすけ》の両親は、別邸を作ってそれに備えているのである。しかし陽介の胸には影が射していた。工事が休止したまま、一向に再開する様子がないのだ。もし開発が中止になってしまったら、帰楽亭はどうなってしまうのだろうか。やがてその不安は的中し、島全体を動揺の渦に巻き込むような事態が起きてしまう。

現在進行形の事件捜査と過去の出来事とが交互に語られていく。読者の関心は、二つの叙述がどこで交わるかということに向けられるだろう。そこに至るまでには多くの人間が登場し、さまざまな人生模様が描かれる。現在と過去、いずれの物語も緊迫感に満ち、いささかも間延びすることがないので、読者はあっという間にページをめくらされてしまう。合流点に到達するころには、おぼろげながら事件の全貌が見えてきているはずである。しかしミステリーとしてはそこからが本番で、プロットのうねりが激しさを増す。そして読者は、予想もしなかった地点に運ばれてしまうのである。人物配置の妙、そして緩急自在な物語運びがこの作者の魅力だ。

本作は、警視庁捜査一課殺人犯捜査第5係の三ツ矢秀平《みつやしゆうへい》と戸塚警察署の田所岳《たどころがく》斗《と》がコンビで主役を務めるシリーズの第三長篇である。田所は刑事としては新米だが、第一長篇『あの日、君は何をした』（二〇二〇年。小学館文庫）で描かれる事件捜査で初めて会う前から三ツ矢の噂《うわさ》を聞いていた。警視庁でも評判の変わり者なのである。初対面の三ツ矢は、田所の目に「ものものしい雰囲気のなか、彼だけがまるで重力をかわしているかのように床から二、三センチ浮き上がって」いるかのように映ったという。

「もやし体形という表現がぴったり」で「売れないミュージシャンもしくは劇団員といった雰囲気」を身にまとう三ツ矢は、その外見から「パスカル」あるいは「ミッチー」などとあだなされている。だが、見かけとは裏腹に凄腕《すごうで》の刑事なのである。おそらくは、一度見たものは絶対に忘れない瞬間記憶能力の持ち主であり、他の誰もが見過ごしてしまうような些細《ささい》な手がかりに執着する。それによって事件を意外な角度から見ることができるのだが、何かが気になりだすと他のことが目に入らなくなる悪癖があるので、コンビを組んだ者は苦労させられるのだ。言葉を荒らげることはないし物腰も柔らかいのだが、行動のテンポがいちいち合わず、コンビを組まされた田所は悩まされる。

『あの日、君は何をした』では、コンビの出番は冒頭ではなく第二部からである。十五年という時の流れが生み出した悲劇を描く作品で、三ッ矢は過去の事件で容疑者とされたまま事故で死亡した少年について、他の刑事たちがすでに関心を失っているにも拘《かか》わらず、疑問を抱き続けていた。少年の「死に至るまでの理由がわからない」からだ。すでに解決した事件について警察が再捜査をすることはありえないのだが、三ッ矢は田所に「定年になったら調べるかもしれません」と言う。「世の中には僕には理解できないことがあふれてい」るので、三ッ矢はその答えを知りたくて仕方がないというのである。そうした形で未解決の事件に拘《こだわ》る理由は、自身の過去にあるのかもしれないと示唆される。三ッ矢には中学生のとき、何者かに殺された母親の、事件の第一発見者になってしまった過去があるのだ。

第二長篇の『彼女が最後に見たものは』（二〇二一年。小学館文庫）では、三ッ矢と田所が冒頭から登場する。同作で作者は、三ッ矢を前面に出して物語を進行させていく肚《はら》を括《くく》ったようである。田所が三ッ矢の奇行に悩まされる場面もお決まりのものとして定着し、天才探偵とその助手という黄金パターンが確立した。

ごく単純化して言うと、『あの日、君は何をした』は無関係に見える出来事のつながりが発見されるというプロットの物語である。過去と現在の二つが衝突する話と言ってもいい。これに対して『彼女が最後に見たものは』では複雑化の度合いが増していて、十人以上の事件関係者が登場する。彼らの、出鱈目《でたらめ》に浮遊しているかのような動きの中心に何があるかを見極めるのが三ッ矢の役回りなのだ。彼の特技である「見る」「忘れない」という二つの能力を中核として推理が組み立てられる点が鮮やかで、真相が判《わか》ると同時に『彼女が最後に見たものは』という題名の意味が立ち上がってくる。ピースを集め、はめこむやり方は前作を遥《はる》かに凌《しの》ぐ完成度であった。第一作からの読者は、しり上がりによくなっていくシリーズ、と期待したはずだ。

そこで満を持した形で発表されたのが本作である。今回の物語は三部構成で、それぞれに「彼を殺したのは誰」「彼女を殺したのは誰」「あなたが殺したのは誰」と題名がつけられている。これは過去作になかった試みで、情報が開示されていくに従って謎の様相が変化していく楽しみを読者に味わわせようという意図を感じる。事件捜査が行われる二〇二〇年代の東京都と、二十数年前の北海道鐘尻島の物語が並行する趣向もいい。二つの時間が衝突する地点が山場になる構成は第一作と同じだが、今回はそれを並列でやっているわけである。過去に関する叙述の起点をバブル経済崩壊後の一九九三年に合わせたため、以降のどん底に沈んだ日本経済が事件の背景として用いられることになった。いわゆる「失われた三十年」の物語になったのである。鐘尻島で小寺陽介が体験していくものごとは、すべてがうまくいかず空回りし、未来が次々に奪われていく日本の象徴だ。三十年の停滞が生み出した物語と言ってもいい。

本作で意図的に用いられているのは偶然と勘違いの要素である。限られた世界で生きている人間には知り得ることに限界があるし、自分が見聞したと思い込んでいる中にも誤りが入り込む。そうした人間の不完全さが重なりあって大きな悲劇が形成されていくという物語なのである。いきなりやってくるように見える破局は、実はじわじわと日常の中に忍び込んできていたことが後から判明する。自分がそれを見逃してしまっていたと気づいた人間の衝撃、悔恨を描くことが小説の中では一つの柱になっている。

三十年前に端を発する悲劇であるので、三ッ矢と田所が目にするのはその結末でしかないことにも注目されたい。この物語構造は第二作にも共通する部分がある。人間の行動は結果だけ見ると理解しがたいことがある。行動を起こした瞬間にその人物が何を考えていたのか、ということは見えないからだ。人間は、自分にしかわからない理由でしばしば奇妙な行動を取る。その不思議を小説全体で表現したのが『彼女が最後に見たものは』だった。

本作でも三ッ矢はたびたび、事件関係者が取った行動についての疑問を口にする。第一部で傷害事件の被害者として登場する永澤《ながさわ》美衣紗《みいさ》は、しずくという娘との二人暮らしだった。過去の彼女は料理を好んで自分でしていたようなのだが、ある時点からまったくしなくなっていた。それはなぜか、というのが三ッ矢が最初に口にする疑問である。

これに類する出来事がいくつも描かれる。人はなぜ変わってしまうのか、いつまでも同じままでいられないのか。小説全体が緩やかに近づいてくる破局を描いているのだから、この変化は必然的に起きるものなのだが、三ッ矢の言葉はそうした物語構造自体に向けられているようにも見える。突き詰めて言えば、常に動き続けている人間の心のありようが本作では描かれているのであり、三ッ矢はその不思議さに着目するよう、読者に注意を呼び掛けているのである。

ミステリーとしては、犯人捜しの興味の他に、何が起きたのか、それはなぜなのか、という二つの謎が扱われる作品である。もう少し言葉を足せば、三十年という時間は関係者たちに何をさせたか、なぜそれをしてしまったのか、ということだ。失われた三十年は人の心をどのように歪《ゆが》めてしまったか。これは同時代の人に広く共通項のある問いかけだろう。対して、なぜかという問いには誰にでも共有されるような答えはありえない。人の心はそれぞれだからである。犯人の心理という個別の謎が、それをさせてしまった社会背景と対比されることでくっきりと像を結んでいくことになる。時代を描きつつ関係者それぞれの心へと分け入っていくという広さと深さをこの作品は共に備えている。

すでに定評があるシリーズだが、本作から読み始めてまったく問題はない。新しい読者となった方は、三ツ矢と田所のキャラクターを気に入ったら、ぜひ前二作に戻っていただきたい。不定形な人間の心は、自身でも制御しきれないような動きをする。まさきはその不思議を描く作家であり、その視線の確かさは信頼に足る。特に、自分の心がどこへ行ってしまったかわからなくなってしまうような日に、まさき作品を読むことをお薦めしたい。どこへ行っても心は心、人間は人間なのだ、と気づかせてくれる。心の見晴らしが、すっとよくなる。

（すぎえ・まつこい／書評家）

本書のプロフィール

本書は、書き下ろしです。

小学館文庫

あなたが殺《ころ》したのは誰《だれ》

著者　まさきとしか

二〇二四年二月十一日　初版第一刷発行

発行人　庄野　樹
発行所　株式会社　小学館
〒一〇一-八〇〇一
東京都千代田区一ツ橋二-三-一
電話　編集〇三-三二三〇-五六一六
　　　販売〇三-五二八一-三五五五
印刷所――図書印刷株式会社

ISBN978-4-09-407330-0